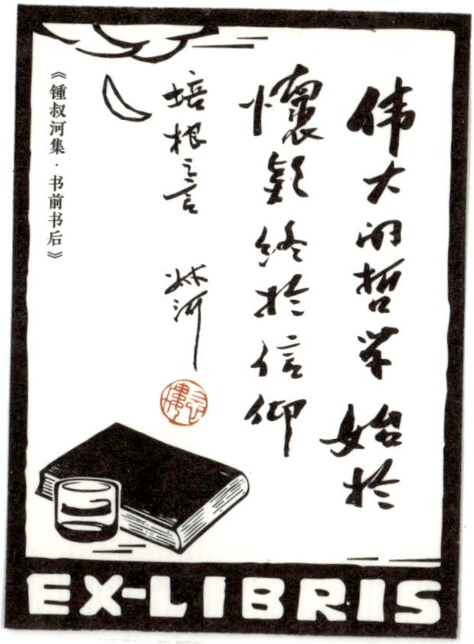
《锺叔河集·书前书后》
伟大的哲学始於
懷疑終於信仰
培根之言
叔河
EX-LIBRIS

书前书后

锺叔河集

The collected works of Zhong Shuhe

7

书前书后

岳麓書社·长沙

我的杯很小，但我用我的杯喝水。

——缪塞

著者说明

《书前书后》一九九二年海南出版社初版（一九九六年再版），收文六十二篇；二〇一二年安徽教育出版社重印，增删为六十六篇，有黄裳序、张中行序和初版与重印的两篇自序。

今将此六十六篇，与二〇〇三年东南大学出版社版《锺叔河序跋》三十二篇、二〇一〇年湖南文艺出版社版《念楼序跋》五十三篇、外一种《念楼读后》四十一篇、二〇一四年海豚出版社版《人之患》三十六篇归拢，去其重复，加入新作，共得文一百六十五篇，分为四辑：（一）本人著作的序跋；（二）本人编辑作品的序跋；（三）为别人作的序跋；（四）书评和读后感。

四辑所收各篇，均按写作年月编次。本人著作和编辑作品再版重印的序跋，同一种书的放在一起。

黄、张二序，仍予保留。自序两篇已收入第一辑，便不再放在书前了。

原有及新增的插图，均另纸印制，置于卷首，以便检阅。

二〇二一年三月　锺叔河

[图一] 序文作者的来信

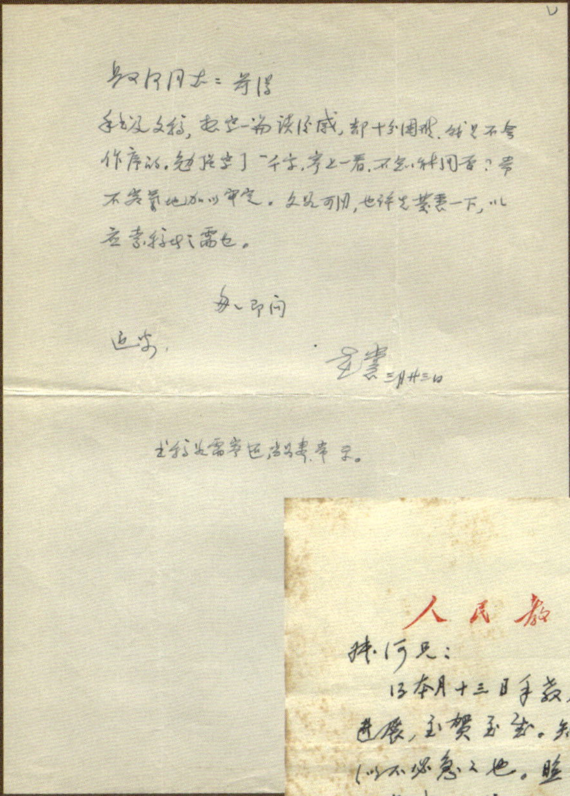

叔河同志：

[illegible]文如可用，也许先发表一下，[illegible]

[illegible]

黄裳 [illegible]

(上)黄裳来信："(序)文如可用，也许先发表一下。"

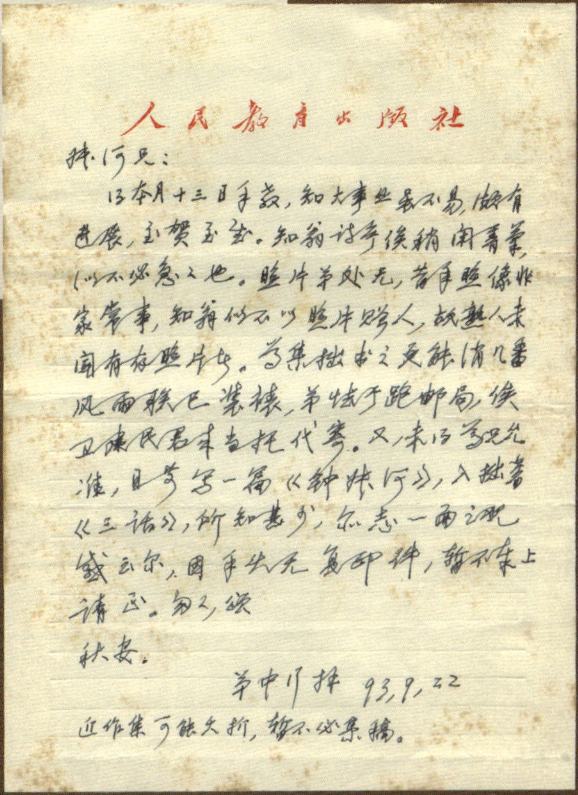

人民教育出版社

钟叔河兄：

13本月十三日手教，知大事业甚不易，仍有进展，至贺至欣。[illegible]照片弟处无，[illegible]故熟人未闻有存照片者。[illegible]又，未得尊兄允准，日前写了一篇《钟叔河》，入拙书《三话》，所知甚少，[illegible]因手头无复印件，暂不奉上请正。匆匆，颂

秋安。

弟中行拜 93.9.22

[illegible]

(右)张中行来信："未得尊兄允准，日前写了一篇《钟叔河》。"即序文也

[图二]《书前书后》的三个版本

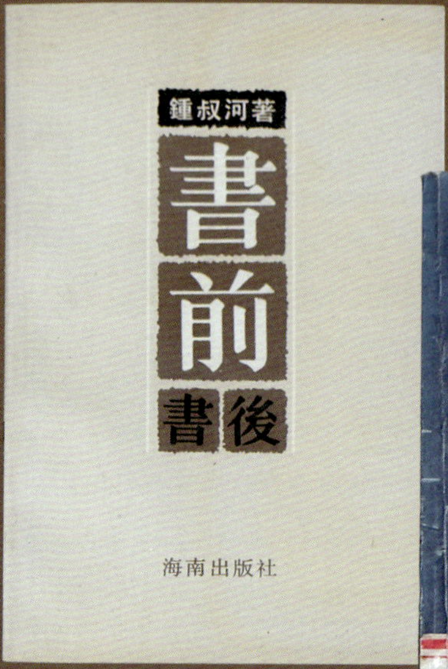

(上)海南出版社·一九九二

(上)海南出版社·一九九六

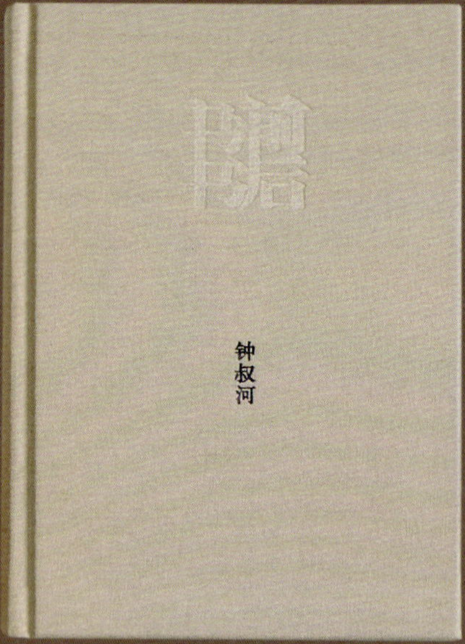

(左)安徽教育出版社·二〇一二

[图三] 其他三种序跋集

（上）东南大学出版社·二〇〇三

（下）湖南文艺出版社·二〇一〇

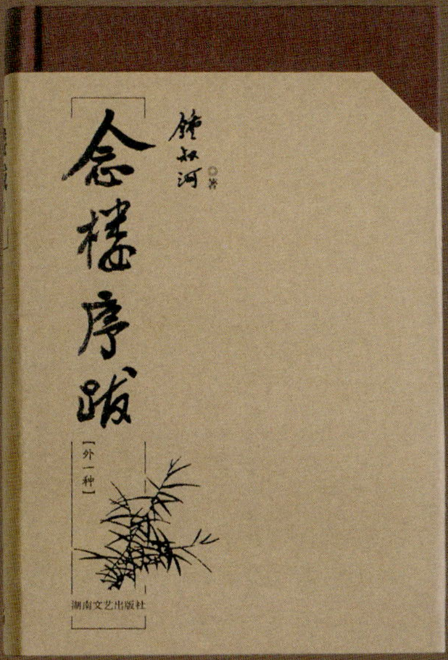

（下）海豚出版社·二〇一四

（上）曾国藩生平唯一之摄影

（右）《曾文正公全集》最后的刻本之题签

［图四］ 曾国藩的全集

〔图五〕曾氏全集失收一页

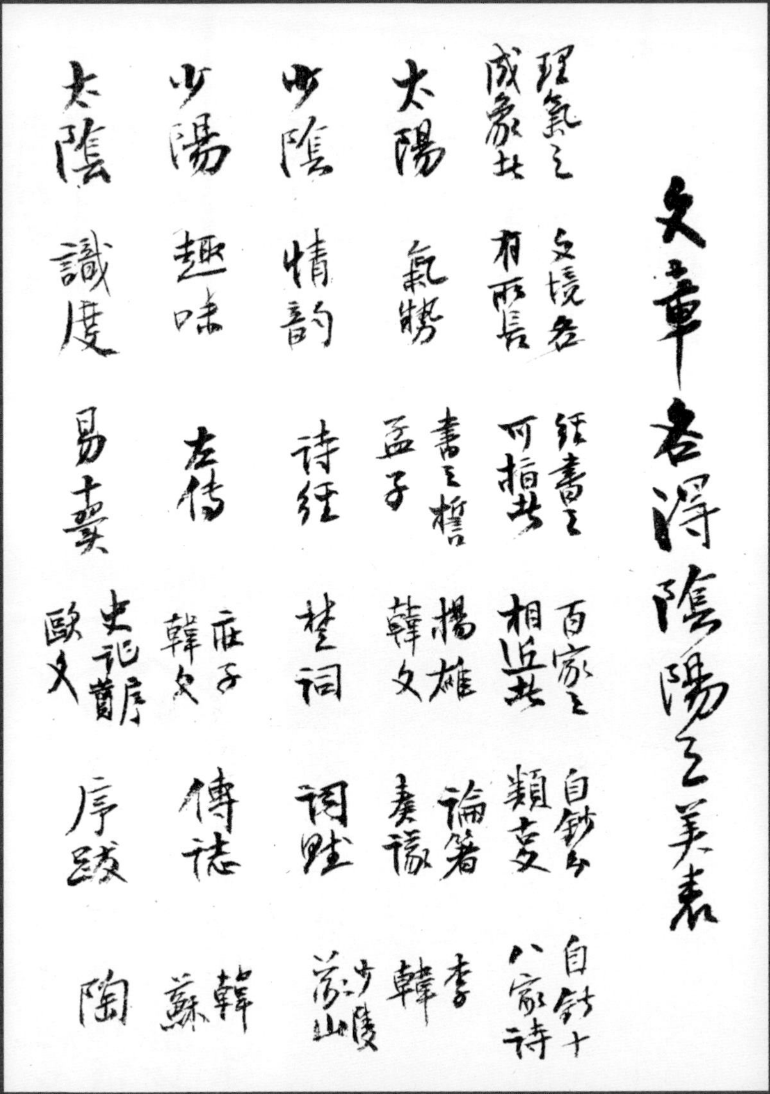

（上）全集“同治四年六月十九日谕纪泽纪鸿”，谓文章之美“邵子四象之说可以分配，兹录于别纸，尔试究之”。“别纸”即此“文章各得阴阳之美表”，《曾文正公全集》和后来编印的全集却都失收了。

〔图六〕曾国藩教子作字换笔

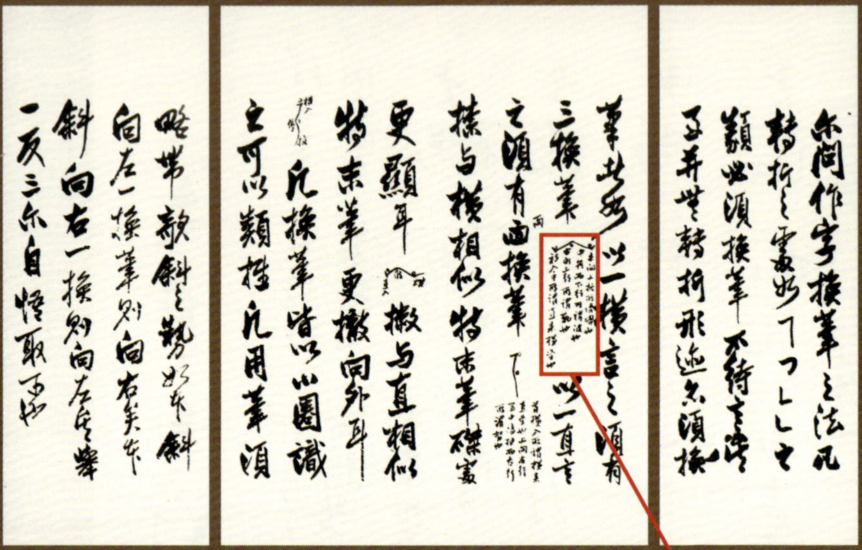

（上）“咸丰九年八月十二日谕纪泽”手迹局部

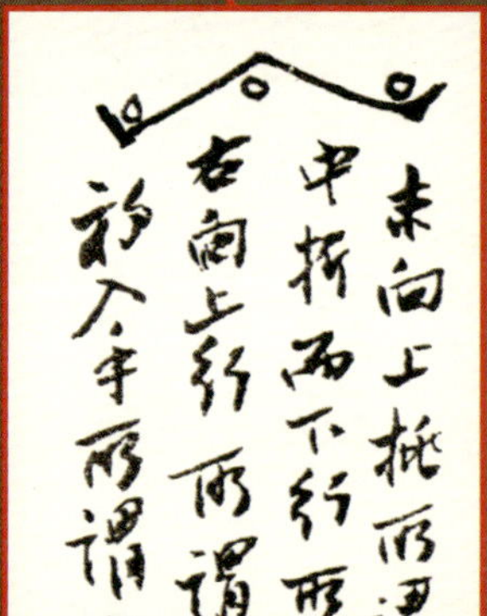

（右）上为“一横三换笔”（三小圈）的示意，下面四句是对“三换笔”的说明，只能按“一横”的笔顺从左往右阅读：

初入手，所谓直来横受也；

右向上行，所谓勒也；

中折而下行，所谓波也；

末向上挑，所谓磔也。

刻本［图七］却从右往左，将“末向上挑”作为第一句，文句完全倒错，文意也就完全不通了。

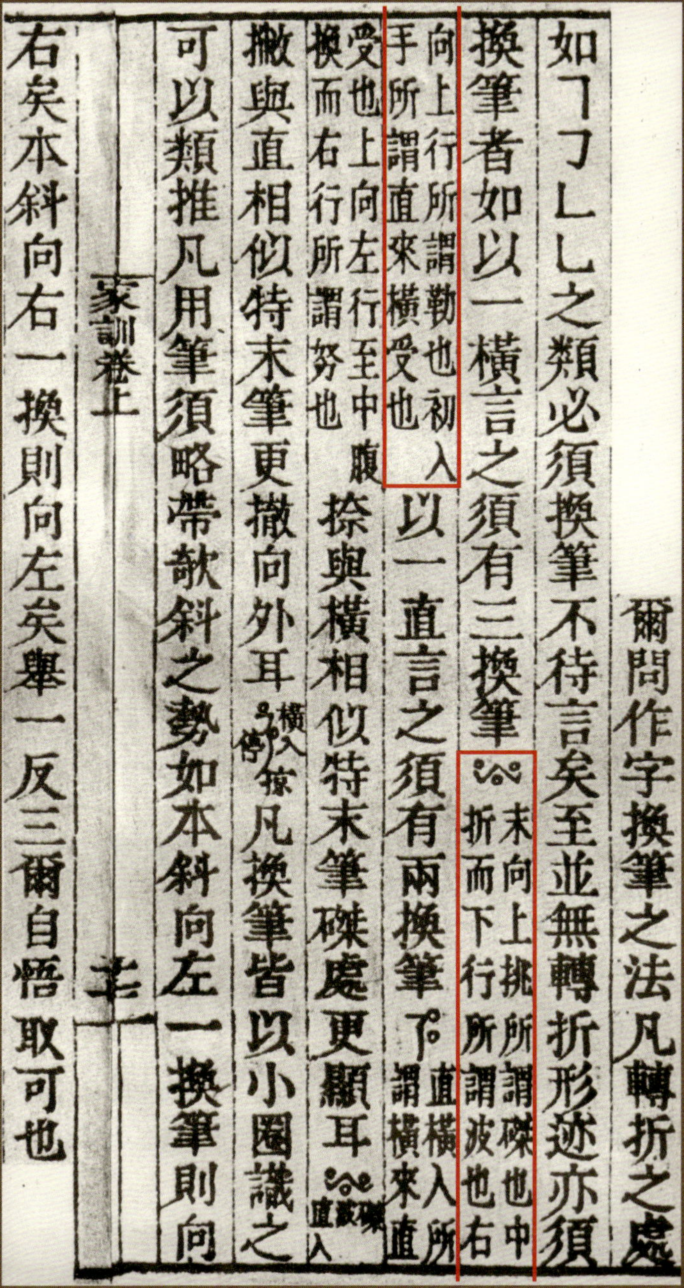

爾問作字換筆之法凡轉折之處如ㄱフLし之類必須換筆不待言矣至並無轉折形迹亦須換筆者如以一橫言之須有三換筆末向上挑所謂磔也中折而下行所謂波也右向上行所謂勒也初入手所謂直來橫受也以一直言之須有兩換筆直橫入所謂橫來直受也上向左行至中腹換而右行所謂努也捺與橫相似特末筆磔處更顯耳直入 磔撇與直相似特末筆更撇向外耳橫入 撩凡換筆皆以小圈識之可以類推凡用筆須略帶欹斜之勢如本斜向左一換筆則向右矣本斜向右一換則向左矣舉一反三爾自悟取可也

家訓卷上　十二

［图七］曾氏全集刻本之误

（右）与手迹对应的刻本局部（『末向上挑……』等小字完全刻错颠倒了）

［图八］曾氏全集原稿之误

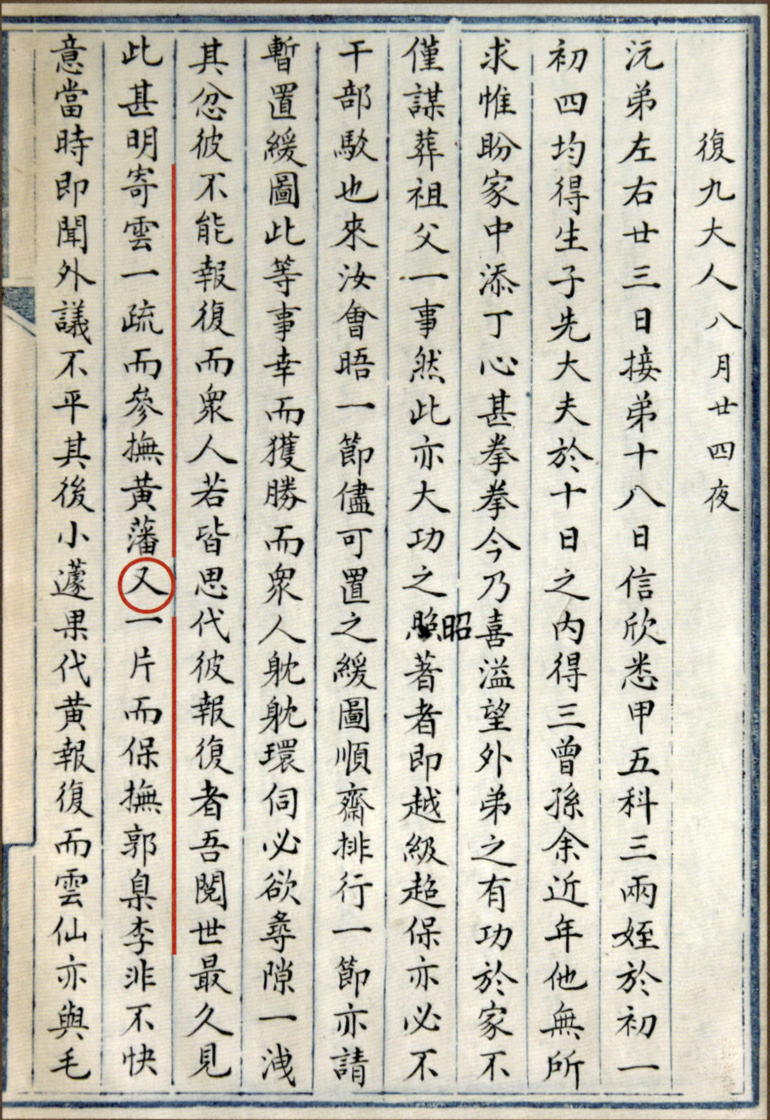
復九大人八月廿四夜
沅弟左右廿三日接弟十八日信欣悉甲五科三兩姪於初一初四均得生子先大夫於十日之內得三曾孫余近年他無所求惟盼家中添丁心甚拳拳今乃喜溢望外弟之有功於家不僅謀葬祖父一事然此亦大功之昭著者即越級超保亦必不干部駁也來汝會晤一節儘可置之緩圖順齋排行一節亦請暫置緩圖此等事幸而獲勝而衆人躭躭環伺必欲尋隙一洩其忿彼不能報復而衆人若皆思代彼報復者吾閱世最久見此甚明寄雲一疏而參撫黃藩又一片而保撫郭臬李非不快意當時即聞外議不平其後小蓬果代黃報復而雲仙亦與毛

（上）曾氏“同治五年八月廿四夜复沅弟”发刻原稿将“文”字错抄成“又”，本当作“寄云一疏而参抚黄、藩文，一片而保抚郭、臬李……”全集错成“寄云一疏而参抚，黄藩又一片而保抚，郭臬、李……”但事实上并无黄藩、郭臬，藩司亦不能保抚也。

目　录

·第二辑·

·第三辑·

·第四辑·

·图版目录·

黄裳序

锺叔河先生以所著《书前书后》稿见示，命写小序，因得泛览一过。做序是不敢，只聊记我的读后感而已。

叔河先生数十年来一直从事编辑工作，从他经手编定的书和写下的序跋中，很可以看出一种特色。这里面有反映近代中国人西方观的《走向世界丛书》，有重印久已绝版的文史丛著的《凤凰丛书》，而数量最大、用力最多的则是重刊周作人的遗著，除了散文集的单行本外，还辑有《知堂书话》等六七种。周作人研究今天已经颇为热闹了，遗作选本的刊行也有了许多种，好像一切正常不成问题，但在五六年前不是这样，在这里可以看出编者的胆识。努力提供旧籍遗文，供读者阅读，也使研究者有所凭借，正是功德无量的事。他说自己不想当研究家，但实际并不如此。搜辑遗文固然要花许多力气，但他为周作人《儿童杂事诗》作的笺释，却更能看出其功力之劬。最难得的是他对周氏著作读得那么仔细，用考据家“本证”的方法，借了诗人自己的话来阐发诗意，有手挥五弦、目送飞鸿之致。笺释者也为之自喜，说过“虽不敢妄拟前贤之覃精钻极，亦可谓已尽心尽力刻意搜寻”，其实笺释取材之广、取径之多，即前人亦有所不及。这本笺释实在可以看作研究工作的一种新的尝试，也不愧为范本。其出发点正如笺释者所说，“生为中国人，于吾土吾民之过去现在及未来，实未能忘，亦不敢忘”。这几句话，看作作者在出版园地中辛勤劳动的解说，也是极恰当的。

作者又是善于文章的。《儿童杂事诗笺释》后记结尾处只摘录周作人日记记事数则，不加论断，而“文化大革命”的气氛已跃然纸上。最后说，“日记即止于本日，距重录此编仅九日，盖即其绝笔矣”。这是很沉痛的话，却闲闲落墨，别无渲染。如果寻根溯源，这种笔路风致，可以到东坡、山谷、放翁的题跋里去找。有如人的面目表情，有的只是一微笑，一颦蹙，而传达情愫的力量却远在横眉怒目之上。我是爱读读书笔记的，于吸取知识之外，更看重文字风格的欣赏咏味。可惜这样的作品难于遇到，不是板起面孔说教，就是冗长枯燥，令人有填鸭之感。其能通达物理人情并有辛辣或诙谐情味的百不得一。作者的一系列读书笔记则读来有入口即化而又富于营养之妙，正是我所爱读的文章，虽是随笔短篇，却并非一挥而就。如《读豫陕川行小纪》，就是查阅了历史资料后才下笔的。过去人们在书房里做《汉武帝论》的大约很不少，却不可能找到一篇这样的文字。

《走向世界以后》的一系列短文是《走向世界丛书》编成以后之作。作者陆续收集此类作品有两百多种，可谓大观。这样说来，他又是个藏书家。他的这一套专题书藏确也显示了独特的识解。多年来我也跑跑书坊，也常常遇到这类书，但不能认识其文献价值，都轻轻放过，箧中不存一册，想想又不能不使我感到惭愧了。

一九九二年三月廿一　黄裳

【附记】 本书增订版即将付印之际，惊悉黄裳先生不幸逝世,寥落晨星又弱一个，忆及二十年前殷勤作序之情，曷胜叹惋，书此以志哀思。

二〇一二年九月五日夜九时二十一分，锺叔河于长沙城北之廿楼。

张中行序*

锺叔河先生住湖之南，我住河之北，相距弱水三千，只今年夏他北来，住东华门外翠明庄十许日，我们在我城内住处景山之左见过一面，招待他一顿晚饭。他著作等身，如果连编印的也算在内，就要“超”身，可是我手头只有两种，其一是周作人《儿童杂事诗笺释》，是掏自己腰包买的；其二是《书前书后》，是他北来过访时当面送的。见一面，相聚不过三四个钟头，即使是长舌妇，又能谈多少？总之是很想多了解而了解并不多。可是我仍然想写他，是因为，即使只根据皮毛，也觉得很多方面，都不是一般人所能及；或者退到家门之内，专打自己的小算盘，与我臭味相投。所以，也曾沉吟一下，最后还是决定写。

他的行业是全套书呆子一路，由读书、写作直到编辑、出

---

* 张中行先生此序作于本书初版之后，始刊《读书》一九九四年第一期，题《书呆子一路》，同年六月收入《负暄三话》改题《锺叔河》。本书二〇一二年再版前向张先生索序，承示以《读书》所刊之文作为代序，题作“再版张序”，今即题为“张中行序”。

版。读书和写作，闭门家中坐的事，不可见，也就难说。说容易见的编辑和出版，总的说是成就非常大，分项说呢？想偷懒，抄黄裳先生的：

叔河先生数十年来一直从事编辑工作，从他经手编定的书和写下的序跋中，很可以看出一种特色。这里面有反映近代中国人西方观的《走向世界丛书》，有重印久已绝版的文史丛著的《凤凰丛书》，而数量最大、用力最多的则是重刊周作人的遗著，除了散文集的单行本外，还辑有《知堂书话》等六七种。

这段话着重说“编”，但是透过编，我们可以看到一些其他情况。以《走向世界丛书》为例，他在《走向世界以后·小引》里说：

我喜读近代人物的外国游记，陆续涉猎了两百多种。一九七九年到湖南人民出版社后，开始从中选编《走向世界丛书》，已经印行三十六种。

单是这方面的书就涉猎两百多种，其访书之勤和读书之多就可想而知。这还是其小焉者，更值得重视的是有忧国济世之心，这心来于见识和情热。见识是看到我们头脑的落后一面，主张多吸收些西方的。张文襄公也主张吸收西方的，但那是“西学为用”的“用”，火车头、迫击炮之类，至于头脑，就还要“中学为体”。张文襄公远矣，就是“五四”，吆喝一阵德先生、赛先生之后，又大几十年过去，我们不是依然听到万岁声震耳，许多人迷《卜筮正宗》(包括其老祖宗八卦和《易经》)和《奇门遁甲》之类吗？所以确是应该开开眼界，看看人家怎样管理众人之事，怎样根据引力定律计算哈雷彗星轨道。尽弃其所学而学，不易，所以，仍是书呆子的一贯想法，要由灌输新知识下手。锺叔河先生的奔走呼号，编印《走向世界丛书》，就是为这个。奔走呼号，是情热；想当是与“反”字有关吧，被投入牢狱，定期十年，天地易色之后，计已住九年，放出，仍是奔走呼号，是更大的情热。我就不成，外看浮世之态，内省自己之心，只求能够独善其身，不敢妄想兼善天下。这有所得，是借祖传法宝明哲保身之力，躲开牢狱；也有所失，是至多只能写一点自怡悦的，而不能写以及刊印有关经国之大业的。这样，与他相比，我就不能不感到惭愧了。

说到相比，锺叔河先生的不可及之处还有很多，都与博大而深入有关。想只说我印象最深的两种，重刊周作人遗著和书籍的编印装帧。先说前一种。周作人是我的老师，我在家人也守妄语之戒，对于他的学识文章，我很钦佩，因而认为，他的著作是宝贵的文化遗产，值得读，吟味其内容，学习其表达。可是他的为人有问题，是抗战时期，他不只留在沦陷区的北京，而且出了山。学识文章和为人走了歧路，我们要如何对待呢？很难。一笔抹杀？他像是与卖身投靠的诸宵小不尽同，何况还有著作具在。谅解吗？传统和常识都会不允许。我前几年写《负暄琐话》和《负暄续话》，多谈到北大旧人，就碰到这个困难。依照晋惠帝的分类法，对他的看法有私和官(公)两种。所谓私是顾念私情，我取古语“唯器与名不可以假人”之义，认为他卖得太贱，或者说，用历史地位换不体面的禄位，不值。撇开私就不得不改为说公道话，于是写《苦雨斋一二》，开门见山就说，他是一反宋朝吕端之为人，大事糊涂，小事不糊涂；写《再谈苦雨斋》，说他心中具有神鬼二气，不幸一时神鬼交战，鬼竟占了上风。这是说为人。至于说著作，我就认为，不当以人废言。可是不当废的言要有托身之地，即印本，经过几十年(其中还有“文化大革命”)的不能见天日，哪里去找呢？所以限于“希望”，我也主张，应该印，甚至全集，如其老兄的，上市，卖。说限于希望，是因为，一、公然推崇周作人，纵使限于著作，也怕有人在背后指脊梁骨；二、工程浩大，我既无此魄力，又无此精力。是前几年，因为介绍出版译本《一知半解》，我同岳麓书社拉上点关系，他们有时就寄赠一些估计我会有用的新印本。其中有几本是周作人的著作，我见到，曾经一惊，惊的是，竟有人做这种傻事，而且居然得到上方的点头。后来探询，才知道是锺叔河先生主持印的，并且有大计划，是陆续印，直到出齐。这其间，我又见到《知堂书话》《知堂谈吃》一类书问世，也出自他之手。我才知道，在这方面，我只有一点点朦胧的想法，而锺叔河先生真就大干起来。

是九十年代初吧，湖南传来消息，锺叔河先生所在的出版社改选，他的总编辑职位未能保住，改到新闻出版局去任编审。是不是受了周作人的连累？不知道。但推想人亡政息，继续刊印周作人著作的豪举总不能不放弃。不出所料，以后就不再有周作人著作的新印本寄来。水流花谢，日子一长，我也就把这件事情放在脑后了。直到见到锺叔河先生，才知道情况并不是水流花谢，而是水已汇成巨流，花将开得更大。是晤面的那个夏日的下午，我们谈得很多，专说有关周作人的，他说他正在着手刊印《周作人散文全编》，材料，上方允许，家属条件，出版处所，差不多都已办妥，不久可以陆续发稿，所以他很忙。关于材料，他的搜求的本领真使我五体投地，是许多不经见甚至很少人知道的，他都有，如日记，他已拿到全部复印件。我问他为什么不印全集，他说这已经很难，是经过多方面努力，用多种办法，才闯过来的，如果称为全集(像是有纪念性质)就更难了。我说这样一来，诗，新的有《过去的生命》，旧的有《知堂杂诗抄》，就不好办了，他说他打算在散文之外，另编一本，新诗横排右行，旧诗直排左行，似两册而合一，并想请我写序文。我说这是师辈的手笔，在书前说三道四，不敢。他没有退让，只好都认定，到时候再说。其实，说私心话，他从事的是我想都不敢想的大事业，虽然以他的才学和经验，必游刃有馀，如果我能够尾随搬一些零砖碎瓦，算作未袖手旁观，总是既应该又求之不得的。

再说后一种，书籍的编印装帧，锺叔河先生的造诣也是超常的。编印装帧好，指的是一本书，拿到手，还未读文字，翻翻，觉得美，可爱。这像是末节，其实很不容易。我从束发受书，至今七十多年，手翻过的书很不少，而拿到手，不考虑内容，不考虑古董价值，就觉得美而可爱的，总是稀如星凤。我近年来也写书编书，也愿意编印装帧方面趋上游，可是自己不会，只好由版式到封面，都靠设计人员；对于所设计，有时也感到不满意，可是人家问要怎样改，却说不上来。在这方面，久闻北方有个范用，南方有个锺叔河，是大专家，出手不凡。范用先生是我的熟人，老了，多在家享清福，我只见过他为姜德明先生《北京乎》设计的版式，确实值得赞叹。至于锺叔河，是直到托人买来他的《儿童杂事诗笺释》，用北京俗话说，才开了眼。眼开了，看到什么？“荡荡乎，民无能名焉！”至多只能凑几句废话，说开本、封皮、版式、套色、边框、字体、行距，等等，都美得了不得。尤其笺释，每一首的，与诗和图对称，也是遍全书，恰好两面，真是神乎技矣。说到此，想到全才的所谓全，很多人，包括我自己，排行老九，读之外，兼写，兼编印出版，甚至兼包销若干，就会自信是全才了吧？我看，与锺叔河先生相比，绝大多数只是半瓶醋而已。

前面不只一次说到为人，该住笔了，想就锺叔河先生的为人，再说几句。我同他交往不算多，不敢说了解，只谈谈印象。印象是人有至性，对事严谨认真，对人宽厚恳挚。这样说，有来由，而且不只一个。其一，晤对，他的表现，用古语说是诚和敬，话都是发自心腹，有时甚至近于迂，使我想到已作古的废名先生。其二，他时间很紧，可是还是远到西郊，去看久病的张铁铮先生，说因为是有通信关系的朋友，在病中，就不能不去。其三，晤谈中，他说他截取了梁任公集的一副对联的部分，希望我写，装裱后挂在一幅画的两旁。我问什么语句，他说都出于宋词，上联是辛稼轩的：

更能消几番风雨

下联是姜白石的：

最可惜一片江山

我的体会，他不是为己身打算，有什么牢骚，而是有悲天悯人之怀，总想到大处。说到大，联想到我的小，是两年以前了，我忽然也想集联，从小圈子里，《古诗十九首》，驰骋地很小，居然也有成，是：

立身苦不早
为乐当及时

古人志在正心、诚意、修身、齐家、治国、平天下，我是至多走到一半就停住了。或者不止于量而兼算质，我之所求只是罗汉果，他则一贯修菩萨行。仍是大小之别，我是小乘，他是大乘，每念及此，不禁有高山仰止之叹。

张中行　一九九三年九月六日下午

第一辑

《蛛窗述闻》弁言*

（1946. 7）

予喜闻奇怪之事，而乐其荒诞不经。夏扇冬炉，父老聚谈所闻所见可喜可愕事物时，予辄挤坐其旁，欣欣然不肯或去。时日既久，颇多积累，惧失记忆，乃于课假中择其雅驯者述之。方丈小室，足不出户，唯尘窗老蛛，蠕蠕网际，一似为予伴侣者。既成此卷，乃弁数言，且命以名。

民国丙戌夏六月下浣之七日。

* 《蛛窗述闻》存稿一卷，二〇一六年十一月海豚出版社曾将其影印。弁言此次改动了三个字。

《走向世界》后记*

（1984. 4）

“我的杯很小，但我用我的杯喝水。”（Mon verre n’est pas grand，mais je bois dans mon verre. ）——这是法国诗人缪塞的名句，也是我很喜欢的一种态度。真正能够不用别人的杯喝水吗？其实也未必尽然；不过有这么一点儿洁癖，就不那么容易随着大流去吃大户罢了。

将我研究中国人考察西方的历史所写的论文收集起来，加以补充修改，结果成了这样一册书。书名决定叫《走向世界》，英译则打算用杨宪益先生热心代拟的 *From East to West*，正好和“自西徂东”配对。——这便是我的杯和水了。

杯确实很小，水也只有半杯，但它们开始涵蓄在我的心里，却已经整整二十七年。至于起意将其呈献出来，则不过是近两年来的事情。蒙李锐、黎澍、李普、范用、朱正各位殷勤鼓励，友谊难忘。钱锺书先生破例主动为这本书写了序言，更使我衷心感激。

* 《走向世界》，一九八五年五月中华书局初版，二〇〇〇年八月再版，二〇一〇年二月三版。

现在，这一小杯水总算呈献在大家面前了。杯子是不是合乎规格？杯中之水是甘还是苦呢？老实说我自己也不十分清楚。忆昔梁任公书康南海传后有云：

> 英国名相克林威尔尝呵某画工曰："Paint me as I am!"盖恶画师之谀已，而告以勿失吾真相也。

此则犁然有当于吾心，高山仰止，虽不能至，心向往之矣。

亡友李长恭二十七年前一同在旧书店里故纸堆中寻觅过中国人最早走向世界的信息，反右一别，竟成永诀。愿将这杯水权充一盏迟熟的村醪，酾在亡友的灵前，既奠逝者，且励来兹。

一九八四年四月。

《走向世界》台北版序*

（1988.11）

东亚国家现代化（modernization）的结果，当然不会也根本不可能“化”出一个“全盘西化”的社会来，正如日本“中古以还，瞻仰中华，出聘之车，冠盖络绎。上自天时地理、官制兵备，暨乎典章制度、语言文字，至于饮食居处之细，玩好游戏之微，无一不取法乎大唐”（黄遵宪《日本国志·邻交志序》），结果也并没有“化”出一个“全盘唐化”也就是“全盘汉化”的日本来一样。

但是，在现代化初级阶段，现代化却在很大程度上不能不是西化的同义语。这道理非常简单，是发展起了近代工业、建设成功近代国家的西方列强，来打开了东方的大门，也成为了东方学习的榜样。

这是中国历史上从来没有发生过的巨大变化。李鸿章、曾纪泽所说的“五千年来未有之变局”，从传统士大夫中造就了第一批有识之士，他们认识到，“虽使尧舜生于今日，必急取

* 《走向世界》繁体字本，一九八九年七月台北百川书局出版。

泰西之法推而行之，不能一日缓也”（郭嵩焘《铁路议》）。中国的郭嵩焘、李鸿章、曾纪泽、薛福成……日本的岩仓具视、木户孝允、伊藤博文、井上馨、森有礼……他们就是“自东徂西”（from east to west）的第一代人，是东亚现代化的先驱者。

划分为地区的世界结束了，古老的长城崩坏了，全球文明的新时代开始了。不以人们意志为转移的历史规律是，先进的必然会影响后进的，后进的必然要学习先进的，这就是“化”的本义。传统文明源远流长，在西方列强面前却不免相形见绌的东亚各国人民，应该向哪一边的邻人学习呢？学习北边的雅库特、通古斯人吗？学习东边大洋中的玻利尼西亚人吗？学习南边热带森林里的爪哇猿人后裔吗？显然都不可能，而只能向从西边打来的列强学习。学习他，不一定爱他亲他，也是为了对付他抵制他，“师夷之长技以制夷”，一句话就把心思说明白了。

要学习，第一步就得接触和了解，最直接的方式就是去西方实地考察。但这又谈何容易呢？中国人 from east to west，比欧洲人 from west to east 迟了一千七百年（公元一六六年，罗马皇帝即遣使通中国，而直至一八六六年，同治皇帝才派斌椿游历欧洲）。《大清律例》明文规定：“一切官员及军民人等，如有私自出洋、经商，或移住外洋海岛者，应照交通反叛律，处斩立决。府县官员，通同舞弊或知情不举者，皆斩立决；仅属失察者免死，革职永不叙用。”

私自出洋者斩立决，国家派遣的又如何呢？翰林出身的郭嵩焘，以署兵部侍郎之尊奉派出使英国，京师士大夫视为国之大耻，撰联嘲之云：

出乎其类，拔乎其萃，不见容尧舜之世；
未能事人，焉能事鬼，何必去父母之邦？

湖南乡试诸生甚至公开集议，要捣毁他家住宅。光绪十七年(一八九一)郭氏病卒，李鸿章奏请予谥，奉旨："郭嵩焘出使西洋，所著书籍，颇滋物议，所请着不准行。"直到他死后九年，庚子"义民"搜杀"二毛子"时，还有京官上疏："请戮郭嵩焘、丁日昌之尸以谢天下。"

由此可见，被看不见的镣铐锁在黄土地上的中国人，想要走向外部广大的、多样化的世界，是多么的艰难。

但是，我们总还得走，还得一步一步地向前走。

一八四七年，林鍼"受外国花旗聘舌耕海外"，容闳由Brown氏提携出洋读书；一八六六年，斌椿率同文馆学生张德彝游历欧洲；一八六七年，王韬应Legge氏之招赴英襄助译事；一八六八年，志刚、孙家谷偕Burlingame初使泰西；一八七六年，郭嵩焘出使英法，黎庶昌等随行，李圭赴美参观费城百年盛会；一八七七年，黄遵宪随何如璋使日，始见日本维新，李凤苞率船政学生严复等到欧洲留学；一八七八年，曾纪泽继使英法，陈兰彬出使美国，徐建寅赴欧洲购船考工——这一批就是最早离开"父母之邦"到西方(包括明治维新后的日本)实地考察的中国人。尽管他们有的是由洋人提挈，有的是由朝廷派遣，谈不到自由自主，但只要亲历了西方，就不会不接触和了解现代文明，也就不可能不在中国发生影响。

这些人程度不齐，流品各别，共同的一点是绝大多数本来都是旧式士大夫，“师夷之长技以制夷”，算是他们的最高觉悟。但是，随着接触和了解的逐步深入，人们毕竟不能不慢慢地认识到，仅仅学一点长技，办一点坚船利炮，还是不行的。造坚船利炮，就得懂化电声光；懂得了化电声光，从纽登、比耕、笛卡儿就自然走到巴力门，而他们也就从旧式士大夫变成具有初步现代观念的知识分子了。洋务办不好，会想到变法；变法行不通，就只有革命。伟大的革命者孙中山，用他自己的话来说，也是在一八七八年出国以后，“始见轮舟之奇，沧海之阔，自是有慕西学之心，穷天地之想”，才立下了恢复中华建立民国的大志和信心。

本书所介绍的，便是上述诸人考察西方的历史。研究中国百年来的现代化历程，不能不研究这些最早直接接触和了解西方的人们留下的实录。整个中国的现代化还远未完成，老辈们曲折迂回的足迹，正好作为今人的鉴戒，不仅有历史的价值，而且有现实的意义。

书中引用的资料，是作者从阅览过的二百馀种近代国人亲历西方(包括一八五四年以后的日本)的记述中采辑出来的；另外也稍微涉及古代中西交通的文献，为了说明事情的背景。作者还在做另一项工作，从这二百多种载记中选印一百种，编成一部丛书，通过这一百个侧面和断面，大体可觇近代中国从封闭落后状态走向近代化的全貌，从而更具体、更生动地了解这一过程的极度艰难。

本书第二十章介绍黄遵宪的日本研究，引了他《〈日本国志〉书成志感》诗中的一联。今借本书在台北出版的机会，将全诗抄录于下，以为纪念：

湖海归来气未除，忧天热血几时摅？千秋鉴借吾妻镜，
四壁图悬人境庐。改制世方尊白统，罪言我窃比黄书。
频年风雨鸡鸣夕，洒泪挑灯自卷舒。

台湾百川书局熊逸民先生为湖南同乡，与谈及黄遵宪光绪戊戌在湖南的努力，辄为感叹。熊先生重读此诗，想必能谅我苦心也。

五十七岁生日作于长沙。

《走向世界以后》小引*

（1990.11）

羁鸟恋旧林，

池鱼思故渊。

——陶潜

我喜读近代人物的外国游记，陆续涉猎了两百多种。一九七九年到湖南人民出版社后，开始从中选编《走向世界丛书》，已经印行三十六种。现在我已不在出版社工作，编书早已力不从心，但是跛者不忘履，病中偶想读书，有时便把还没有编入丛书出版的这类旧游记翻出来，因为一则线装薄本躺着拿在手中比较省力，二则聊以满足一点旧林故渊之思，这也就是自己确实已经老了的证据吧。

旧书重读，有时仍觉得有些意思，便随手作些札记，仍属“夜读漫记”，不过读和记的都是前人走向世界以后的见闻，便

* 《走向世界以后》专栏共发表文章十二篇，刊一九九〇年十一月至一九九一年九月上海《文汇报》。

给它安上“走向世界以后”这样一个名目，也别无深意，仍不过是为了满足一点旧林故渊之思而已。

一九九〇年十一月十六日于长沙。

《千秋鉴借吾妻镜》序一*

（1985. 11）

《走向世界丛书》八十年代初在湖南人民出版社月出一册，共出了二十册。收入本书中的文字，就是我当时为丛书每册所写的前言，平均一两天写一篇。因为都是急就章，拙劣粗糙，自不能免。好在我既未冒称作家，这些亦不算作品，得以逃过批评家的法眼，亦未可知。

最早主张印这本书的是李普先生，他一九八一年“八月十八晨三时，半夜醒来不复成寐”，给我写了封四页的信，说：“我很想鼓动你干这件事，如何?”并表示书可交由新华出版社出版。时隔四年，今年十一月二日，李一氓先生又提出了同样的建议，在给我的信中说：“(丛书)每册内各篇你的前言，集合起来印为一册，尤便翻览，未审尊意如何?”

两位李老的两个如何，终于使我下了决心。正好朱正老兄

---

* 《千秋鉴借吾妻镜》，一九八六年五月湖南人民出版社出版。书名用黄遵宪诗句，意为借日本史事作为千秋的鉴戒。《吾妻镜》为日本古史书名，传说武尊皇子东征渡海，风涛大作，有橘姬投海祷神得止；及凯旋，皇子东望叹曰，“吾妻独不能归乎”，后人遂称关东为吾妻国，《吾妻镜》又称《关东通鉴》。

在策划《骆驼丛书》，说是除了文艺类的书以外，还准备容纳一点别的内容，想把这些前言也拉去充数，这在我当然是受宠若惊的了。

霜红龛云：“老夫学庄列者也，于此间诸仁义事，实羞道之。”我也想鹦鹉学舌，来一句套话：“鄙人当编辑者也，于此间诸文艺事，实羞道之。”此非诙谐，而是不折不扣的老实话。因为自己不懂文艺，在庄严的文学殿堂前，自然羞得抬不起头，更不敢信手涂抹了。骆驼的主人能于文艺之外，采及菲葑，教我如何不伸着脖子让他拉呢？

是为序。

一九八五年十一月二十七日。

《千秋鉴借吾妻镜》序二*

（2015.8）

本书初版在《骆驼丛书》中，这该谢谢老友朱正，是我“伸着脖子让他拉”进去的，一转眼快三十年了。

全书十八篇，介绍了十七个人早期 from east to west 的二十种记述，从乾隆时因海难获救遍历西洋的谢清高晚年口述的《海录》，到光绪时随丈夫钱恂先后居留日本、意大利的单士厘所作的《癸卯旅行记》和《归潜记》，都很有一点看头。

上世纪八十年代初，这些记述成了《走向世界丛书》面世的单行薄本，十八篇原是各本的前言。

那时刚恢复工作，急于出书，只想能多有几个人来读这些“写西洋的古文”。所以十八篇都写得比较“散”，比较“文”，也比较短。尤其是开头十篇，分节处以“××”隔开，小标题也没有加，完全是随笔的写法。

但歪打正着，这些单行薄本倒一炮打响，很快便被大家接受了。

* 《千秋鉴借吾妻镜》重印本，二〇一五年十一月海豚出版社出版。

丛书列入了国家规划，随即重印，精装合订，前言却开始面临“学术化”“规范化”的压力。黎澍先生叫将新写的前言先交《历史研究》发表，便建议不要再用“在第一面飞舞着的龙旗下”这样的标题。“学术文只要学术性，不要文学性。”他说。

于是，《历史研究》首刊的《论郭嵩焘》便长达四万言，有史料有考证有论说，还有引文有注释，像模像样地成了学术论文，接着成了丛书之一《郭嵩焘伦敦与巴黎日记》的叙论，标题还是《论郭嵩焘》。这十八篇，新版也全都照此“规范”改写，学术性增加了多少不好说，字数则从原来的共计十五万字增加到了三十三万字，翻了一倍多。前言也改称叙论，加上新写的七篇，成为另一本四十六万字的新书——《从东方到西方——〈走向世界丛书〉叙论集》了。

如今本书即将重印，若持与叙论集相比，从黎澍先生的角度也就是学术性的角度看，叙论集也许居先，至少文章长些材料总会多些；从我们普通人的角度也就是可读性（文学性不敢说）的角度看，则本书可能更胜一点吧，我想。

二〇一五年八月三十日于长沙。

《星期天抄书》小引*

（1988.7）

《图书评论》出刊前后，编辑同志多次叫我写书评。长沙是贾生深知居此则寿不得久长的卑湿之地，夏天特别闷热。退休还差几年，干私活只能在夜间，然腕膊皆汗湿，只能读书而不能作文，苦于无法应命。直到今天，才产生一点“灵感”。

今天是星期天，四个女儿回家，各做一道拿手菜。家中有了一位踝骨脱臼卧床休息的病人，饭菜必须送至床前。将“菜单”向之一一报告后问：“要哪样？”答曰：“你们莫自作主张替我挑拣，还是每样夹一筷子，让我自己来尝尝吧。”

我闻之，不觉莞尔，但随即“顿悟”了：旨哉言乎，读书亦犹是也。自己来尝尝，宁非读书之不二法门耶？即使每样只夹一筷子，亦胜于耳食满汉全席多多矣。予何人，岂有资格替别人挑拣，更不要说嚼饭哺人了。“图书评论”固难写，实亦不敢写，只有将自己挥汗夜读时感觉特别有味的东西夹一筷子出来，献给有同嗜焉的朋友们自己来尝尝吧。

一九八八年七月。

---

* 刊一九八八年七月《光明日报·图书评论》。

《夜读漫抄》小引*

（1988.8）

夜读漫抄是我的习惯，也曾用“星期天抄书”的名目发表过几回。本来纯粹是抄，自己不赞一辞，但在抄介《狗之默想》之后，有朋友提意见，说对于今之读者，话非说得明白一些不可，“若竟以为《狗之默想》实为吾兄自己的默想，或吾兄未必自居于狗，却在骂人为狗，岂不糟糕了吗?”思之亦良是也。于是只好画蛇添足，勉强多说几句，虽然仍旧是以抄为主。子曰：“可与言而不与之言，失人；不可与言而与之言，失言。”有人说，与其失言，宁可失人。其然，岂其然乎！

一九八八年八月。

* 刊一九八八年八月《光明日报·图书评论》。

《从东方到西方》后记*

（1988.9）

“文章自己的好，老婆别人的好”，虽是玩笑话，却合乎常人的心理。关于老婆姑不具论，若说写文章，写的人总会力求写好，至少也是自以为写好了才会拿出来，不过不一定能够达到别人的标准罢了。

我也当编辑，也有“衡文”的责任，但业馀又算半个作者，懂得作文的人的一点心思。所以对于书稿，只有合用与否一层考虑，并不霸蛮去把别人的文章改成自己的文章，干那既费力又不讨好的事。而当我以业馀作者身份行事时，当然也希望审读的同志准此办理，不讲什么文责自负之类的大话，实在无非想让自己那点隐秘的心理多少得到一点同情和理解而已。

收在本书中的二十五篇叙论，系照录《走向世界丛书》上的原文，只由我本人在文字上和个别事实上作了订正。谢谢上海人民出版社的编辑同志，他们准允了我的请求，让这二十五

* 《从东方到西方——〈走向世界丛书〉叙论集》，一九八九年十二月上海人民出版社出版，有李一氓序。

篇文章保持我自己写作和改定的原貌；也不将本书拉到什么“系列”里去，免得它相形见绌，徒贻附骥之讥，这实在是私心引为庆幸的事。

李一氓先生是我的文章知己。他在不知我为何许人，亦不必要我踵门求见的情况下，光凭《走向世界丛书》的几篇叙论，即决定召我入京参加国务院古籍整理出版规划小组会议，不止一次地肯定该丛书整理编辑工作的学术价值，并在拙著《走向世界》在中华书局出版之后，一连两次写信给我，一九八五年九月二十九日的信说：

> 这套书这样一弄，真可以传之万世了。你写的那些导言尤有意义。可惜搞改革的，搞近代史的，多没有注意及此，是否再搞些宣传工作?

一九八五年十一月二日又来信说：

> 每册内各篇你的前言，集合起来印为一册，尤便翻览，未审尊意如何?

我回信给他，说明当时有人不赞成我写书出书，而作为丛书编者和前言作者，“再搞些宣传”亦有自我宣传之嫌；不过我还是准备接受他的建议，将前言“集合起来，印为一册”，以利愿看这些文章而不备全套丛书的读者。他收到信后，又牺牲元宵假日的休息，写来了精彩的序言。于是，我便将湖南人民出版社最早印本中的一十八篇前言辑为一册，以《千秋鉴借吾妻镜》作书名，交给老友朱正，放在他的《骆驼丛书》系列里，交湖南人民出版社出版了。

后来《走向世界丛书》转到岳麓书社改出合订本，前言字数由每篇平均不到九千字增至一万六千馀字，篇数也由一十八篇增至二十五篇，便成了这本《从东方到西方——〈走向世界丛书〉叙论集》，改由上海人民出版社出版。

将丛书叙论“集合起来，印为一册”的主意，完全是李一氓先生提出来的。遗憾的是，我至今只在一九八二年京西宾馆的会上见过他一面，而且还是在餐桌上，未及深谈。现特趁本书出版的机会，向他表示我的感谢。

按一氓先生的意思，这本叙论集本来应该由印行《走向世界丛书》的岳麓书社出版，作为《走向世界丛书》的附册发行，这样才能起到“宣传”丛书的作用。可是，它却只能在上海出版。学术为天下之公器，这样固然没有什么不好，但在我却不免更增加一分对一氓先生的歉意了。

一九八八年九月于长沙。

《从东方到西方》修订后记*

（2001.10）

本书一九八九年十二月于上海初版，印四千册，久已售缺，而读者却还有要看的。不久前丁双平君提出，岳麓书社准备重印《走向世界丛书》，希望先将这本叙论集印行。这原是我的初志，当时因故未遂，现在自然表示同意。

趁此机会，将全书校阅一过，有不少改动。插图原来放在卷前，这次增加较多，便改放在文内。后记文字原来写有一篇，这次又在后面加写了这几行。

《走向世界丛书》的第一种李圭《环游地球新录》，是一九八〇年七月在湖南人民出版社古籍室发稿，八月由该社出版的，至今已二十一年，那篇叙论署名“谷及世”，便是“古籍室”的谐音。当时我还只有五十岁，今则年逾古稀了。关心丛书尤其关心这本叙论集、可称我文章知己的李一氓先生，在本书初版面世两年后便不幸辞世，如今墓木已拱矣！

* 《从东方到西方——〈走向世界丛书〉叙论集》，二〇〇二年八月岳麓书社修订重印。

在这段时期的友朋关系中，还发生过别的不免遗憾的事情。随着时光流逝，伤痛可以减轻，创痕却难平复。总之，知己的失去是令人痛惜的，思之黯然，——也只有黯然了。

二〇〇一年十月十日，于长沙城北之念楼。

《中国本身拥有力量》序*

（1989.6）

现代性（modernity）与传统（tradition）的冲突，是近代文化思想史上最基本的事实，但如果认为此二者绝不相容，又势必导致现代化≌全盘西化（wholesale westernization）的公式，这却与东亚十九世纪至二十世纪的历史不太相符，至少日本便是一个相反的例子。

近年来，我越来越对中日两国在“西潮”冲击下反应之异同发生兴趣，故于黄遵宪《日本国志》《日本杂事诗》，下洎戴季陶、周启明诸人有关日本的著作，一一求而读之。本集中《黄遵宪日本研究的划时代意义》一文，便是我在这方面进行思考的一点心得。

当然，我对现代化（modernization）问题进行思考的范围不限于此。Black 氏在 *The Dynamics of Modernization* 一书中论述到，任何社会变革，首视其领导阶层之信心为如何，而信心

* 《中国本身拥有力量》，史学论文集，一九八九年十一月香港中华书局出版，二〇〇五年九月江苏教育出版社重版。

之来源又每系于传统的价值观与制度。此一论述，实至为深刻。在现代化过程开始即“西潮”袭来前后，中国社会领导阶层一直是儒家的士大夫，所以研究中国的现代化，不能不首先着眼于士大夫阶层面对五千年未有之变局的态度。在这方面，郭嵩焘实在是一个值得重视的人物。

郭嵩焘于光绪四年即一八七八年，在观察和思考的基础上即已作出这样的结论：

> 中国圣人之教道，足于己而无责于人，即尼山诲人不倦，不过曰往者不追来者不拒而已。佛氏之法，则舍身以度济天下。……西洋基督之教，佛氏之遗也。……圣贤不欲以兼爱乱人道之本，其道专于自守；而佛氏之流遗，至西洋而后畅其绪。

又进一步述评“西洋基督之教”云：

> 其言曰，视人犹己。……继绍乎天以成其事业，实有继事述志之责。故其自视常若天之子，而凡同为人以并生于天地之间者，皆兄弟也。……固不能逮佛氏之精微，而其言固切近而可深长思也。

这里将“中国圣人之教道”即儒家伦理哲学和“西洋基督之教”即西方伦理哲学所作比较，远远超越了当时一般士大夫的水平。

郭氏还对中西制度之不同发表了看法：

西洋君德，视中国三代令主，无有能庶几者，即伊、周之相业，亦未有闻焉。而国政一公之臣民，其君不以为私，……自始设议政院，即分同异二党，使各竭其志意，推究辩驳，以定是非，而秉政者亦于其间迭起以争胜。

又云：

（中国）圣人以一身为天下任劳，而西洋以公之臣庶。一生之圣德不能常也，文、武、成、康，四圣相承，不及百年。而臣庶之推衍无穷，愈久而人文愈盛，颇疑三代圣人之“公天下”，于此犹有歉者。秦汉之世，竭天下以奉一人……而三代所以治天下之道于是乎穷。圣人之治民以德，德有盛衰，天下随之以治乱……西洋治民以法，法者，人己兼治者也……其法日修，即中国之受患亦日棘，殆将有穷于自立之势矣。

郭嵩焘深知“中国成法遵行已三千馀年，本不易言变通”，但同时他又坚定地认为，“虽使尧舜生于今日，必急取泰西之法推而行之，不能一日缓也”。可惜的是，他在当时中国社会领导阶层中居于绝对少数的地位。朝廷认为他“出使西洋，所著书籍，颇滋物议”；清议谴责他“不见容尧舜之世”，“何必去父母之邦”；乡绅和书院士子们集议要捣毁他在长沙的住宅；后来的京官中更有人“请戮郭嵩焘、丁日昌之尸，以谢天下”。此种情形，终于使他“仰天欷歔，发愤呕血，志气为之销靡，才智聪明亦为之遏塞”。

本集中《论郭嵩焘：现代化观念的先觉》一文，是带着深深崇敬和惋惜这位同乡前辈的感情写出来的。中国在十九世纪失去了大好的时机，这是郭嵩焘的不幸，也是中国的不幸。

然而，尽管体大思精、源远流长的儒家文化是如何的“足乎己无待于外”，尽管它的排他性和“专于自守”是如此的顽强，随着通商口岸的开辟，随着新技术和新知识的输入，在传统的士大夫阶层中，毕竟也开始孕育(或蜕变)出了第一批带有intellectual色彩的现代意义的知识分子，徐建寅便可以算作一个典型的例子。

中国现代化进程的动摇性、曲折性、软弱性、反复性，非常具体地反映在像徐建寅这样一个满怀忧国忧民、毕生追求富强，终于无可奈何、不得志于当世的技术专家的身上。徐建寅基本上不谈政治，看得出在一些重大关头他宁愿“绕开政治走”，但是政治却始终没有放过他，从好的和不好的两方面说来都是如此。百日维新时，他被起用任新设立的“农工商局”的“督理”,“赏给三品卿衔，一切事件准其随时具奏”。戊戌政变发生，农工商局旋即被“裁撤”，徐建寅也只得借口“扫墓”，脱离政界，归隐家园。后来张之洞请他到湖北办火药厂，他成了一个“日手杵臼，亲自研炼”的纯粹技师，终于在一次爆炸事故中牺牲了生命。本集中《现代化早期一位技术专家的道路及其教训》一文，对于后人也许可以引起一点深长之思。

郭嵩焘、徐建寅和黄遵宪作为最后一代士大夫和最早一代中国 intellectual 在“五千年来未有之变局”中无一例外的悲剧性结局，并不应该使今天为现代化而奋斗的我们丧失信心。郭嵩焘卒于一八九一年，徐建寅卒于一九〇一年，黄遵宪卒于一九〇五年，他们都是十九世纪的人物，属于过去了的时代，没有可能战胜(甚至没有可能公开反抗)传统的价值观和制度。今天中国的知识分子，仍然在继续着中国现代化的事业，但是时代毕竟不同了。H. N. Shore 氏评论容闳时写道：

> 一个能够产生这样人物的国家，就能够做成伟大的事业。……中国本身拥有力量，可以在真正完全摆脱迷信的重担和对过去的崇拜时，迅速使自己新生，把自己建设成为一个真正伟大的国家。

这段话我极喜欢，不止一次地引用过。是的，中国本身拥有力量。看到这个伟大的力量并且努力来激发和加强这个伟大的力量，使中国终能成为一个真正伟大的现代化的国家，就是我们——现代中国知识分子的历史使命。

一九八九年六月四日于长沙。

《儿童杂事诗笺释》序一*

（1990.4）

一九五〇年在新湖南报社，偶见上海《亦报》载《儿童杂事诗》，署名东郭生，丰子恺插图，读而好之；然年方弱冠，又忙于打背包下乡，无所谓私生活，匆匆不克辑存，亦不知东郭生之为谁也。丁酉年后，力佣维生，引车夜归，闭门寂坐，反得专心读书，因问 Rouse 所述希腊神名事，与译者周遐寿先生通信，始知东郭生即其笔名，重读《遇狼的故事》，为唏嘘者久之。后遂蒙寄赠《亦报》剪报全份，“文化革命”，幸得保全，前岁发愿为作笺释，上海陈子善、香港卢玮銮诸君各以所藏见示，清晰俱不如之，岂非文字遇合，亦有前缘耶。年来以脑出血病废，作载道之文已无此力量，为言志之作又缺乏心情，唯以此遣有涯之生耳。牟陌人跋《蜂衙小记》引昌黎诗云，“《尔雅》注虫鱼，定非磊落人”。予历经坷坎，夏日秋风，意气消磨，形神俱敝，又何能磊落，何能作磊落人耶？周氏自谓，“这

* 《儿童杂事诗笺释》（周作人作诗，丰子恺插图），一九九一年五月文化艺术出版社出版，本文题作“笺释者言”。

一卷所谓诗，实在乃只是一篇关于儿童的论文的变相”；又云，“以七言四句，歌咏风俗人情，本意实在是想引诱读者进到民俗研究方面去，从事于国民生活之史的研究，此虽是寂寞的学问，却于中国有重大的意义”。常见人慨叹文艺大家殊少为儿童创作，又每论及民俗研究之少成绩，此诗此画，或亦稍有助于风气之重开。予不敏，未能多读书，笺释本不易，然“路路通”“滚灯”诸条，虽不敢妄拟前贤之钻研穷极，亦可谓已尽心尽力刻意搜寻，盖生为中国人，虽惭磊落，而于吾土吾民之过去现在及未来，实未能忘，亦不敢忘也。丰氏之画未必尽慊周氏之意，但早负重名，辄肯为此诗插画，即足征诗之价值；而相得益彰，在为儿童与为学术两方面，画亦与诗同臻不朽矣。予之笺释得附骥以传，虽阁笔不再为文，亦可以无憾云。

一九九〇年四月于长沙。

《儿童杂事诗笺释》后记

（1990. 7）

《儿童杂事诗》七十二首，从一九五〇年二月二十三日开始在上海《亦报》上登载，到五月六日全部登完。丰子恺为其中的六十九首诗画了插图，只有乙之二、五、七三首，登出时注明了“此诗无画”或“今日无图”，这次便托戴文葆先生转求毕克官先生补画了三幅。还有乙之二一俞理初附一首咏李卓吾，本不涉儿童事，原来亦无插图，就不再增补了。

这七十二首诗分甲、乙、丙三编，分咏儿童生活和儿童故事，原来有的一题一诗，也有的一题数诗，从手迹上可以看出。如甲之一题曰《新年》，甲之二和甲之三都没有另立题目，《亦报》刊出时就标题《新年二》和《新年三》了，这次我按诗意改题作《压岁钱》和《下乡作客》，翻阅时大约可以醒目一点。

我向不主张用摘抄字典辞书的方法替古诗文“作注”，反对代替读者去查工具书。以旧时读书人的眼光看，这些“笔画代口耳”的牛山体诗实在也无须加注。但所咏者不外岁时、名物、儿童游戏，一句话叫做民间风俗，又都是清末戊戌前后即距今百年以前的，从民俗学和文化史的意义来说，就成为有价值的资料了，对研究儿童教育和儿童文学更是如此。故笺释专门注意这个方面，首先从周氏本人一生的数百万言著作中找材料，并旁及其他，地方文献、野记杂书、故老言谈、友朋通信，都在采辑之列。凡引周氏本人文字，只述出处，不再署名，以免词费。他人著作，也只在首次引用时署名。至于像观鱼《回忆鲁迅房族和社会环境三十五年间(一九〇二——一九三六)的演变·附录绍兴的风俗习尚》这样的长名，又一再引用，就只简称《绍兴的风俗习尚》了。

周作人手迹的最后两行题记，写明是“一九六六年八月十四日重录一过”。查周氏日记，是年三月二十三日记“偶作谐诗用辘轳体云：春风狂似虎，似虎不吃人，吃人亦无法，无法管风神……”七月十八日记“王益知来，代行严致意，甚可感荷”，行严即章士钊。八月四日记旧书店“刘满进来，云现因搞运动，故停止收购中外书籍，只可作破烂收斤卖矣”。八月十三日记“抄录儿童杂事诗，昨今得甲乙两编”。十四日记“上午抄儿童诗丙编，至下午了”，与题记正合。二十日记“阅毛主席语录，此书不能买到，今日从吉仲借看”。二十一日记“作致王益知信，且看答复如何”。二十三日仍未见有答复，“上午阅毛泽东论文艺”，日记即止于本日，距重录此编仅九日，盖即其绝笔矣。

一九九〇年七月记。

《儿童杂事诗笺释》序二*

（1998. 11）

《儿童杂事诗笺释》作于一九八九年秋冬间，时情绪极差，交付出版社时写的《笺释者言》有云：

> ……作载道之文已无此力量，为言志之作又缺乏心情，唯以此遣有涯之生耳。牟陌人跋《蜂衙小记》引昌黎诗云："《尔雅》注虫鱼，定非磊落人。"予历经坷坎，夏日秋风，意气消磨，形神俱敝，又何能磊落，何能作磊落人耶？……虽不敢妄拟前贤之钻研穷极，亦可谓已尽心尽力刻意搜寻，盖生为中国人，虽惭磊落，而于吾土吾民之过去现在及未来，实未能忘，亦不敢忘也。

这便是我当时发愿作笺释的原因。

当然要得到理解也难，买书的人，也许只是见到画儿有

---

* 《儿童杂事诗笺释》，一九九九年一月中华书局第二次出版，本文题作"再版题记"。

趣，或者因为印得也还别致，才破费买它一本看看的吧。故而文化艺术出版社只印三千本，之后即未再重印。转眼七八年过去，当初热心支持我做这件事的周丰一先生，已于一年前离开这个世界。我亦年近七旬，居高楼绝少履平地，越来越感到了寂寞。日前读《广阳杂记》至“……十九首曰：‘不惜歌者苦，但伤知音稀。’非但能言人难，听者正自不易也”，不禁悲从中来矣。

笺释后来又得了些可补充的材料，原印本亦有数处阙误，中华书局有意重印，因为修订付之，并题记如右。

一九九八年十一月记于长沙城北之寓楼。

《儿童杂事诗笺释》序三*

（2011.2）

农历庚寅年除日看《藏书报》，杨小洲介绍嘉德拍卖会“旧时月色”专场，一幅周作人《儿童杂事诗》条幅，拍到了三百多万元。杨君因而感叹道：“藏家求姿色，求品相，还追求‘旧时月色’里的一缕情怀，这是否可视为，文化的价值也涨了几百万……”

杨君的感叹引起了我的回忆。一九六三年十一月二十四日，在长沙拖板车的我写信给周作人，讲完要讲的话以后，还“求先生为我写一条幅”。很快便收到了二十九日从北京新街口八道湾十一号寄来的回信，信中说：“需要拙书已写好寄上，唯不拟写格言之属，却抄了两首最诙谐的打油诗，以博一笑。”

这两首诗，便是《儿童杂事诗》甲之十和十一，亦即《书房》和《带得茶壶》两首。本书正文中影印的手迹为一九六六年所书，给我的条幅上的笔墨，却好像跟本书附印的一九五四年写本更

* 《儿童杂事诗笺释》，二〇一一年安徽大学出版社第四次出版，题作“笺释新序”。

为接近。拍卖得三百多万元的条幅上写的是哪几首诗呢？打电话问杨小洲，手机通了却没人接，连续几次都是如此，暂时只好存疑。

遗憾的是，周氏赠我的条幅，“文化大革命”避祸转移时所托非人，被他隐匿占有了。但我想他还不至于敢拿去拍卖，因为条幅题有上款，我的子女和年轻的朋友们总会注意着它的。

报上的新闻，我家的旧事，都可以说明，周作人的作品，包括他的诗和他的字，确实会有人喜欢，确实有欣赏的价值。周氏的“嘉孺子”——替儿童着想，为儿童创作，也确实是他思想上和文字上的亮点，而《儿童杂事诗》七十二首即其代表作。这一点，不必等到“旧时月色”专场，至少在四十八年以前，我就这样认为了。

《儿童杂事诗》的价值虽然是永恒的，但它写的却是过去的儿童生活和儿童故事，语言文字用的也是过去式，今天的读者未必都熟悉；方言和习俗，异时异地的人，有时更会感到陌生，笺释就成为必要了。故我在二十多年前即发愿做这件事——但笺释亦不容易，成书后三次重印，每次都有或多或少的补充修改。这次则是大改，改掉了原来大字直行的版式，字数增加了，内容也作了比较多的增添。

此书原来只影印了一九六六年的周氏写本，手写繁体字和不规范的省笔，年轻人难认识。此次在影印七十二首诗手迹的同时，将诗、注的全文和笺释改用简体字横排，以便阅读。又将一九五四年写本全文影印作为附录，供读者对照欣赏。

丰子恺插图原作早已不存，只有《亦报》刊载的六十九幅锌版图传世。原来勉强将其放大，反而失真难看，读者意见最多。此次改按《亦报》原大刊登，庶几少失原作的精彩。

安徽大学出版社要我为《笺释》新版写篇序言，正好看杨小洲文有些感触，便匆匆写下了这篇“笺释新序”，并将原有的“笺释者言”改题“笺释原序”了。

二〇一一年二月二日，于长沙城北之念楼，时年八十岁。

《儿童杂事诗笺释》序四*

（2016.4）

本书初版于一九九一年由文化艺术出版社印了三千册，二版于一九九九年由中华书局三次共印了三万册，三版于二〇〇四年由岳麓书社印了一万册，四版于二〇一一年由安徽大学出版社印了六千册。每次更换出版社的原因，都是由于笺释要修订，图文要改版。

此次新版，修订尤多。例如：甲十二《立夏》初版笺释说，“淡笋是生长药材‘淡竹叶’的淡竹所发出的笋”。新版则根据《包商时报》读者“雨云”的来信，指出了初版这说法“是不对的”，“淡竹叶并非淡竹之叶，而是另外一种不同的植物。……淡竹为竹亚科刚竹属五十八种中的一种，高可达十二米，为笋材两用竹；淡竹叶则不属于竹亚科，乃是禾亚科淡竹叶属的一种草，高仅数十厘米，根本不会发笋”。

对七十二首诗进行笺释，是本书的主体。每首诗只有二十

* 《儿童杂事诗笺释》增订版，二〇一七年二月海豚出版社出版，题作“新版说明”。

八个字，笺释初版每则平均三百五十字；二、三版虽有些修订，字数却无增减；第四版改为小字横排，每则笺释的平均字数，增加到了七百多字；新版则不仅有增，而且大改，如今每则平均已达千字，差不多是原来的三倍了。

新版的图文版式也作了很大改动。一是附印了周作人一九五〇年二月和一九六六年八月两件自抄本手迹，弥足珍贵。第四版附印的一九五四年一月的写本，系复印香港崇文书店一九七三年影印本，这次便将它换去了。写本偶有异文，《亦报》所刊则颇有删削，笺释主要用的是一九六六年的写本，但也参用了五〇年的写本。二是丰子恺插图原作已佚，存世的只有一九五〇年二月二十三日至五月六日刊登在《亦报》上的六十九帧锌版图，初版勉强将其放大，反而失真难看，现在按《亦报》原图原大复制，“缘缘堂画笺”《亦报》制版时只保留内框，现在则现出了全貌，看起来顺眼得多了。

新版笺释能做成这个样子，多因得刘毅强、吴浩然、罗东波和李缅燕诸君之热心相助，谨在此表示对他们的感谢。

二〇一六年四月一日，锺叔河时年八十五岁。

《学其短》序一*

（1991.8）

学其短，是学把文章写得短。写得短当然不等于写得好，但即使写不好，也可以短一些，彼此省时省力，功德无量。

汉字很难写，尤其是刀刻甲骨，漆书竹简，不可能像今天用电脑，几分钟就是一大版。故古文最简约，少废话，这是老祖宗的一项特长，不应该轻易丢掉。

我积年抄得短文若干篇，短的标准，是不超过一百个汉字，而且必须是独立成篇的。现从中选出一些，略加疏解，交《新闻出版报》陆续发表。借用郑板桥的一句话："有些好处，大家看看；如无好处，糊窗糊壁、覆瓿覆盎而已。"如今不会用废纸糊窗糊壁封坛盖碗了，就请将其往字纸篓里一丢吧。

一九九一年八月二十日于长沙。

* 原刊一九九一年九月一日《新闻出版报》。

《学其短》序二*

（1998. 12）

《学其短》几年前在北京报纸上开专栏时，序言中说："即使写不好，也可以短一些，彼此省时省力，功德无量。"这当然是有感而发。因为自己写不好文章，总嫌啰唆拖沓，既然要来"学其短"，便不能不力求其短，这样稿费单上的数位虽然也短，庶可免王婆婆裹脚布之讥焉。

此次应《出版广角》月刊之请，把这个专栏续开起来，体例还是照旧，即只介绍一百字以内的文章，而且必须是独立成篇的。也还想趁此多介绍几篇纯文学以外的文字，因为我相信，有很多人和我一样，常亲近文章，却未必敢高攀文学。

学其短，当然是学古人的文章。但古人远矣，代沟隔了十几代，几十代，年轻人可能不易接近。所以便把我自己是如何读，如何理解的，用自己的话写下来。这些只是我自"学"的结果，顶多可供参考，万不敢叫别个也来"学"也。

一九九八年十二月十日于长沙。

* 原刊一九九九年《出版广角》第一期。

《学其短》序三*

（2001.6）

“学其短”从文体着眼，这是文人不屑为，学人不肯为的，我却乐于为之。自己没本事写得长，也怕看讲大道理的长文章，这当然是最初的原因；但过眼稍多，便觉得看文亦犹看人，身材长相毕竟不最重要，吸引力还在思想、气质和趣味上。

“学其短”所选的古文，本是预备给自己的外孙女儿们读的。如今课孙的对象早都进了大学，而且没有一个学文的，服务已经失去了对象。我自己对于古文今译本有些畏难，也无多兴趣，于是便决定在旧瓶中装一点新酒。——不，酒还应该说是古人的酒，仍然一滴不漏地装在这里；不过写明“念楼”的瓶子里，却由我掺进去了不少的水，用来浇自己胸中的垒块了，即标识为“念楼读”尤其是“念楼曰”的文字是也。这正像陶弘景所说的，“只可自怡悦，不堪持赠君”。借题发挥虽然不大敢，但箭在弦上不得不发时，或者也会来那么两下吧。

二〇〇一年六月十一日于长沙城北之念楼。

* 原刊二〇〇一年六月十九日《文汇报·笔会》。

《学其短》序四*

（2004.1）

“学其短”标出一个“短”字，好像只从文章的长短着眼，原来在报刊上发表时，许多人便把它看成古文短篇的今译了。这当然不算错，因为我拿来“读”和“曰”的，都是每篇不超过一百字的古文，又是我所喜欢，愿意和别人共欣赏的。谁若是想读点古文，拿了这几百篇去读，相信不会太失望。熟识的朋友大都知道，这事本来是为我自己的外孙女儿们作的，如今她们中的两个分别在美国、英国读博士和硕士，另一个今年也从天津大学毕业了，即将留学巴黎，都不会再读这些了。

我的主要兴趣本不在于“今译”，而是读之有感，想做点自己的文章。这几百篇，与其说是我译述的古文，不如说是我作文的由头；虽说太平盛世无须“借题发挥”，但借古人的酒杯，浇胸中的垒块，大概也还属于“夫人情所不能止者，圣人弗禁”的范围吧。

当然，既名“学其短”，对“学”的对象自然也要尊重，

* 原刊二〇〇四年五月安徽教育出版社出版《学其短》一卷本。

力求不读错或少读错。在这方面，自问也是尽了力的，不过将“贬谪”释读成“下放”的情况恐仍难免。虽然有教中学的老师提醒，贬谪是专制朝廷打击人才的措施，下放是党和人民政府培养干部的德政，不宜相提并论。但在我看来，二者都是人从“上头”往“下头”走，从“中心”往“边缘”挪。不同者只是从前圣命难违，不能不“钦此钦遵”克期上路；后来则有锣鼓相送，还给戴上了大红花，仅此而已。于是兴之所至，笔亦随之，也就顾不得太多了。

二〇〇四年元旦。

《学其短简编》序*

（2017. 10）

《学其短简编》选读了《念楼学短》中的四百来篇，所不同的是：（一）将编排次序改为先短后长，从最短的六字文、九字文开头，最后才是百字文；（二）将我写的部分由三块改为两块，只留下“念楼读”和“注释”，删去了“读者曰”。

这全是出版者和营销者的主意，他们是在为读者尤其是初读者着想，这总是不错的，而且并不悖我的初心（文章最初本是抄来教自家中学生的），于是我勉强同意了。

“千年的简洁”这个书名，我也同意，觉得用来形容汉字写的古文——文言文正好。汉字历史长达三千馀年，殷人刻在甲骨上的“其自西来雨”便是文言文，一百多年前孙文宣誓“国民之公意，文实遵之”，还是文言文。文言文的生命力差不多和汉字一样强，别处的古文却早都灭绝了。

文言文永葆活力的原因之一，便是它的短，它的简洁。我

* 《学其短简编》，后改名《千年的简洁》，二〇一八年一月湖南美术出版社出版；交“罗辑思维”策划营销时，又添加书名《古文之美》。

们看中文外文对照的书，书上的外文一行一行满满的，中文尤其是文言文则疏疏朗朗，只有很少几个汉字。试看本书中《论语》记孔子之言：

逝者如斯夫，不舍昼夜。

还有钱镠的《与夫人书》：

陌上花开，可缓缓归矣。

岂不都简洁得很，美得很吗。孔子是二千五百年前的人，钱镠是一千年前的人，千年的简洁，值得珍重啊！

丁酉中秋后十日于长沙城北之念楼。

《学其短画本》序*

（2017. 11）

《学其短》初版于十五年前，是自己对古文的读后感。现在出版社从好几百篇中选出八十篇，编成这册给少年儿童看的画本，我觉得还要在前面说上两句话。

第一句话是：请别把它当成“三百千千”了。

《三字经》《百家姓》《千字文》《千家诗》等能否代表“国学”，暂且不谈；但它们无助于读古文，无助于学其短，这一点总是没有疑问的。“国学”昌明时的读书人，远如曾国藩，近如周作人，也都不是念“三百千千”学会写文章的。

第二句话是：外文也有写得短，写得精彩的。

两千多年前古罗马时，恺撒在法萨罗大战后的报捷文书，只写了三个拉丁文单字：

Veni，Vidi，Vici.

（来，看，胜利！）

* 《学其短画本》，二〇一九年十一月湖南少年儿童出版社出版。

一九五三年诺贝尔奖得主海明威自撰碑文也只有一句：

Pandon me for not getting up.
（请原谅我不起身。）

二〇一七年十一月于长沙。

《书前书后》自序一*

（1992. 2）

收入本书的文字，差不多都在书前书后和报纸刊物上登载过，有人称之为杂文或散文，我觉得其实难副。

究竟杂文是什么，散文又是什么呢？这种文体学上的问题我一直弄不清。望文生义，杂文总应该比较“杂”，表达的想法和看法不必那么清一色；散文则应该比较“散”，尽可能汪洋恣肆一些，不要太严肃整齐了吧。

若是按这些个标准，这些文字恐怕都难及格。硬要贴标签的话，大约只能把它们叫做编辑应用文。如果说，杂文像雅典娜的猫头鹰，只有在文明的暮色中才开始起飞；应用文则正好相反，它的盛行乃是王道昌明百业兴旺的标志，我感到很幸运，也能来凑上一分热闹。不过内心还是希望，除了做编辑的同行外，还能够有年轻或年老的朋友注意到这本小书，偶尔翻翻，会心一笑，哪怕是百分之一、千分之一也好。

---

* 《书前书后》，一九九二年十月海南出版社初版，有黄裳序和此自序。一九九六年五月再版，加入张中行序，删去了此篇。

我在《夜读漫抄》中引过前人“改《论语》”的话：“不可与言而与之言，失言；可与言而不与之言，失人。与其失言，宁可失人。”这种态度也许太近杨子了，现在看来，还是不必百分之百地照办了吧。

辛未除夕于长沙城北之寓楼，时鞭炮声震耳欲聋，真希望这种热闹快点过去才好。

【附】没写好的自序

（1996.4）

《书前书后》初印于一九九二年，在黄裳先生序文之后，我写了一篇不到四百字的自序，开头就说：

> 收入本书的文字，差不多都先在书前书后和报纸刊物上登载过，有人称之为杂文或散文，我觉得其实难副。……望文生义，杂文总应该比较“杂”，表达的想法和看法不必那么清一色；散文则应该比较“散”，尽可能汪洋恣肆一点，不要太整齐严肃了吧。若是按这些个标准，这些文字恐怕都难及格。硬要贴标签的话，大约只能把它们叫做编辑应用文。……

我确实不曾研究过文体学，不过过去读昭明太子、姚姬传、曾涤生等人编的书，各种文体的区别大致还能明白。进入“新时期”后，说是要以是否“纯文学”分界，一属“作家协会”领导，一属“杂文学会”管辖，我这个界外人就越搞越糊涂了。我想，像张宗子为《夜航船》《西湖梦寻》《四书遇》等书写的序跋，要问算杂文还是算散文，岂不同前辈先生们当做笑话讲的历史问答题“男女私通始于何时”一样，永远也讲不清的吗？我只是一个以编辑为职业的人，从不敢滥竽作者之林，更无论“散文家”“杂文家”了。所以把这本小书定性为一卷编辑应用文，乃是实话实说，并非故意矫情。小序又云：

> 如果说，杂文像雅典娜的猫头鹰，只有在文明的暮色中才开始起飞；应用文则正好相反，它的盛行乃是王道昌明百业兴旺的标志，我感到很幸运，也能来凑上一分热闹。不过内心还是希望，除了做编辑的同行外，还能够有年轻或年老的朋友也注意到这本小书，偶尔翻翻，会心一笑，哪怕是千分之一、万分之一也好。

“雅典娜的猫头鹰，只有在文明的暮色中才开始起飞”，这句话我是从别人的文章中看来的，因为喜欢便用上了。后来三联书店秦人路君写信来问它的出处，只好向专家请教，承邓晓芒君告知，盖出于黑格尔《法哲学原理》，德文是 Die Eute der Minerva beginnt erst mit der einbrechenden Dämmerung ihren Flug，直译当作“密涅瓦的猫头鹰要等黄昏到来才会起飞”。罗马的密涅瓦也就是希腊的雅典娜，猫头鹰便是这位智慧女神的象征，在欧洲称为智慧之鸟，“象征以思考征服愚昧”，同时它又“是夜间的鸟，与月亮同行，无法忍受阳光的酷烈”。小序抄引的原文没有明说据黑格尔，“文明的暮色”可能是第一个用花比美人者自铸的新词，不过他实在铸造得好，我至今仍舍不得割弃，甘愿做第三个用花比美人的蠢材也罢。接下来我又写道：

> 应用文则正好相反，它的盛行乃是王道昌明百业兴旺的标志，我感到很幸运，也能来凑一分热闹。

这几句话也许稍微晦涩一点，但我想，无论哪位读者，总不会比我更蠢，总不至于见人引俗语“文章自己的好，老婆别人的好”，就认为此人一心想搞别人的老婆，文章则“老子天下第一”吧。不过话又说回来，在咱们这里，傻大哥总是不会缺席的，从前在岳麓书社印行《古典名著普及文库》时，《三国演义》书前聂绀弩序文中的警句，“奸雄曹操是篡贼曹丕的儿子”，居然引得读者来信，正经八百地提醒我们：曹丕才是曹操的儿子，聂绀弩在这里讲错了。如此看来，我说什么“王道昌明百业兴旺”，极右派岂不是变成了歌德派吗？小序最后又写道：

> 我在《夜读漫抄》中引过前人“改《论语》”的话：“不可与言而与之言，失言；可与言而不与之言，失人。与其失言，宁可失人。”这种态度也许太近杨子了，现在看来，还是不必百分之百地照办了吧。

读过几句古书的人都知道，《论语·卫灵公第十五》的原文是“子曰，可与言而不与之言，失人；不可与言而与之言，失言。知者不失人，亦不失言”。这是古典儒家的精神，不激不随，实行却亦不易。孔子心目中的知(智)者，须得兼具仁心和勇气，我辈望尘莫及。小序虽说不愿百分之百地学杨子，觉得他太怕“失言”，也就是太“为我”了，其实亦不过说说而已，该讲的话和想讲的话，百分之七八十还是不敢讲的。惊弓之鸟不能不害怕再一次枪打出头，一也；话讲得不明白，又怕傻大哥傻大姐误会，二也。我这几年连“书前书后”这类文字都很少写，除了才力本来不济外，这也是一个原因。

一篇不到四百字的小序，这次加上说明上千字，好像还是讲不清楚，可见“文章自己的好”确实不是事实。所以在重印的时候，便将原来的小序撤去了。

一九九六年四月。

《书前书后》自序二*

（2011.7）

我写作较早，而结集甚迟。《书前书后》是我的第一本集子，初版于一九九二年，历时二十年矣。近几年来，不断听到有人从旧书店寻购本书的消息，还有远道寄书来叫签名的。揣想这些劳神费力寻得的书，总是难得再进旧书店的了，如果还有人想买，该怎么办呢？因此，出过我的《念楼集》和《学其短》的安徽教育出版社，决定来为本书出一新版，可谓及时，我很高兴。

为什么会高兴呢？

自从六十多岁离了休，写文章，著书，编书，已不是奉命宣传，更不是追求名利，主要是心里还有话想说，想告诉别人。《诗经·小雅·伐木》："嘤其鸣矣，求其友声。"一只鸟儿独立枝头不会鸣叫，只有在有知音同类的回应时，它才会发声。二十多年前写的东西，至今还有人要看，也就是还有"友

---

* 《书前书后》于二〇一二年十一月由安徽教育出版社重版，本文曾以《〈书前书后〉这个书名》为题单独发表。

声”，有回应，可见自己并没有白吆喝，此其所以高兴者一也。

《书前书后》所写之书，凡是我自己著、自己编的，如《走向世界》，如《儿童杂事诗笺释》，如《学其短》，如《知堂书话》，如《曾国藩家书》……从一九九二年算起，都至少重印过一次，多的已重印五次。不少书重印时，又在书前书后写了新的题记。新版增入了这部分内容（同时删去了所有不在书前书后的文字），为自己的笔墨生涯留下了更清楚的轨迹，此其所以高兴者二也。

《书前书后》的书名，是二十年前我自己取的。当时即知书名非商标不受保护，和尚用得，阿 Q 也用得；但我只习惯用自己的杯喝水，不习惯同别人共饮一杯水。为了不错拿杯子，曾经认真检查，并未发现有珠玉在前。十年之后，忽从《秀州书局简讯》得知，有人求购《书前书后》，书局以北京某先生新作寄之，回信却说“要锺叔河的”，这才知道出了同名的书。不久以前又听说，天津某先生名叫《书前书后》的文集也快成书了。两位先生都是望重之人，难道都不嫌不干净，硬要捡起和尚用过的来用吗，当然不至于此。我想恐怕只能怪我自己，怪我和我的书“知名度”太低，别人根本不知道有这么回事吧。如今有人愿意再来印它一次，再印几千册，知名度稍微提高，第四种、第五种《书前书后》也许就不忙于上市了吧，此其所以高兴者三也。

唯天下之事，亦正难说，我高兴得也许太早了。三张稿纸写完时，忽得包书来的六月二十日《长沙晚报》一张，有大字标题“这么多《建党伟业》？不是电影，是书！”下面列出了同名

《建党伟业》的六部著作，封面彩照全是皇皇巨制，六家出版社和六位作者也全是大牌。如此看来，一名多书、书名共用恐怕还是“人间正道”，“我用我的杯喝水”则仍属小资产阶级劣根性乎？那么好吧，爱用《书前书后》作书名的都来用吧，物竞天择，就让时间和读者来“择”好了。至于《建党伟业》，自然又当别论，别说六种，就是六十种，总是都会与天地同寿、日月齐光的吧，馨香祷祝之矣。

二〇一一年七月六日于念楼。

《锺叔河散文》序*

（1998. 10）

我喜读别人的好文章，无论古今中外。司马迁、伏尔泰、张宗子、法布尔、丘吉尔……以至报纸副刊上有的小学生的作文，只要作者所知、所感、所思能与我协和，为我理解。静室灯下，四壁萧然，每一展卷，有如晤对，这交流还可以超越时间和空间，得有会心，寂寞也就排解了。

我写文章，也是为了传达自己的所知、所感、所思。当然我所知甚少，只限于自己读过的几本书；所感亦迟钝，因为经过几十年折磨，神经纤维早已粗糙麻木；所思为天资和学养所限，更谈不上深刻。不过自己总还记得“修辞立其诚”的古训，凡是有话想说又自以为还值得说一说的，便总是老实地写出来，不会假装有学问，不会矫情，也不会玩深沉。——那样实在太丑，自己也实在太累。

从目录上可以看出，这本书所收的文章，一共分为七组：第一组是从近年发表在报刊上的近百篇短文中选出的二十六

* 《锺叔河散文》，一九九九年八月浙江文艺出版社出版。

篇；第二组是从《书前书后》集中选出的十六篇；第三组是从《千秋鉴借吾妻镜》书中选出的四篇；第四组是从《走向世界》书中选出的三篇；第五组是由《从东方到西方》书中选出的三篇；第六组则是《儿童杂事诗小笺》七十二则；第七组是《唐代诗人小记》一百则。这样做主要是编者的主意(我本想只收新作，她却建议编一选集)，当然我也是同意的。

书名出版社定为“锺叔河散文”，也曾使我踌躇。如按“界”内的标准，这里可以算得上“正宗”或“主流”散文的，恐怕没得几篇。好在我这个人从来就是不那么皈依正宗投入主流的，所以也就随它了。

一九九八年十月于长沙城北之寓楼。

自制《偶然集》封面题记*

（2000. 12）

本书为我一九八〇至一九九九年二十年间所作文章的选抄，承好意被列入“文艺湘军百家文库·散文方阵”，并锡以嘉名“锺叔河卷”。而自己本怯于“投军”，插在“方阵”中怕跟不上队。于是便将给我的几十本样书的封面扯掉重新做过了。书前书后领导同志所作的“总序”和“总跋”，盛赞“德高望重、成果丰硕、应在我省文学艺术成就中占一席之地的老文艺家”，从来不搭文艺界的我实在不敢戴上如此荣光的桂冠，也就一并将其取掉了。

我业馀写写文章，本来出于偶然；印这一本书，更是由于偶然；恰好最末一篇的题目也是《偶然》，所以便在自印的封面上印了“偶然集”三个字，就让它作为临“阵”脱逃的标志吧。

《偶然集》这个书名，自己觉得还有点意思，今后也许还会再正式用它一下，亦未可知。

公元二千年十二月。

* 《百家文库·散文方阵·锺叔河卷》，二〇〇〇年十月湖南文艺出版社出版。

《念楼学短》序一*

（2002. 6）

“学其短”十年中先后发表于北京、南宁和上海三地报刊时，都写有小序，此次略加修改，仍依原有次序录入。要说的话，历经三次，都已说完，自己认为也说得十分清楚了。

三次在报刊上发表时，专栏的名称都是“学其短”，这次却将书名叫做“念楼学短”。因为“学其短”学的是古人的文章，不过几十百把个字一篇，而“念楼读”和“念楼曰”却是我自己的文字，是我对古人文章的“读”法，然后再借题“曰”上几句，只能给想看的人看看，文责自负，不能让古人替我负责。

关于念楼，我曾经写过一篇文章，最后一句是这样说的：“楼名也别无深意，——念楼者，即廿楼，亦即二十楼也。”

二〇〇二年六月四日。

* 《念楼学短》一卷本，二〇〇二年湖南美术出版社出版。

《念楼学短》跋

（2002.6）

《学其短》一九九一到一九九四年在《新闻出版报》刊出九十六则，那时本来是为自己女儿的女儿而写的，后来她们出的出洋留学，学的学了理工，便中断了。

一九九九到二〇〇一年，又在《出版广角》上刊出二百六十六则，此系由于老同学刘硕良兄的怂恿。后来刘兄离休，自己对于古文今译这件费力不讨好的事情也懒得老是这样做下去，又中断了。

课孙已经没有了对象，今译也早就缺乏兴趣，但又觉得还可以用古人的文章做题目，来讲一点自己想讲的话。加上又总有编辑朋友来叫写，于是近两年在《文汇报·笔会》《文汇读书周报》和本地的《长沙晚报》上，又陆续写了一两百则——议论的成分越来越多，今译的色彩越来越淡，最后成了现在这个不成样的样子。

本书所收一百九十篇借以为“题”的“古文”，除了刘献廷《南岳》百零一字，庄子《郢人》百零二字外，都没有超过一百个字。周汝昌为一本《历代百字美文》作序说，选短文若要死扣字数，“这叫抬杠，或者夹缠”。既然如此，又何必自称“百字美文”，死扣“百字”为卖点呢？其实历代好文章短小精悍者够多，编“百字美文”本不必拉远超“百字”的《沙弥思老虎》《愿换手指》之类凑数。就拿其作为压卷的洪秀全《全军放胆杀敌诏》来看，不是也没有超过一百个字吗？至于“真神能造山和海，任那妖魔一面来”这样的文美不美，则是另一问题，尽可“萝卜青菜，各人各爱”，也无须像周先生那样热心地“提醒读者”了吧。

二〇〇二年六月四日于长沙城北之念楼。

《念楼学短》序二*

（2009. 6）

二〇〇二年由湖南美术出版社出版的《念楼学短》一卷本，只收文一百九十则。此次将别处出版和以后发表的同类短文加入，均按一卷本的体例和版式作了修订，以类相从编为五十三组，分作五卷，共收文五百三十则。

抄录短文加以介绍的工作，事实上是从一九八九年夏天开始的，说是为了课孙，其实也有一点学周树人躲进绍兴县馆抄古碑的意思。一眨眼二十年过去，我已从“望六”进而“望八”，俟河之清，人寿几何，真不禁感慨系之。

《念楼学短》的本意，当然是为了向古人学短，但写的时候，就题发挥或借题发挥的成分越来越多，很大一部分都成了自己的文章。我的文章顶多能打六十分，但意思总是诚实的。此五卷合集，也妄想能和一九八五年初版的拙著《走向世界》一样，至今已三次重印，得以保持稍微长点的生命。

《走向世界》书前有钱锺书先生一序，这次便向杨绛先生求

* 刊《念楼学短合集》五卷本，二〇一〇年湖南美术出版社出版。

序，希望双序珠玉交辉，作为永久的纪念。九十九岁高龄的杨绛先生身笔两健，惠然肯作，这实在是使我高兴和受到鼓舞的。

二〇〇九年六月十日。

《念楼学短》序三*

（2017.2）

《念楼学短》和《学其短》每回面世，都有一篇自序，这回已是第七篇；好在平均五百字一篇，加起来还不太长。

《念楼学短》和《学其短》，开头都是一卷本，后来合二为一，一卷容纳不了五百三十篇，于是成了五卷。五卷本印行了三次，印数越来越多；还会出简要版，出数字版，五卷本便觉得累赘了。

从本版起，本书仍恢复为两册印行，但内容五百三十篇依旧，只将编排次序略予调整。比如将“苏轼文十篇”“陆游文十篇”调整和“张岱文十篇”“郑燮文十篇”以类相从，因为读者也许会觉得这样更妥帖些。

八十年前见过一本清末外国传教士编印的书，将《圣经》中的一节，用各种文字翻译出来，各占一页，只有中国文言文的一页译文最短。我说过，我们的古文“最简约，少废话，这是老祖宗的一项特长，不应该轻易丢掉”。但老祖宗的时代毕竟

* 《念楼学短》上下册，二〇一八年十月湖南美术出版社出版。

是过去了，社会和文化毕竟在不断进步。我们要珍重前人的特长，更要珍重现代化对我们的要求和期待，这二者是可以很好地结合起来的，我以为。

二〇一七年二月于长沙，时年八十六岁。

《念楼学短》五卷本改版题记*

（2017.12）

一九八九年冬，无事可做，出于无聊，选抄百字古文，加上点自己的“读”和“曰”，打算给几个外孙女看。不料却被报刊拿去开专栏，标题“学其短”。后来就汤下面，汇编成书，安徽出的一本，即名《学其短》；湖南出的则称《念楼学短》，再后还扩编成了五卷本的合集。

此次趁着将五卷本改为上下册的机会，仍旧复名《学其短》。这一是为了降低书价，二是为了便于阅读，三是为了简化书名。将“念楼学短合集”的六个字简化为三个字，也就是在“学其短”。

全书的内容，则毫无改变，还是五十三组五百三十篇，只将各组次序略为调整。例如将“苏轼文十篇”“陆游文十篇”调整到“张岱文十篇”“郑燮文十篇”一起，以类相从，看起来也许会更合适一点。

* 《念楼学短合集》(五卷本)改版为上下两卷本时，本想恢复《学其短》书名，后因故未果。

专栏和旧版原有序文五篇仍旧刊出，那里面说过的话，这里便不再重复了。

二〇一七年十二月二十日。

《偶然集》序*

（2002. 9）

三年前的冬天，我自己曾经做过几十本封面上印着“偶然集”三个字的书。那其实是几十本《文艺湘军百家文库·散文方阵·锺叔河卷》，因为封面实在太难看，才临时换做的，乃是一本没有书号、没有定价、没有上市，也没有进入国家图书目录的书。至于面目可憎的《文艺湘军百家文库·散文方阵·锺叔河卷》，则当然是正式出版物。它所收的七十七篇文章，这本《偶然集》重新收入的不到十篇，而且和其他入集的文字一样，都经过了或多或少的修改，二者是完全不同的两本书。

那本“偶然集”因《偶然》而名，这本《偶然集》又收入了《偶然》，故仍以此为名。二册之名虽同，其实却不同了。

这一本共收文五十五篇，可分为六组：第一组的七篇，大体上算是自述，其中便包括了《偶然》；第二组从《老社长》起，九篇均属于怀人的性质；第三组《凤凰丛书的旧文》等八篇，都与自己编著的书有关；第四组《差距》等七篇是书评，本拟收入

* 《偶然集》，二〇〇三年十月凤凰出版社出版，为《开卷文丛》第一辑之一。

《念楼集》，但这七篇都有插图，《念楼集》除了《曾国藩家的“两地书”》一文中非用手迹不可，其馀的文章均不拟插图，所以移入本集了；第五组是八篇说鸟说兽也说人的小文章，有几篇为八十年代旧作，曾收入《书前书后》集，却本不是在书前也不是在书后的，故移来放在这一起；最后的第六组，则是从今年所写的《念楼小抄》和《念楼短札》中选出来的。

这五十五篇的前二十四篇，都是写我自己和与我自己有关的人和事的。将陆陆续续写成的这几篇收拢来印在一起，算是了却了自己的一桩心愿。

所有写文章的人，都是在写自己，但天赋有高低，本领有大小。我的天赋低，本领小，作诗作小说都作不来；偶尔写点小文章，也缺少“文学性”，只是将自己的经历和感受照实记录下来罢了。但生逢大时代，普通人的所感所思，也许还会有几个别的普通人想要看看，就算是物以类聚，人以群分吧。

前面说过，入集的文章都作了或多或少的修改。喜欢改动是我写文章的一大毛病，即在看校样时也总要改，遭排字工人和责任编辑诟病久矣。我极羡慕下笔千言、落笔不改的朋友，但自己实在没有那样的天赋和本领，看了自己写出来的东西总觉得不熨帖，忍不住又要改，当然改也还是改不成好文章，真是：

黾勉写文字，心尽力不随。

谨将《老虎桥杂诗》中的这两句抄在这里，以此向宽宏大量的读者诸君先行告罪。

董宁文君热情相邀，使这本《偶然集》能成为《开卷文丛》第一辑中的一册。胡颖君不嫌麻烦为我翻拍图片，均此致谢。

二〇〇二年九月十八日于长沙城北之念楼。

《锺叔河序跋》前言*

（2002. 10）

准备到 Vancouver（不是加拿大的 Vancouver，而是美国哥伦比亚河上一处风景宜人的小城）去住几个月，女儿已给订了十月二十九日的机票。董宁文、唐元明两处约稿的两本校样却还未看完，苏州王稼句君九月十二日又来信说："拟编一套'序跋丛书'（暂名），计划十种至十二种，每种收五万字左右，图版五六十幅。图版除书影外，主要是作者各时期的照片，或有意思的墨迹，印成一本精致的小书，可算是'书与人'的意思。"见之怦然心动，便答应了他。

使我心动的，就是他讲的"精致"这两个字。

为何如此想"印成一本精致的小书"呢？

因曾为书业中人，虽然早就退了休，新老朋友送书给我的仍然不少。来而不往非礼也，拿什么书回送便成了大问题，一是要送得出手，二是要送得起，都不大好办。

先讲其一。自己虽然隔一两年也会出一两本书，写得或编

* 《锺叔河序跋》，二〇〇三年三月东南大学出版社出版。

得好不好先且不说（那本是生成的眉毛长成的痣，没法子的），只要装帧、版式、排字、校对、印刷、装订……有一个环节没做好，自己看着就不舒服，给别人又怎么拿得出手？

比如今年四月出的《林屋山民送米图卷子》，装帧、排版、用纸都很不错，心里非常感谢操办的朋友，可是第一百七十页上马衡题记头一句，我标点的是：

> 世之奉佛者，多不惜舍其资财供养僧众；名山大刹，建筑辉煌，何莫非清信士女之力有以成之。

印出来却成了：

> 世之奉佛者，多不惜舍其资财供养僧众；名山大刹，建筑辉煌，何？莫非清信士女之力有以成之。

凭空来了这么一个“？”，我就无论如何不敢拿这本书送人了。

再讲其二。也有的书运气好，责任编辑、装帧版式设计都得人，印也印得比较好，可以拿来送人了。可是书价一高，给作者的样书就少，往往一到就被楼上楼下常来常往的几个熟人分光。今年八月，拙作《念楼学短》在湖南美术出版社出版，萧沛苍君为作装帧，蔡皋君为插画，胡颖君协助设计版式，都做得不错。另一本拙作《从东方到西方》的增订本，也在岳麓书杜出版了，郭天民君设计的封面，见者无不称赞，胡颖做版式安排大量照片也很得宜。两本书装帧设计的“含金量”都超过了我的文字，拿来送人可以说是我的光荣。样书前者给我二十七册，后者给了我三十册，特别照顾都属于破格。无如稀饭虽不少，和尚却更多。两本书都是三十八元一册，并不算贵，但要我掏钱买了来送人(虽然可以打折扣)，还是有些舍不得，这就属于送不起的了。

“收五万字左右，图版五六十幅”的小书，任你印得如何精致，定价总不会太高。而这个“精致”，有稼句君这样写得出《秋水夜读》般漂亮的文章，编得出《苏州旧梦》般讲究的图书的人来操作，也一定会有保证。那么，明年从 Vancouver 回来，拿什么书回送朋友的问题岂不解决了吗。

于是便选序文，选照片，写说明，忙乎了小半个月，总算将三十篇序跋几十幅照片选编好了。我对稼句君说，这本小书虽然小，却是我用心编的，因为很怕对不住他所提出的“精致”的要求，故不敢草率从事。我还说，如果他这次也能得人，这套小书真能印得很精致，我就要在该得的样书之外再多买一些，买它上百本。

二〇〇二年十月十九日夜于长沙城北之念楼。

《青灯》小引*

（2004.1）

叶匡政君叫我将写的回忆文章挑选出来，交由他去印作一本小书，我答应了。搜集检视之后，才发现自己这些年写的并不多，通共才有四十篇，十来万字。另外朱纯写的《关于“同人报”》，则是不能不印在一起的，便将其附在《“争鸣”与“善鸣”》之后，四十加一为四十一篇。

其实在我的经历中，值得写一写，自己也颇想写一写的材料，还是不少的，但总觉得还没到可以写的时候。四十九岁重新捉笔，工作了十来年离休，离休后十来年又过去了，却仍然还在等待这个时候，日暮途远，悠悠苍天，曷其有极！

用一个题目做文集的名称，是躲懒的法子，也是我的习惯。这四十篇中有一篇“青灯”，便将书名定为《青灯》了。

二〇〇四年一月。

---

* 《青灯》并未出版，后来的《青灯集》另有序文。

《天窗》小引*

（2004. 5）

从七岁到五十岁，没有住过通明透亮的屋子。有好些年，半夜从黑暗中醒来，只有头上方一点微明，可以让自己产生些想象。因此我对天窗一直抱有一种好感，一直记忆着它。去年从美国回来后，写过一篇《天窗》，寄到一家报纸的副刊去，却没有登出来。这次周实和李永平两兄叫我把新写的东西编成一册，便将其收入，全书亦以此为名。

这一册共收文五十七篇，有五十五篇都是从去年夏天到今年夏天所写，只有两篇旧文因有较多增补，属于重新发表。但即使除掉这两篇，一年中仍写了五十五篇，对于我这个多病的退休老人来说，也要算是从未有过的“高产”了。

这都得感谢朱纯。她本是一个坐不住的人，退休以后，前些年总是邀两三位老太太出外旅游，再不就是往女儿家里跑。用朋友们的话来说，就是她主外，我主内。去年夏天，我和她开始学电脑，我笨手笨脚，她却一学就会，虽然最初的动力也

* 《天窗》，二〇〇四年十月湖南文艺出版社出版。

许只是为了和女儿“见面”聊天，还有就是玩麻将，但很快又掌握了写作和通信的本领。用她高兴时的话来说，“看见一段一段文字，一篇一篇文章，从自己的手指下面流出来，立刻就登在版面上了，又不必再抓早就厌烦的笔杆，真有点意思”。

于是，反右后一直懒于提笔的她，大半年来居然也在深圳、郑州和长沙的报刊上发表了好些小文，兴之所至，又将我的文章也拿到电脑上去打字、修改、发稿、存底，节省了我不少的时间和精力。如果没有她，在这一年中要将《学其短》三百多篇定稿付印，还要写出这五十多篇东西，即使不说全不可能，至少也要大打折扣。

书名决定叫做《天窗集》，与前年印出的《念楼集》和去年印出的《偶然集》相衔接。李永平也觉得天窗之为物很有意思，却以为不要“集”字更好。我说，出书之权在你，你可以出你的《天窗》；命名之权在我，我还是可以叫我的《天窗集》吧。

二〇〇四年五月二十四日于长沙城北之念楼。

《念楼话书》小引*

（2004. 7）

本来在出版社做编辑，虽说在一行怨一行，毕竟是在和书打交道。离休后为了排遣寂寞，有时写点小文章，最后仍然都要变成书。但是，为了应酬或奉命而评书作序，这样的事情我却很少做过。一本书总得在读了以后，思想上有了触动，情绪上受了感染，有话要说，才能动笔。亲朋好友的书和陌生作者的书，自己买来的书和好心惠赠的书，这时都处于平等的地位。凡是送来就是为了要得到一篇书评或是序文的，因为实在没有把握能够完成任务，通常便只能歉疚地说对不起了。

这次谭宗远君受人之托，要从我过去印行的集子里选出“话书”之文编成一册。卖文的人，有人要买，自然愿意。选目和编辑的工作，都是谭君所做，书名也是他拟的。

二〇〇四年七月。

* 《念楼话书》并未出版。

纪念朱纯——《青灯集》自序*

（2007.8）

将《天窗》以后的短文，又编成了这本《青灯集》，照例要写篇自序；和以往不同的是，这回心中并没有劳作完成的喜悦，却全是对朱纯的忆念和哀思。

朱纯卒于今年一月二十一日，当天的哀启，是匆匆写成，由两位朋友帮忙快印发出的，全文如下：

> 我妻朱纯已于本日凌晨二时去世，终年七十九岁。
>
> 大前年十月朱纯查出癌症，当时即已扩散，预告凶险。她却从容面对，说，“五七年没打垮我，七〇年没打垮我，这次病来得凶，人又老了，可能被打垮，但垮我也不会垮得太难看，哭哭啼啼”。前年九月她预立遗嘱，说她只要人还能动，就会活得快乐。两年多来的情形，确实如此。
>
> 朱纯一九二八年生于长沙河西，四九年八月进报社当

* 《青灯集》，二〇〇八年一月湖北人民出版社出版。

记者，五三年和我结婚。五七年后夫妻协力劳动维生，她成了五级木模工。“文革”中我坐牢九年，她独力养大了几个孩子，送了我母亲的终。五十四年来，她照顾我和孩子远比照顾自己为多，最后对我说的一句话还是：“你不要睡得太晚。”

朱纯一生朴实谦和，宅心仁厚。我的朋友都是她的朋友，对我有意见的人对她也没有意见。连家中的保姆，无论去留，从没有说她不好的。

朱纯能文，但无意为文，离休后才偶尔写写，有《悲欣小集》，亦不愿公诸于众，只印示生平友好。病重后这两年，她却发表了不少文章，最后一篇《老头挪书房》，刊载于本月十一日《三湘都市报》，文中仍充满了对生活和亲人的热爱，她自己却在文章见报十天后便永别亲人和生活了。

此时此刻，我和孩子们自然是极为悲痛的。但谨遵遗嘱，只将哀启发送给至亲好友和关心过她的人。因为不举行任何仪式，家中也不设灵堂，故恳求不必来函来电更不必亲临，只请知道这回事：朱纯已走。如果觉得她还好，是个好人，在心里记得她一下，就存殁均感了。

从写这篇哀启到此刻，又过了七个月又二十天，这日子真长。

朱纯从来不病，不知为何一得病就是不治之症。但她却不特别怕病，一月五日最后一次进医院之前，也不怎么显露病容病态。去年十一月还曾下乡游玩，想在乡下找间屋住，说“这不需要多少钱，但得装上宽带网，好在电脑上和孩子们见面交谈，再就是写写文章”。

生病的这两年，的确是她写作最多的两年，一直写到去年底的《老头挪书房》。

本集一百二十三篇中的一百一十篇，也是她病中帮我打印，有的还帮我修改过的。她走了以后，过了八十天，我才勉强重拿笔杆，一篇千多字的小文写了四天……

朱纯在病中督促我“挪书房”，即是将客厅改作一间大书室，把挤在内室的大部头书搬出来，腾出两间房子装上电脑。她原有一台电脑，又叫女儿买来一台，督促我“总要学会用才好”。如今这两台电脑空置在两间空荡荡的“工作室”里，我则只能像杨绛先生来信慰问时所说的那样，“且在老头的书房里与书为伴”了。

朱纯走了，五十多年来和她同甘共苦的情事，点点滴滴全在心头，每一念及，如触新创，痛！

此书合同规定，九月初交稿，年底出书。届时当以新书一册，送到她托体的山树下，作为她的周年祭。

朱纯啊，书和我很快就会来到你身旁的，你就先在这儿好好地休息吧。

二〇〇七年八月三十一日。

《笼中鸟集》小序*

（2008. 11）

六月底到南京去了一趟，应朋友的邀约，回来后编了两本自选集，一本收写自己和写别人的散文，名《小西门集》；这一本则选收平素“遇事抒情”和“借题发挥”的随笔，名《笼中鸟集》。

《笼中鸟》和《小西门》，都是原有的篇名；以篇名作书名，仍然按老习惯。“遇事抒情”和“借题发挥”，则是“文化大革命”中加给我的罪名，三十多年后用在这里，似乎也还合适；虽然有些篇并非遇事抒情，亦未借题发挥。

集子照例应该有篇序，在选出来的文章中有《自己的话》一篇，觉得可以用来充数。因有此文，序文便不必太长，有这个样子就可以了。

二〇〇八年十一月四日于长沙城北之念楼。再过几天，我就满七十八了，甚矣吾衰，该歇歇了。

* 《笼中鸟集》，二〇〇九年七月青岛出版社出版。

《念楼序跋》序*

（2010. 5）

《念楼序跋》正文七十七篇（题目五十四个，实为七十七篇）全是自序，是一九八〇年至二〇〇九年这二十九年中我为自己作品（包括编辑作品）所作的序文、前言、后记之类的文字。外一种《念楼读后》四十一篇，则是为别人的作品而写的，绝大部分都是读后感，序文很少。也还有几篇序文，因为用别的题目在报刊上发表过，已经收入《笼中鸟集》和《小西门集》，这里便不能不舍去。

我的第一篇序文是十五岁时写的，那时抗战刚胜利，我在平江县立初中还没毕业，正在等长沙的消息准备转学。暑假中在乡间老屋里，用幼稚的文言文写了一卷笔记《蛛窗述闻》，计三十五则，还用个更幼稚的笔名"病鹃"作了篇弁言，末署"民国丙戌夏六月下浣之七日"，即一九四六年七月五日。经过了六十五年岁月，这些写在大姊（愿神安她的魂魄）"含光女中国文笔记本"上的东西，居然侥幸保存下来。有成就的人往往

* 《念楼序跋》，二〇一〇年八月湖南文艺出版社出版。

“悔其少作”，我却毫不愧怍地“敝帚自珍”着，可见我的无出息了。

无出息虽然无出息，在我重做编辑的十年(一九七九至一九八九)中和不再上班以后，总算还是写了和编了这么些书。七十七篇自序，记叙了我写这些书、编这些书的心路，记叙了我这些年来的生命。

我的职业是编辑，写作只是业余的事，自然也只是业余水平。所写的大都在报刊发表后结集出版了，但有些文字自觉不行，尤其是还有重复入集的，虽说大半出于出版者的主意，总觉不妥。故决定将这些文字重理一过，改的改，删的删，只留下三本自选集——《小西门集》《笼中鸟集》和这本《念楼序跋》，分别收入写人、写事和写书的文字。

《念楼序跋》全是自序，《念楼读后》也很少为别人作的序，这是因为：(一)自己的书自己知道，说好说坏比较切实，别人的书怎能全知，又实在没有以不知为知之的勇气和本事；(二)总还记得顾亭林的教训,“人之患在好为人序”，即使想出风头，也难丢这个脸。好在还有一句“子曰”在这里，“古之学者为己，今之学者为人”，可以用来搪塞，就是被讥为误解或曲解也顾不得了。

二〇一〇年五月三日于湘雅医院二十四病室。

《小西门集》序*

（2010.12）

将自己零星发表的小文章结集出版，始于一九九二年的《书前书后》，时年已六十，别人"四十岁学吹鼓手"成为笑柄，我比他还晚了二十年。好在目的不在习艺糊口，不必担心没有人唤去吹吹打打，不过想利用"离职休养"后的闲时，讲一点自己想讲的话罢了。其实这和平常跟朋友扯谈也差不多，但来友不过二三，晤言只在一室，写文章却不限于此，故多少有些兴趣。至于写的内容，则正如一位书评人所说的，确实较为芜杂。因为学无专门，又缺乏关心国家大事的心思和胆气，所以只能谈些琐碎的见闻和感想，但有时亦不免涉及一点本人和别人的事情，尤其是那些总是记得的。就拿《书前书后》来说，虽然名不离书，却也有《列那狐》《喜与忧》和《记潘汉年》几篇写本人和别人。今即从已发表的作品中选出此类文章若干篇，编成这样一本，书名仍循例以一篇名充数，就叫《小西门集》。

集中还选有《记得青山那一边》一篇，兼作书名也许可以，

* 《小西门集》，二〇一一年五月岳麓书社出版。

因为字数嫌多，结果还是舍弃了。这其实是许多年前所写旧诗中的一句，典出德国斯托姆作小说《茵梦湖》，巴金译文有云：

> 我们的青春就留在青山的那一边，可现在它到哪儿去了呢？

真的呀，谁知道，谁能说，我们的青春，它到哪儿去了呢？世间有些事情，恐怕永远都只能意会，不能言传的吧。作文编集，亦不过企愿自己的悲欣留下些微痕迹，若能使人接触以后偶起感兴，那便是作者最大的满足了。

南京朱赢椿君出于错爱，曾表示愿为本书整体设计，代理出版，并亲自监印，使成精品。惜“天”不随人，未能如愿。朱君制作的书衣，我确实喜欢，希望今后还能有得到的机会。

二〇一〇年岁末，自序于长沙城北之念楼。

《记得青山那一边》小引*

（2011.4）

二十多年前自己做出版，所出《凤凰丛书》《风土丛书》和《人人文库》都是小开本。连《走向世界丛书》和周作人的书，原来印的也是薄本子，后来“上头”要送展，要参评，才厚起来。我对于展评之类活动向不热心，当了五年总编辑，从未参加过一回，“上头”叫去也不去的。

如今书本越做越大，越做越厚，越做越华丽，恐怕与书的功能转换有关。过去的书是给人读的，轻便一些总比笨重一些好；如今的书渐变为礼品和摆设，外观和“分量”就成为“首选”了。此虽只是社会文化嬗变现象一片面，却也关系世道人心，未可小视。吾侪却管它不着，实在也无须多管。

现在还关心的是，自己文章若能印成小开本，一只手可以久拿，卧读就比较方便了。当然装订还得讲究，无论翻开哪一页，都要能服服帖帖，不要一松手就自动合拢来。如果读时得一直使劲按住书页，指头儿告了消乏，读书之乐便真的只能

* 《记得青山那一边》，二〇一一年八月海豚出版社出版。

“何处寻”，寻也寻不到了。

于是我欣然接受了梁由之君的邀约，从三本集子的二百九十篇散文中，抽出多少带有个人感情色彩的二十篇，加上新写的两篇，成此小册，希望自己能再过一回“小开本”的瘾。

二〇一一年四月十二日于长沙。

《与之言集》序*

（2011.5）

《论语·卫灵公第十五》："子曰：可与言而不与之言，失人；不可与言而与之言，失言。知者不失人，亦不失言。"

孔夫子在这里讲的是知(智)者，也就是聪明人。聪明人会看人说话，说不得的话无论如何不会乱说，故能"不失人，亦不失言"。但我本庸人，并非智者，所以总是失言的时候多。一九五七年两大失言，一是"自由民主多点好"，二是"希望党外能办报"，结果当了二十二年右派。"文化大革命"中两大失言，一是"古旧图书烧了难得再印"，二是"自家天下怎么越乱越好"，结果判刑十年坐了九年。两次的结果都相当严重，全是"不可与言而与之言"惹的祸。

中国有句古话，"言多必失"。西方亦有谚语，"沉默是金"。明哲保身的道理，古今中外皆然。智者之所以能称智者，正是因为能够明白这个道理。失言的人其实也未必一点都不明白，但他并非智者，限于天分，想智也智不起来。他所看重的，不

* 《与之言集》，二〇一二年六月世界图书出版公司出版。

过是一个庸人也就是普通人（自然的人和社会的人）应享的一点权利——“言”的权利而已；而要争权利，即不得不付出代价。

孟子曰：“人之所以异于禽兽者几希。”这“几希”之别，我看就在于能言还是不能言。虽有“猩猩能言，不离走兽；鹦鹉能言，不离飞鸟”的说法，好像禽兽也有能言的例外；但它们所能者只是本能的鸣啼，或是声音的模仿，根本不可能表达自己的思想意识，和人类语言完全无法相提并论。反而言之，人类忝称万物之灵，有一张能言的嘴巴，如果只会在求食求偶时大呼小叫，或者照着主人的样哇啦哇啦，也就无异于猩猩和鹦鹉了。

周作人说过，嘴巴的用处有三：（一）吃饭，（二）接吻，（三）说话。前两项关系到生命的维持和延续，极为重要，但与猩猩、鹦鹉的并无本质不同；第三项虽与生死无关（王实味、张志新等又当别论），却是人在生物界中独一份的权利。有权不用，过期作废，这期限顶多一百三十六年（人寿世界纪录），想不白白废掉可惜，真的还得趁早。如今开始讲和谐了，和字口边禾，人口要能吃饱，看来是做到了；谐字言边皆，让人皆能言，也应该能够做到吧。

所以，有媒体记者来访问，只要所问的答得出，我都愿“与之言”。我想，记者代表广大的受众，总不会都是“不可与言”的吧。这次吴兴元君希望出版我的自传，我说还没有开始写哩；他又提议将报刊上发表的访谈记录编成这样的一册，我即乐于从命。因为出书不过是访谈的延伸和扩展，“失人”还是

“失言”的得失，实在也无须过于计较。它们对于个人来说，影响有时的确严重；但若从社会文明进步的大趋势来看，亦终归只是大江东去的洑水和旋涡，无碍于“奔流到海不复回”的结局。

文本均据报刊原载，但记者的笔录都由我作了订正和补充。所问和所答均不免重复，刊出在不同时候的不同报刊上也许呒啥，印在一本书里就不很妥当了，所以又不能不酌予删节。报纸标题过长或我认为不太适当的，也不能不作些改动。但仍将原有标题、刊载日期和记者署名于文末分别注明，没有署名的则多系电话或书面访谈。有两次访谈是多人一起进行的，就只将本人的发言留下了。

二〇一一年五月二十一日于长沙城北之念楼。

《念楼小抄》序*

（2012. 10）

退休以前，自己写作的范围限于国人对西方的考察和近现代人物(包括曾国藩和周作人)，也乏善可陈。上世纪八十年代末被投闲置散(虽然到六十五岁才离休)，没办法也没心情做正经事了，便开始向报刊投稿，抒发自己一时的感兴。这跟别的老人去打牌跳舞差不多，目的只在消遣剩下不多的光阴罢了。

写的都是即兴之作，“捡到篮子里就是菜”，故题材不免散漫，内容也很杂乱。比如说，读《古夫于亭杂录》至“吾乡胶西张编修复我……年八十二矣，八十时游吴，纳一小姬，年才十六……”，认为“二八佳人八二郎”虽是真，却并不善，也不美；“一个愿打一个愿挨”也许可算个人隐私，但既要公开地津津乐道，亦难禁听者感到恶心，便写了篇《梨花与海棠》，后收入《笼中鸟集》。接着见到《文汇报·新书摘》介绍杨振宁《曙光集》引其父之言：“从前不会做一根针，今天可以制造汽车和飞机；……从前常常有水灾旱灾，动辄死去几百万人，今天完

* 《念楼小抄》，二〇一三年六月清华大学出版社出版。

全没有了”云云，觉得与事实相去太远，又写了篇《过头话》，后收入《念楼集》改题《读杨振宁〈曙光集〉》。“牛胯里扯到马胯里”，真是既散又杂，难入著作之林，只能编成几本随笔集，给还愿意看的少数人看看。

胡竹峰便是愿看者之一，他在动员我将《儿童杂事诗笺释》和《书前书后》拿去重印了之后，又来要我将新作的小文再编成一本。而我近年极少作文，无法应命，但不想违命。忽然想起，十几年来除了写那些既散又杂的随笔外，还曾在报纸上开过专栏，每周一次或者两次，每次写几百字。因为专栏有名目，所以文字虽更短，内容反显得“各从其类”一些。专栏的名目，《文汇读书周报》《深圳商报》和《新京报》都叫“念楼小抄”，发表数量也以《新京报》为最多，达八十多则(收五十三则)。此次除去经过补充修改编入随笔集的部分，其馀一百四十馀则仍以《念楼小抄》为名，成为了这一本。

《长沙晚报》奉荣梅、《文汇报》刘绪源、《文汇读书周报》朱自奋、《深圳商报》胡洪侠、《新京报》方绪晓、《深圳特区报》刘桂瑶、《南方都市报》戴新伟诸君，是这些文字的催生者，谨将这本小书献给他们，作为纪念。

二〇一二年十月三十一日自序于长沙城北之念楼。

《左右左》小序*

（2013. 12）

董宁文君要我将近来所作小文辑为一册，检点不到三十篇，只能把以前结集时漏收的几篇加入，一依写作时间先后编次，以前写的仍放在前头。

宁文知道我以篇名作书名的习惯，建议将这一小册叫“念楼壁上”。“念楼壁上”也确是个可写的题目，但还只写得四篇，今后大概还可续作若干篇，那时再请宁文为之印行也罢，先请大家看看这五篇。

但书总得取个名字，于是便取了“左右左”。但愿它不会像“书前书后”那样，又引起第二、第三、第……回“书名雷同”来，那就真成小学生齐步走了。

末尾是《与之言集》出版以后的两次访谈记录，报刊发表后都经我看过改定，可以视为“亲供”。

人越老，想要讲的话越多，下笔却越来越蹇涩，行文也越来越简率。无可如何，只得由他。

二〇一三年十二月二日于念楼。

---

* 《左右左》，二〇一四年八月上海辞书出版社出版。

《二百一十六年后平反》序*

（2013.12）

先杀掉你全家，二百一十六年后再给你平反，“复忠臣勋爵，护国永远”。此看似乱语胡言，却是煌煌圣旨，是“高皇（朱元璋）御笔龙封”里的原话。

二〇〇六年九月，我以《二百一十六年后平反》为题，写了篇千字文，发表在《文汇报·笔会》上。三年后《笼中鸟集》收入此文，题目改成了《天威莫测》。朋友见到以后，劝告我道：

“你就是喜欢改。二百一十六年后平反，总还会平反；天威莫测，莫测高深，那就不晓得要拖到何时了。”

朋友的话，不能不听，何况他说的确实有道理，总得在人间留下点希望不是？

于是，此次应向君之邀，自选拙文，成一小集，选到这篇时，便把《天威莫测》仍复改为《二百一十六年后平反》，且将其“升格”，兼任书名，以铭吾过，并志友情。

* 《二百一十六年后平反》，后改名《大托铺的笑话》，另有小引。

向君觉得九个字的书名有点长，建议我将“二百一十六年后平反”简化为“二一六年后平反”，援“八三四一部队”“五七一工程纪要”为例，说是并无不可，但我还是不想遵办。如果一定要改，得请他千万别将汉字改成阿拉伯字，成为“216年后平反”，擅改“高皇御笔”的罪名我可担待不起啊！

二〇一三年十二月十六日。

《大托铺的笑话》小引*

（2014. 2）

应向继东兄之约，从历年作文中选得四十八篇，成此小集，仍循例以一篇名作为集名，就叫《大托铺的笑话》。

大托铺是长沙南郊的老地名，笑话笑的也是路旁酒肆中向壁题诗的陈年旧事，想不到却触犯了一位公馀喜吟七言四句的“副省级”。他怒气冲冲地批判我道：“自己划过右派，对待传统的古典诗词，却轻视、鄙夷，左得不能更左……”

“副省级”是从前读书时的老熟人，不过云泥暌隔，早就生分了。上世纪八十年代我在岳麓书社上班，有次他忽然不耻下问，来问他们几个搞的一本旧体诗能否由岳麓印行。我一时忘了“级别”，仍以四十年前开玩笑的口气答云：“可惜岳麓只能印古人的诗、死人的诗。”话一出口，他即默然不再做声，我自知唐突，但驷不及舌，亦属无法。

《大托铺的笑话》是在十年之后写的，此时建国前“参加”的人包括我和他均已离休，我早就不记得这回事了，他好像也

---

* 《大托铺的笑话》，二〇一四年八月广东人民出版社出版。

已转移兴趣，开始去研究“西方来的马克思”。谁知他在《文汇报》上读到这则笑话，仍怒从心上起要来批判。批判文章《文汇报》不登，又寄《同舟共进》；《同舟共进》又不登，便面交湖南某报最高主管某主席。某主席也是从前读书时的老熟人，但是官做得更大，乃正省级，将其批给了编副刊的向继东，并有“锺叔河的文章确令人气愤”等语，完全支持那位“副省级”对我的批判。下面我引用向兄一九九八年发表的《先行者并不孤独》中一段话，作为第三方对此事的叙述：

> 认识锺叔河先生是从一篇批评他的文字开始的。不久前，我谋职的那家报纸副刊收到一篇指摘锺先生的文章。作为编辑，我觉得那种批评至少是缺乏理性的。但此文经一位要人转至编辑案头，且有总编的签字，不发是不行的。于是辗转找来锺先生的电话，我问他要不要看看此文。锺先生说：“没有看的必要，你们觉得可发就发吧。”后来他读到此文，我说你可以反批评。他却说：“我还有别的事正忙着呢。”

其实我当时还对向兄讲了这样几句：“我不仅不反对你们发，而且很赞成你们发。马克·吐温不是说过，若是觉得谁的文章荒谬不通，最妙的办法，便是将其发表出来，广为传播吗?”

事隔多年，人也走了，但这个比“大托铺的笑话”还好笑的笑话不写出来让大家都笑一笑，实在可惜。好在向兄两度“作为编辑”，当可证明这笑话乃是百分之百的真实，也就是我原来不“反批评”现在却来旧事重提的缘故了。

甲午正月初八日。

《人之患》序*

（2014.4）

孟子曰：“人之患，在好为人师。”

顾炎武曰：“人之患，在好为人序。”

两句话只有一个字不同。

孟为亚圣，顾亦大贤，圣贤之言，岂能不听吗。

我想，孟子以“得天下英才而教育之”为乐，又曾责备陈相不该“师死而遂倍（背叛）之”，乃重教尊师之人；他之所“患”者当然不会是“为人师”，而只是“好为人师”的这个“好”字。人一“好”，即难免过度，难免上瘾。好酒好色，即足以害己害人，更不必说洪秀全发高烧硬要当伟大导师代天父天兄下凡“讲道理”了。

顾氏在《日知录》卷十九《书不当两序》条中说，主考试官给会试录、乡试录为序，文化名人、地方首长、主纂主编给府州县志为序，皆“所谓职也”，都可以说是分内的事情。可见他之所“患”者，也不会是“为人序”这件事本身。

* 《人之患》，二〇一四年八月海豚出版社出版。

但顾氏认为，序必须于书“有所发明”，如果“无所发明”，则“但纪成书之岁月可也”，即是不必为序了。为序者若是“其文优，其于是书也有功”，自能“有所发明”，“故其序止一篇”，即已足够。“今则有两序矣，有累三四序而不止者矣”，为序者“不当其人”，“世之君子不学而好多言”，这才是他之所“患”。所以他才说：

> 人之患，在好为人序。唐杜牧《答庄充书》曰：“自古序其文者，皆后世宗师其人而为之。今吾与足下并生今世，欲序足下未已之文，固不可也。”读此言，今之好为人序者可以止矣。

杜牧的“为人序”，我只读过一篇《李长吉歌诗叙》，“鲸呿鳌掷，牛鬼蛇神，不足为其虚荒诞幻也”，确是好文章，也确是“贺死后凡十有五年”才做的。

杜牧不乐为“并生今世”者序，是不愿自己到后世被认为是膜拜宗师的人，我辈哪敢这样牛？而时移事易，如今早已是大宗师准宗师们“好为人序”的时代了，也实在缺乏勇气追随其后。所以我确实很少为人作序，尽管如此，不到三十年，还是写了这三十多篇。

有些篇硬是自己要写，甚至写了送上门去的，如《亦报随笔》和《知堂集外文》的序便是。这倒正应了杜牧之言，“皆后世宗师其人而为之”，虽然奉承的对象不只是知堂，还有“并生今世”的陈子善、张铁荣诸位。

有些篇则是由于感情不能自已而写的，像《刘志恒文集》和《李锐先生米寿纪念文集》的序。感情无贵贱，为百货商店退休员工而作，和为中顾委委员而作，文章都是一样的写，当然也都一样的写得不好，这就没法可想了。

虽然是由于知堂，由于感情“为人序”，也许尚未到达“好”的程度，但毕竟不到三十年写了三十多篇，也可算“不学而好多言”了。如果还能再活几年，总当记住顾亭林先生的教导：

> 人之患，在好为人序。

现在便将这册书取名“人之患”，警惕自己不要再为“患”了吧。

二〇一四年四月于念楼。

题《题锤题》*

（2015.10）

先秦的题记，如汤之《盘铭》：

苟日新，日日新，又日新。

唐宋的题记，如陆游之《跋〈花间集〉》：

《花间集》皆唐末五代时人作，方斯时，天下岌岌，生民救死不暇，士大夫乃流宕如此，可叹也哉！或者亦出于无聊故邪？

明清的题记，如张岱之《自题小像》：

功名耶，落空。富贵耶，如梦。忠臣耶，怕痛。锄头耶，怕重。著书二十年耶，而仅堪覆瓮。之人耶，有用没用？

* 《题锤题》，二〇一七年四月北方文艺出版社出版。

都词句简单，意味深长，几个字几十个字便是一篇绝妙文章，前人之本领实不可及。再来看萧君所题之“锺题”，则相形见绌，只有惭愧。

乙未霜降于长沙城北之念楼。

《一片二片三四片》题记*

（2015. 11）

《一片二片三四片》一文，最先发表在一九九六年最后一天的《文汇报·笔会》上，题作《皇帝的诗》。后来有人从《笔会六十年精编》上看到，写文章说此题目不妥，因为皇帝的诗也有好的，不会都像乾隆一样。于是，一九九九年浙江文艺出版社的《锺叔河散文》，才有了《一片二片三四片》这篇名。这回海天出版社出版、柳鸣九先生主编的《本色文丛》第四辑中，也才有了《一片二片三四片》这一本。

其实，柳先生约我自选一集拿来出版，我原是不敢应承的。散文本就写得不多，自选集前年刚选过一本《记得青山那一边》，去年又选了一本《大托铺的笑话》，不大想再选了。但辞不获免，只好勉为其难。

为难的是，如何才能避免篇目重复。想来想去，这只有一个办法，便是将选的范围扩大，不再限于“散文”，而是把写

* 《一片二片三四片》，二〇一七年七月海天出版社出版，二〇一八年一月该社又出版了“珍藏版”。

史事、写人物、作考证、作今译的文字都包括进来，能选的都选一点。从一九八二年起，三十四年来，杂七杂八的书，勉强可以算作著述的，我共出了三十本。每本选一篇，把这些文字，按原书出版先后顺序编辑起来，便成了这样的一册。

柳先生在总序中所期待的作者，是“有作家文笔的学者”和“有学者底蕴的作家”。我学无专门，从不敢自居学者；很少创作，更没法冒充作家——只是个退休后还有点读读写写兴趣的闲人罢了。闲人也就是旁人，他不属于哪个“界别”，不通声气没有后台是他的弱项；但旁观者清，还能多少保存一点自己的眼光和手性，也聊可自慰。

我还觉得：柳先生的陈义虽高(对于我而言)，他的主张却是从实际出发，切中时弊的。大概从八股文兴盛时起，中国的“学”与“文”便常常分为两途，于是乎出现了“一为文人，便无足观”和“言之无文，行而不远”种种说法(如今与时俱进，说法当然也现代化了，恕不举例)，这当然不是什么好事。《本色文丛》愿意来干预一下，希望学术文不那么板滞枯涩，随笔文少一点做作轻浮，其志总是可嘉的。我虽闲人，亦愿从旁为叫声好，此即是终于还是勉为其难的缘故了。

二〇一五年十一月二十五日于念楼，时年八十又五。

《念楼随笔》代序后记*

（2018. 3）

上面这篇《念楼说》，作于入住念楼不久后的二〇〇二年。《念楼随笔》的一百多篇文章，选自从《书前书后》到《人之患》十三部文集，除《书前书后》外的十二部，都成书于念楼。于是，我便将说念楼的《念楼说》，作为《念楼随笔》的代序了。

从十三部文集中选出的这一百多篇文章，都是随笔之作，都以随笔的体裁在报刊上发表过。有几篇也曾被当成序文印在书前，并被收入序跋集，但这并不妨碍其为随笔，我以为。

二〇一八年三月十九日于念楼。

* 《念楼随笔》，二〇一八年五月凤凰文艺出版社出版，代序《念楼说》已收入《小西门集》。

《给孩子读经典》序*

（2019. 3）

给孩子读经典，行吗？我说，行。

胡适《四十自述》说，他五岁回乡读书，九年中从《孝经》读到《礼记》，读的全是经典。鲁迅回忆十二岁在“三味书屋”的读书声，“仁远乎哉……”是《论语》，“上九潜龙勿用”是《易经》，“厥土下上上错……”是《书经》，也是经典。

胡适和鲁迅是百年前的人。从古代到百年前，读书人家的子弟，胡适也好，鲁迅也好，曾国藩也好，《红楼梦》里的贾宝玉也好，都是从经典开始读书的，无一例外。

胡适和鲁迅，后来一个留美，一个留日；一个是提倡白话文的先驱，一个是新文化运动的主将。他们的经历证明，孩子时读经典，不仅没有妨碍，反而有助于他们的成功。

所以我说，给孩子读经典，行——只要能够用现代的观点、态度和方法，就一定能行。

二〇一九年三月。

* 《给孩子读经典》，二〇一九年八月现代出版社出版。

第二辑

油印本《水浒叶子》题记*

（1976.7）

在评论《水浒》的宣传中，往往感到人物画的资料缺乏，对当时的服装、器物等不熟悉。上海人民出版社重印的《水浒全传》中，印出了明朝画家陈洪绶（老莲）的《水浒叶子》——四十幅人物画，特将其摹刻油印出来，以供参考。《水浒叶子》原作的创作思想和表现手法，和《水浒》这部书是互为表里、大体一致的；在根据毛主席的指示评论《水浒》的同时，对《水浒叶子》也可以而且应该进行必要的评论。

一九七六年七月。

* 油印本《水浒叶子》，成于"文革"狱中，系据上海人民出版社《水浒全传》用作插图的陈老莲《水浒叶子》摹刻印制，由锺叔河策划摹写，胡君里誊刻钢板，俞润泉油印装订而成。文末原署"洣江茶场二、六队宣传组"。

《走向世界丛书》总序*

（1980.7）

人们常说，今天的世界，乃是一个“迅速缩小中的世界”（rapidly shrinking world）。在电视卫星、激光通信和波音747的时代，地球上各个部分之间的距离，确实好像越来越短；各国人民的互相接触和交流，也确实越来越方便和密切了。

但是只要我们回头看一看，就可以看到，仅仅在几代人以前，异国还显得那样的离奇和遥远。古代欧洲人说，中国人用小米喂一种类似蜘蛛的昆虫，喂到第五年虫肚子胀裂开，就从里面取出丝来（波桑尼阿《希腊纪事》）。古代中国人则曾经相信，西方有的羊羔是从泥土里长出来，脐带还连着大地（《旧唐书·西戎传》《渊鉴类函·边塞部九》）。这类海外奇谈，今天听起来简直不可思议，而在过去千年以来，却一直被当作权威的知识，正式记载在欧洲和中国的各种史书上。由此可见，人类的互相了解，经历了何等漫长曲折的道路。

* 《走向世界丛书》一九八〇至八三年在湖南人民出版社出版过单行本二十册。后转由岳麓书社于一九八六年出齐了第一辑三十六种（合订十册）。

为了探索和开辟外部世界，丰富自己的物质和精神生活，各国人民都作过许多贡献。人类文明史像记录伟大的科学家、艺术家、教育家一样，将永远铭记着张骞、玄奘、哥伦布等不朽的名字。可以这样说：一个国家和民族从古代走到现代的历史，往往也就是它的人民打开眼界和走向世界的历史。

历史的发展从来是不平衡的。当黄河、长江已经哺育出精美辉煌的古代文化时，密西西比、泰晤士、莱茵河上的居民，还在原始森林里徘徊。可是，自从地理大发现和产业革命以来，中国却渐渐地落后了。在西欧(后来还有美国和日本)实现资本主义的现代化以后，中国还是一个闭关自守的专制国家。是鸦片战争打开了中国的大门，也打开了先进的中国人的眼睛。范文澜称林则徐为清代“开眼看世界的第一人”，因为西方的坚船利炮打来时，林则徐首当其冲，他亲身感到世界在缩小，距离和壁垒再也不能把异国隔离开了。

专制统治下的中国读书人，在“严夷夏之大防”的封闭社会里度过了几千年。封闭的外壳被打破后怎么办？保守派的办法是蒙上眼睛学鸵鸟。典型的例子如慈禧太后的大学士徐桐，见到洋人就以扇蔽面。庚子年间他焚香跪求骊山老母下凡来杀尽洋人，结果骊山老母没有下凡，自己的老命却白白送掉了。林则徐、魏源等人则不同，提出要“师夷之长技以制夷”，就是要学习外国的长处，来对付外国的侵略。要学习，先得了解，于是林则徐编了《四洲志》，魏源编了《海国图志》。虽然他们没有能亲自出国去考察，书的材料靠间接采集而来，难免有许多谬误，但无论如何，地里长羊羔之类的神话毕竟逐步让位给常识了。

林则徐、魏源之后，中国读书人开始走出过去闭锁的国门，到欧美日本去学习、访问和工作。容闳一八四七年留学美国，林鍼同年前往“舌耕海外”，斌椿、张德彝一八六六年访问欧洲，王韬一八六七年受聘赴英“助译”，要算是最早的。接着出国的人渐渐多了起来，尽管其中不少是奉派去的政府官员，但他们只要走出去了，就不可能不接触近（现）代的文化社会和政治思想，也就不可能不在国内发生影响。

《走向世界丛书》专收早期亲历西方的人的自述。“自从一八四〇年鸦片战争失败那时起，先进的中国人，经过千辛万苦，向西方国家寻找真理。”丛书所收虽不全是先进人物的作品，却毫无例外都是中国人走向世界的实录，都有文化的意义和历史的价值。

必须指出的一点是：从鸦片战争到辛亥革命这一历史时期中，西方国家在许多方面确实比中国先进，确实值得中国人向他们学习；但是，以强凌弱、以富压贫的民族利己主义也确实是存在的。中国人走向世界、接触西方，既有一个如何学习外国长处的问题，又有一个怎样抵抗外国侵略的问题。在这些问题上，盲目排外的人是有的，盲目崇外的人也是有的。人们的观点不同，素质不同，观察的结果自然也就不同。编者为丛书各册所写的叙论，将试着作些初步的分析，供读者参考。

“洋为中用”是我们今天的主张，也是十九世纪先进的中国人的主张。“师夷之长技以制夷”，不也是“洋为中用”吗？当然，随着接触和认识的逐步深入，人们慢慢地看出，仅仅学一点“长技”，搞一点坚船利炮，还是不行的；要救国，只有维新；维新行不通，就只有革命。伟大的革命先行者孙中山，用他自己的话来说，也是在一八七八年出国以后，“始见轮舟之奇，沧海之阔，自是有慕西学之心，穷天地之想”，才立下了推翻清朝建立民国的大志和信心。历史无情亦有情，后人的思想和事业肯定要超越前人，但前人的足迹总可以留作后人借鉴，先行者总是值得纪念的。

今天的世界已不是十九世纪的世界，今天的中国更不是清代后期的中国。但是，世界的发展越来越快，中国的现代化还有漫长的艰难历程，我们不能不继续打开眼界，走向世界。打开眼界后，还要学会分析，分清好的和坏的。一切好的东西，要“拿来”为我所用；一切有害的东西，要实行抵制和预防。在这方面，前人的观察和体会，有些也仍然值得我们重视。

谨将这套丛书奉献给爱好历史与文化、关心中国和世界的读者，希望它能在中国现代化的事业中，起到一点微薄的作用。是为序。

一九八〇年七月于长沙。

《走向世界丛书》重版前言*

（2008.5）

《走向世界丛书》的第一本，是一九八〇年八月出版的，一九八六年二月印成了初编十卷(三十六种)的最后一卷。时间已经过去二十多年，“走向世界”看来仍须努力。

好在现在岳麓书社终于决定重印这部丛书了。

作为丛书的编者和各书叙论的作者，我当然是希望丛书能够重印的，尤其是近两年来遇到了下面三件事情之后。

第一件事情是，二〇〇六年元月六日，《新京报》请一百位学人各写一则短文，介绍他去年最爱读的一本新书。有一位学人没有介绍新书，介绍的却是二十年前出版的《走向世界丛书》。此人名陆建德，是剑桥的博士、社科院的研究员，他举张德彝所述伦敦一车夫因鞭打马匹过甚被罚款并监禁一事为例，说“丛书所收著作，在十九世纪末二十世纪初开了国人的眼界，同时又让读者意识到，身边很多习以为常的小事，其实都是值得关注和检讨的。时至今日，这套丛书读来，依然具有

* 《走向世界丛书》初编十卷三十六种，二〇〇八年十月岳麓书社修订重版。

让人不安的力量”。

我不识陆君，《新京报》也是偶然看到的，看后却不能不佩服他的善读。人们读书，或求充实，或求愉悦，都无可厚非，但能从书中感受到“让人不安的力量”者盖鲜。《走向世界丛书》的作者未必都有郭嵩焘那样深刻的见解和梁启超那样生动的文笔，如张德彝者无非一同文馆出身的平凡外交官，但他亦有一特长，便是在外国看得多，记得细，连伦敦车夫鞭马过甚被罚这样的小事都记了下来。而能从此类记述中看出普世的价值，看到全球文明的远景，联想起此时此地活取熊胆踏死小猫之类行径，从而感到不安，这不安便不会不成为“走向世界”的催化剂。陆君在这里用上了“力量”一词，真有会心，令我佩服。

《走向世界丛书》本不是什么供人们消遣的书，但像陆君这样不怕思想不安的人总还会有，而旧书难得，听说在网上已经卖到几百元上千元一册，则重印自不可缓了。

第二件事情是，二〇〇七年夏天，岳麓书社杨君托人带来一篇海外出版的史学论文，论文作者王尔敏是加拿大多伦多大学教授、台湾中研院近代史所研究员。过去编《走向世界丛书》时，我曾向他请教，获益良多，又蒙惠寄著作多种，我也寄过书给他，但久已不通音问。这篇题为《总理衙门命使试探：斌椿之游访欧洲》的长篇论文，引言部分一开头便提到了《走向世界丛书》，说：

二十世纪八十年代起，大陆对外开放新路初露声光，

> 而学界出版界领先风气，立即有不少重要史乘史料问世，最具卓识远见者为岳麓书社×××先生所主编之《走向世界丛书》……相赠鄙人，为时已有二十年矣。不但感其厚爱，且深感其启我茫昧，导以明灯。……
>
> 当代中国政治，已是在加速对外开放，有一日千里之势。我相信×××先生真是一位有世界眼光的爱国学者，足当称为时代先知。……在此类史料上言，我原不陌生，但结合国家动向而展望未来，实在敬服×××先生的有心与用心，以启迪国人扩大视野，面对世界演变之新局。我当笃实地走历史学家之路，要步趋×××先生的研究前轨，从外交史论域探索十九世纪官绅所做的努力。

王君对中国“走向世界”的成绩，尤其是对我在这方面所做的工作，恐怕都估计过高；但从他的论文中，确实看得出《走向世界丛书》对海外学人的影响。“走向世界”本来就不是单向而是双向的交流过程，为了使这种交流继续下去，丛书似乎也有重印的必要。

第三件事情是，今年年初，偶往书市巡阅，忽见《走向世界丛书》所收的薛福成、张德彝诸人著作，不少都被某出版社翻印了。是的，翻印，我说他们是明目张胆的翻印。薛、张诸人虽然死在七十年前，他们的著作谁都可以印，但我还没有死，我的标点分段，改错加注，还有大量的边批，这些都是诸人原著所无，按政策法令的规定，“编辑版权”都另有归属，未经授权擅自翻印都是违法的呀！

当然，对方可以辩说，错字你能改，我也能改；分段你可以这样分，我也可以这样分嘛。但原本没有的文字，完全是我撰写的，别人总不能一字不易地照抄吧？还有岳麓版因误排失校形成的错字，也一字不易地照错，这又作何解释呢？

我这样说，好像有点“违法必究”的样子。其实反躬自省，丛书未能及时重印，也是翻印者这样做的客观原因之一，因为读者有需要，出书有市场嘛。于是，从书市回来，我就拨通了有关的电话。

这次我所表示的希望，终于得到了湖南出版集团和岳麓书社新任负责人的理解和回应，《走向世界丛书》的重印终于启动了。无论如何，这总是令人高兴的事，虽然晚是晚了一点。

愿《走向世界丛书》能够引起更多读者的兴趣和思考，能够在中国“走向世界”的过程中起到更好的作用。

二〇〇八年五月二十一日于长沙城北之念楼。

《走向世界丛书续编》总序*

（2013. 10）

《走向世界丛书》一百种，只收晚清时期 from east to west（从东方到西方）的记述，这并不等于说，只有十九世纪末二十世纪初的中国人，才需要面对走向世界的问题。

纵观人类历史，走向世界决不是什么地区性和阶段性的活动，而是不断出现在全人类发展进步过程中并与之同步的历史现象。一百万年前，人类开始从非洲进入亚洲和欧洲；一万年前，又从亚洲进入北美洲和大洋洲，就是在不断地走向世界。

从有史以来的文献、文物看，三千多年前的《奥德赛》和《出埃及记》，说的是古希腊人和以色列人走向世界——走向地中海和巴勒斯坦。两千多年前的《史记》和《汉书》，写了张骞和后来汉朝"益发使"走向世界——曾走到罗马在西亚的边陲。一千三百年前的《大秦景教流行中国碑》、七百年前的《马可·波罗游记》和四百年前的《利玛窦中国札记》，记下了阿罗本、马可·波罗、利玛窦的 from west to east，这和 from east to west 一

* 《走向世界丛书续编》，二〇一六年八月岳麓书社初版。

样，都是在走向世界。

人类曾因地理、种族、制度、意识形态等原因而互相分离，甚至隔绝。夜郎国的君长初见汉使时问："汉孰与我大?"当是时，夜郎的世界僻处黔西，其"大"可知；连夜郎都未入版图，则汉之"大"亦远不如今之中国。但人为万物之灵，为了求生存谋发展，总不能老守着自己的一亩三分地，总会要想方设法走向世界——走向更广阔的外部世界。于是，汉要"通西南夷"，要前往原来"道险终不能有"的夜郎；夜郎要问"汉孰与我大"，要想改变原来"不知汉广大"的状况。由互相隔绝变而互相接近，互求了解，这就是走向世界。

走向世界，无论是自己走出去还是让别人走进来(总比让别人杀进来好)，无论是主动的还是被动的，从总的历史进程看，用大的历史眼光看，都有利于发展，都是一种进步。对汉朝来说是如此，对夜郎来说亦是如此。两千年前是如此，两千年后亦是如此。上世纪七十年代末开始编辑出版《走向世界丛书》时是如此，如今来继续编辑出版这部丛书时亦是如此。

今天的中国已不再是七十年代的中国，虽然仍称发展中国家，经济总量却早已"超英"，正在"赶美"，但走向世界的路还"漫漫其修远"。时至现代，走向世界当然是要走向现代化的世界，也就是要高度现代化，全盘现代化。"四个现代化"的"四个"——工业、农业、科技和国防，已经"化"出了很大的成绩，而我们的管理现代化，我们的服务现代化，我们的制度现代化……要走的路的确还很长。

现代人走向世界，首先要使自己成为能接受全球文明，有世界知识，有世界眼光，有世界理想的人。《走向世界丛书》杰出的作者，如郭嵩焘、黄遵宪……又如邹代钧、金绍城……他们看到的新技术还是德律风（送话器和最早的手摇电话机）、火轮车（蒸汽机车）……我们如今却已经用上了智能手机、坐上了波音飞机……但在思想层面上，我（不敢称我们）反省自己的世界眼光和世界理想，甚至在世界知识的某些方面，比起一个多世纪以前的郭、黄他们来，差距实在还不小。在这方面，也就是人的现代化这方面，要走的路就更“漫漫其修远”了。

五年前北京奥运会的成功举世公认，它已经成为中国走向世界的一大标志。它的口号：

ONE WORLD，ONE DREAM
（同一个世界，同一个梦想。）

这也应该是现代人走向世界的志向和目的，是我们继续编辑出版《走向世界丛书》的志向和目的。

二〇一三年十月。

《过去的大学》序一*

（1982. 7）

人都有自己的幼年、成年和老年。在幼年，大家都要进学校，到学校里学习知识，学习生活的本领和做人的道理，从小学到大学，起码得十五六年。大学毕业成了家，很快又要为儿女进学校操心，这操心又得十五六年，就要退休了。退休以后，家里仍不会没有学生，还是得关心学校里头的事情。——且不必说千千万万终生在学校服务的男男女女，就是我们这些普通人，一生跟学校的关系也就够密切的了。

历史是发展的，文化是延续的。一页一页的历史，要由一代一代的人来创造；一代一代的人，又得从一所一所的学校里教育出来。从这个意义上说，学校确实担负着对于历史和文化，也就是对于国家和民族的巨大的责任。

中华民族是有悠久历史文化的民族，我们的学校也有悠久的历史。《史记》说，“三代之道，乡里有教，夏曰校，殷曰序，

* 《过去的大学》，一九八二年十一月湖南教育出版社初版，时名《过去的学校》，后改用今名。

周曰庠”，庠序就是古代中国的学校。当苏格拉底、柏拉图、亚里士多德跟学生对话的时候，孔墨荀孟等人也有“从属弥众，弟子弥丰，充满天下”的盛况。北宋初年建立在江南的岳麓、石鼓、白鹿洞三书院，论起资格来，并不比牛津、剑桥、爱丁堡等不列颠三大学逊色。

诚然，过去的学校是过去了的事物，现在的任务是要面向未来；但是难道说我们的祖宗就没有干过什么好事？难道他们留给我们的就只有债务而没有遗产？欧几里得给托勒密一世讲授的几何学，我们今天仍然可以用作教材，当这位国王问欧几里得能否将假设和求证弄得更容易一些时，欧几里得的回答是：“大王，通往几何学是没有御道的。”而我们的孔子也实行“有教无类”的方针，他器重的学生颜回乃一介平民，在陋巷过着“一箪食、一瓢饮”的生活。

《过去的大学》的“过去”没有追溯到那么远，只从清末维新变法、初设新式学堂的时候说起。谈及这些“过去的大学”的老先生，蔡元培、沈尹默、潘光旦……多半是“五四”前后的人；下限则断在一九四九年，也就是新中国成立以前。新中国成立以后，那就只能说是“现在”，不能叫“过去”了。

这一段“过去”是刚刚成为过去的时光。它隔我们还不很远，也就是一代人、两代人以前的事情吧。这是现代学校(讲授现代自然科学，用现代方法研究传统文化，同时注重德育、体育和美育的学校)在中国草创的阶段，也是共产党胜利新中国成立前的阶段。除了解放区和地下党主办的为数不多的学校外，共产党的领导在绝大多数过去的学校里，并没有成为事实。正因为如此，这些“过去的大学”在今天才更有比较研究的价值。它们虽然难以成为今后办学的样板，但毕竟是我们父辈和祖辈努力的成果。看一看这些文章，看一看过去的校长是怎样当的，过去的教师是怎样教的，过去的学生们是怎样学的，他们有过哪些失败的教训，又有哪些可取的经验，对于今天的校长、今天的教师、今天的学生，以及一切关心学校教育的人们，难道不是既有兴味又有益处的事情吗？

没有过去就没有现在，当然也就不会有未来。回忆过去，正是为了现在，为了未来。今年是一九八二年，距蔡元培出长北大已经六十多年，距西南联大在“破碎山河迎胜利”歌声中结束也已经四十多年了。在这几十年中，中国的大学究竟有了多大进步？抚今思昔，继往开来，我们这些老年人和成年人都是有责任的。编辑这本《过去的大学》，也就是想来略尽一分责任，区区此意，读者鉴之。

一九八二年七月十五日于长沙。

《过去的大学》序二*

（2005.6）

“过去的大学”，是蔡元培、蒋梦麟、胡适当校长的北京大学，是梅贻琦当校长的清华大学，是罗家伦当校长的中央大学，是竺可桢当校长的浙江大学……

“过去的大学”，不是现代人在作总结，谈经验，作评论，而是过去的校长、过去的教授、过去的学生亲身经历的忆记。是茅盾讲他考大学，林语堂讲他读大学，钱穆讲他从教小学到教大学的经过……

二十三年前我编了这本书，二十三年后还有人要读这本书，还有出版者要印这本书，这就说明，“过去的大学”是有人愿意了解的，是有人忘记不了的。

二十三年前，我还看不到蒋梦麟、梅贻琦他们的著作，还不大敢把林语堂、罗家伦他们的文章编到书里头，这就是“历史的局限”。这种局限，在过去的校长、过去的教授、过

* 《过去的大学》，系《过去的学校》改名重印，二〇〇五年十二月长江文艺出版社出版。

去的学生写回忆文章的时候，也是不同程度存在的。但我相信，这并不十分影响他们的回忆文章的价值。因为尽管天时阴晴不定，气候冷暖无常，人们有时不能不穿风衣戴帽子，但冬天过后总是春天，地球总是照样地转，该肯定的终归会得到肯定，不会磨灭的终归不会磨灭。

此次重印，内容增为四十篇，其中二十二篇为湖南教育出版社旧版所有，十八篇为新增。这四十篇绝大部分都是记事记人纪实的回忆录，只有胡适、梅贻琦、陶行知三篇“务虚”。这三位都是现代教育史上重要的人物，这三篇又是现代教育史上重要的文献，要看“过去的大学”，我想是不能够不看这三位和这三篇的。

旧版序文,“历史的局限”尤其明显。因为是旧书重印，因为得尊重历史，所以仍予保留。书名原叫《过去的学校》，但关于大学的占了十之八九，现在干脆将讲中小学的几篇删去，为使名副其实，便改称《过去的大学》了。

二〇〇五年六月二十四日于念楼。

《过去的大学》序三*

（2011. 11）

本书最初由湖南教育出版社于一九八二年出版，名《过去的学校》，我写过一篇序，现在仍予保留。

二〇〇五年，长江文艺出版社二次印行，改名《过去的大学》。我从一九八二年版中删去了牟小东、苏润之等人和清华、北洋两校校史编写组撰写的十七篇，增收了胡适、蒋梦麟、张申府、罗家伦等人的作品十八篇，篇数由三十九篇增为四十篇，并写了新序。这篇序亦予保留。

此次交由同心出版社第三次印行，本书作了更多的修订：一是将全书按内容分为“过去的校长”“过去的教授”“过去的学生”三辑，使眉目清楚，更便阅览；二是删去了内容稍嫌笼统或“出界”的七篇，换上了介绍燕京大学的三篇和李济、萧公权等著名学者写清华大学的四篇；三是将梅贻琦《所谓大学者，有大师之谓也》，换下了他请别人代笔的《工业教育与工业人才》。全书总的篇数，仍为四十篇。

---

* 《过去的大学》修订本，二〇一一年十二月同心出版社出版。

从一九八一到二〇一一，三十年来三次编《过去的大学》，“木犹如此，人何以堪”。唯愿现今的大学校长、大学教授和大学生，赶快用事实来证明，他们也是值得载诸笔墨的，这样才好。

这本书当时是由朱纯起意，我二人合作编成的。书在人亡，感伤何极。

二〇一一年十一月一日，时年八十。

《过去的大学》序四

（2019.12）

书是有生命的，和人一样，又不一样。一样的是：生命的载体，纸张竹帛，血肉之躯，都会“年寿有时而尽”。不一样的是，人“生年不满百”，书如果一直有人读，不断有人印，却不会“身与名俱灭”，而会再生。

本书一九八二年在湖南初版，二〇〇五年在湖北再版，二〇一一年在北京三版，今年回湖南四版，三十七年之后还乡了。

三十七年，二十三岁的大学毕业生也退休了，书还在印。

它真是一本值得活下来的书吗？这就只能等读者和时间来检验了。

二〇一九年十二月二十四日作于念楼，时年八十九岁，朱纯死十二年矣。

《传统蒙学丛书》序*

（1985.8）

出版社准备整理出版《传统蒙学丛书》，我极表赞成，因为这是一件大有益于文化史研究的事情。

蒙学之书，由来已久。李斯《仓颉篇》和史游《急就章》，出自当时最高级知识分子之手，又因为是初学启蒙用书，想必也拥有当时最广大的读者。《汉书·艺文志》收有小学十家，所谓小学，就是蒙学。

后来社会不断发展进步，贵族以外的平民，也有了读书的需要与可能，教法和教材与之相应，出现了事实上的“双轨制”。士农工商四民之中，“学以居位曰士”，居位便是做官；要做官，非通经籍、应科举不可，儒家经籍便成了士子们的法定教科书。而农工商等小民的天职，无非“辟土殖谷”，“作巧成器”，“通财鬻货”，若想略识之无，粗通文化，不得不另求简便之路。《新五代史·刘岳传》中说：“《兔园册》者，乡校俚儒

* 《传统蒙学丛书》，岳麓书社一九八五年起陆续出版。序文系代周谷城先生作。周氏审阅时只在最后“故为之序”句中加了一个“乐”字，不敢掠美，今敬谨删去。

教田夫牧子之所诵也。”陆游诗自注云：“农家十月乃遣子入学，谓之冬学；所读《杂字》《百家姓》之类，谓之村书。”这类为田夫牧子所诵的村书，便是唐宋以降的蒙学书了。

我们研究文化史，应当着眼全民族和各阶层人民文化的演进，着眼以往各时各地社会上多数人的文化状况。所以，研究唐五代文化，除了《监本九经》《北堂书钞》，还不妨研究研究今存《兔园册》残篇；研究宋代文化，除了《困学纪闻》《渭南文集》，也不妨研究研究《三字经》《百家姓》。虽然《兔园册》不必为虞世南所编，《三字经》不必为王应麟所撰，但当时普通人所受的教育，以及他们通过教育而形成的自然观、神道观、伦理观、道德观、价值观、历史观，在这类书中，确实要比在专属文人学士的书中，有着更加充分而鲜明的反映；何况长乐老和陆放翁那样高层次的大人先生，对这类通俗小册子，也并不是那么漠然不屑一顾的呢？

当然，产生和流传于古代社会中的蒙学书，同样属于古旧文化的范围，局限和落后性自不能免。但无论如何，它们绝不比庙堂之文、大雅之作更局限，更落后。有的蒙学书能够长久流行，为社会长期接受，在采取易于上口易于记忆的形式传授基本知识、进行道德教育这一方面，确实有其长处和优势，是不能也不应一笔抹杀的。

出版社此次整理出版《传统蒙学丛书》，可以说是继承了近世王国维辑校《仓颉篇》、章太炎重订《三字经》的事业，我以为是值得赞许的，故为之序。

一九八五年八月十八日。

《知堂书话》序一*

（1985. 10）

我一直还算喜欢读书的，然读书于我亦大不易，一是不易有闲，二是不易到手，三是不易读懂。有时便只好找点今称书话的这类文章看看，舔眼救馋，掬水降火，不免为三百年前的陶庵所笑了。

使我感到不满足的是，这类文章虽不算少，真正值得读和经得读的却不算多。奉命来骂或者来捧某一种书的，为了交情或者交易来作宣传做广告的，自以为掌握了文昌帝君的秤砣来大声宣布权衡结果的，我都不大想看。我所想看的，只是那些平平实实的文章，它们像朋友闲谈一样向我介绍，这是一本什么样的书，书中叙述了哪些我们想要知道或者感到兴趣的事物，传达了哪些对人生和社会、对历史和文化的见解。这样的文章，无论是客观地谈书，或是带点主观色彩谈读书的体会，只要能自具手眼，不人云亦云，都一样的为我所爱读。如果文章的内涵和笔墨，还足以表现出作者的学养和性情，那就更为

* 《知堂书话》，一九八六年四月岳麓书社出版。

佳妙了。虽然鸠摩罗什早已说过，嚼饭哺人，反致哕吐，说明这是一件多么不易讨好的事情，但在被哺的方面，若能像薛蛟或刘海哥那样，一口吞下(？)别人吐出的内丹，五百年道行便能归我所有，亦不可谓非人生难得之遭逢也。

在我所读过的这类文章中，周作人可算是写得最好的。今从其一生所著三十几部文集中，把以书为题的文章收集起来，编成这部《知堂书话》，以飨与我有同嗜的读者。周氏的序跋文本来也属于此类，因系为自己或友人而写，更多感情的分子，而且数量也不少，故拟另成一集，作为书话的外编。

所录各文，悉依原本，不加改削；唯明显的排印错误，则就力所能及，酌予改正。如《秉烛后谈》新民印书馆印本第四十八面第九行，印本作：

> 说文，亡从入从ㄴ，非┐ㄴ之ㄴ，为有亡，亦为亡失。

颇不好懂。原来这里有两处手民之误：一是将“亡从入从ㄴ”的“ㄴ”错成了引号“┐ㄴ”的“ㄴ”；二是将作者批给排字工人看的“非┐ㄴ之ㄴ”也排成正文了。真不知道启明老人当日拿到新印的书时，脸上会是怎样一副表情，恐怕也和我们今天一样，只能无可奈何发出几声苦笑了吧。

至于周作人其人和他的学问文章，我是没有资格来谈的，因为知道得实在太少，虽然他在晚年也跟我有过一些接触。张宗子《〈一卷冰雪文〉后序》末节云：

昔张公凤翼刻《文选纂注》，一士夫诘之曰："既云文选，何故有诗？"张曰："昭明太子所集，于仆何与？"曰："昭明太子安在？"张曰："已死。"曰："既死，不必究也。"张曰："便不死，亦难究。"曰："何故？"张曰："他读得书多。"

我所明白无误确确实实晓得的，也就只有这两点：第一，周作人"已死"；第二，"他读得书多"。至于别的方面，还是留待能够说和愿意说的人去说吧！

一九八五年十月二十七日于长沙。

《知堂书话》序二*

（1997. 7）

《知堂书话》是我一九八五年编的一部书，于一九八六年四月由岳麓书社出版，至今已过去十多年了。原来《书话》所收的文章，是从周氏三十几部文集中选出来的，按集编次，既未分类，也不编年，读来不免稍嫌零乱。如《厂甸》一篇原在《夜读抄》中，《厂甸之二》却在《苦茶随笔》中，两篇谈厂甸书市的文章没能放在一起。又如在《苦竹杂记》中有一篇《如梦录》，在《药堂语录》中又有一篇《如梦录》，题目相同而内容互异，按集编次隔得更远，亦易使读者感觉不便。尤其是只从文集中选文，周氏的大量集外文和未刊稿中“话书”的文字都无法收入，更为遗憾。还有周氏所作的序跋文，可算别一体裁的书话，当时没有编在一起，而是别为一册，这也是我觉得未必妥当的。

岳麓书社的《知堂书话》和《知堂序跋》，绝版都已过十年，读者和友人时有询及，我也舍不得它们就此消灭。于是征得周

* 《知堂书话》增订重编本，一九九七年海南出版社出版。

丰一先生同意和授权，决定增订重编一部新的《知堂书话》。

所谓新的书话，新就新在：

一、《书话》原来不收序跋，新《书话》则一体全收。

二、《书话》原来只收文集内的文字，新《书话》则将集外文和未刊稿中的书话和序跋全部收入。

三、《书话》原来按周氏自编文集编次，新《书话》则按内容分为下列七辑：谈书和读书；谈中国古书；谈旧小说等；谈中国新书；谈东洋的书；谈西洋的书；谈自己的书。

四、《书话》所收的文章，原来并没有编年，新《书话》七辑则一律按发表（写作）时间先后编次（谈同一本书的文章放在一起），这样更易看出作者读书生活的轨迹。

五、知堂的文章，引文常常很多，又不太喜欢分段，今天的青年朋友读起来，也许会感到不便。此次新编，成段的引文均用另一种字体排出，正文太长的地方则适当分段，可能比较合乎现代阅读的习惯。

《知堂书话》和《知堂序跋》原来各有一篇编者序，现在仍然印在这部增订重编本的卷前。那里面说过的话，我觉得没有什么需要补充修改的，请读者看它们便是了。

这篇小序已经排好，本书即将付印的时候，惊悉周丰一先生不幸辞世，匆匆不及作文，谨在此附志数语，表示我衷心的哀悼。

一九九七年七月十一日。

《知堂书话》序三*

（2015. 6）

《知堂书话》一九八五年编成，一九八六年岳麓书社初版；今年(二〇一五)修订重编，新版仍交岳麓书社印行。前度刘郎今又来，可算物归原主，时间却已过去三十年了。

人生能有几个三十年？我从一九四九年始入职场学做编辑，云里雾里耗去三十年。《书话》初版二万部很快销完，接着陆续开印《自己的园地》《雨天的书》各种，印到《秉烛谈》戛然而止，至今又过去了三十年。俟河之清，人寿几何，真堪浩叹。

但我却还能够乐观，因为通过编书，我看到了文字的生命力，知道好书会比人活得精彩，活得久长。

《知堂书话》初版印行三年十个月之后，台北百川书局便出版了繁体字直排本，它便有了第二个版本。

第三个版本则是海南出版社一九九七年七月印行的。它增收了不少集外文，又把《知堂序跋》合在一起，篇幅大为扩充，装帧也讲究了；但书本太厚太重，却是美中不足。

* 《知堂书话》新版，二〇一六年四月岳麓书社出版。

二〇〇四年九月，中国人民大学出版社又出了《书话》和《序跋》分开的第四种版本。它印过不止一次，二〇一一年还续约了又印了一次；可惜校对不精，颇有错字。

岳麓书社这回，是它的第五个版本，也是最后一个版本了。

书是供人阅读的，没有人读，书就死了。《知堂书话》三十年中印了五版，说明它一直有人要读，有强的生命力，这生命力完全来自知堂的文字。知堂这些谈古今中外的书、谈人们读书生活的文章，确实能引人入胜，确实有撼动读者思想的力量，总使我读之不厌，编之忘倦。

知堂的文章明摆在这里，编者所做的不过是将其编辑起来供人阅览，实不足道。但编辑也得敬谨将事，认真进行。《书话》各版，编法均有所不同；最后这一版，面貌变化更大。这样做，无非是想把书编印得更好读一些，只怕事与愿违，端赖高明指教。

人难活过三个三十年。周作人的父亲便只享年三十七岁，早已无人记得光绪时的绍兴秀才周凤仪了。周作人也只活了八十三岁，但只要《安德森的十之九》《阿丽思漫游奇境记》诸文还有人读，还在印行，知堂的名字便不会被忘记。此即是文字和书的一点为帝力所不及的力量，也是我八十五岁还能够乐观的原因。至于《书话》编得如何，好还是不好，比起来实在无关弘旨吧。

二〇一五年六月二十日乙未端午于长沙。

《曾国藩教子书》序*

（1986. 5）

在戏台上，“衙内”是不受欢迎的角色。在口头上，“大少爷”是低能纨绔的别名。可敬的鲁迅先生，也讲过几句颇为有点不敬的话，大意是说，一个人的学问能力跟花柳病不同，并不能经由性交传给对方和子女。事实也确乎如此，红卫兵哥们虽有“龙生龙，凤生凤”的格言，神龙和威凤生出来的却未必是小龙和雏凤。尧帝爷天生圣明，丹朱却有名的不肖。李白诗篇万古传，他给儿女取的名字也颇有诗意，却谁也不曾见过明月奴诗集或玻璃诗抄。“君子之泽，五世而斩”，谪仙之才，二世而亡，岂不哀哉！

“可怜天下父母心”，普天之下的父母，除了埋儿的郭巨、杀女的王玉辉（借用吴敬梓创作的典故），大约无不愿子女能成龙变凤，或乘龙跨凤，至少也得攀龙附凤；而少爷小姐们却往往不争气，甚至甘居下游，蜕化成了夜游的恶鸟和懒蛇。老爷太太花钱费力，结果却只造就出一辈又一辈的高衙内和孔二小

* 《曾国藩教子书》，一九八六年八月岳麓书社出版，二〇〇二年三月再版。

姐，徒然给世人提供笑骂之资，谓之可怜，其谁曰不宜呢？

我是喜读历史的，这里所说，当然只限于历史上的情形。可是，在清朝咸丰、同治时期的达官贵人中，至少也有一个例外。此人在教育子女方面，可以说是获得了完全的成功(当然是以他自己的标准来衡量)。这个人就是敝同乡曾国藩。

曾国藩权绾四省，位列三公，拜相封侯，谥称“文正”，他的儿子，可算是正牌高干子弟了。然而，曾纪泽和曾纪鸿都没有变成纨绔子弟。曾纪泽诗文书画俱佳，又以自学通英文，成为清季著名外交家；曾纪鸿不幸早死，研究古算学也取得了相当成就。不仅儿辈个个成材，曾家的孙辈还出了曾广钧这样的诗人，曾孙辈又出了曾昭抡这样的学者，这是什么缘故呢？

原因就在于曾国藩教子有方，“爱之以其道”；而且他的教子之方，还多多少少传了下来，影响及于更久和更广。

曾国藩的教子之方，集中体现在他从咸丰二年到同治十年(即一八五二至一八七一)二十年间写给两个儿子的书信里。其成功的经验，主要有三：

一、对于子孙，只求其读书明理，不求其做官发财，也不求其勉强成名成家。他说：“凡人皆望子孙为大官，余不愿为大官，但愿为读书明理之君子。”又说自己志在读书著述，不克成就，每自愧悔，“泽儿若能成吾之志，将‘四书五经’及余所好之八种，一一熟读而深思之，略作札记，以志所得，以著所疑，则余欢欣快慰，夜得甘寝，此外别无所求矣”。他叮咛道：“银钱、田产，最易长骄气、逸气，我家中断不可积钱，断不可买田，尔兄弟努力读书，决不怕没饭吃。”“尔等长大之后，切不可涉历兵间，此事难于见功，易于造孽，尤易于诒万世口实。……尔曹惟当一意读书，不可从军，亦不必作官。……吾当军事极危，辄将此二事叮嘱一遍，此外亦别无遗训之语。”同治五年，纪泽已二十七岁，诗文早已清通，湘乡修县志举充纂修，国藩也不允许，谕之曰：“余不能文而微有文名，深以为耻；尔文更浅而亦获虚名，尤不可也。”

二、绝不为子女谋求任何特殊化。咸丰六年十一月初五日谕纪泽：“世家子弟，最易犯一奢字、傲字。不必锦衣玉食而后谓之奢也，但使皮袍呢褂俯拾即是，舆马仆从习惯为常，此即日趋于奢矣。见乡人则嗤其朴陋，见雇工则颐指气使，此即日习于傲矣。……京师子弟之坏，未有不由于骄、奢二字者，尔与诸弟其戒之。”同治元年五月二十七日谕纪鸿：“凡世家子弟，衣食起居，无一不与寒士相同，庶可以成大器；若沾染富贵气习，则难望有成。”家住乡间，他强调“切不可有官家风味……莫作代代做官之想，须作代代做士民之想。门外挂匾，不可写‘侯府’‘相府’字样，天下多难，此等均未必可靠”。同治三年七月，纪鸿赴长沙考试，国藩特别写信告诫：“尔在外以谦谨二字为主。世家子弟，门第过盛，万目所属。……场前不可与州县往来，不可送条子。”他对女儿也同样严格，咸丰十一年八月二十四日信云：“衣服不宜多制，尤不宜大镶大缘，过于绚烂。”同治二年八月初四日信云：“余每见嫁女贪恋母家富贵而忘其翁姑者，其后必无好处。余家诸女，当教之孝顺翁姑，敬事丈夫，慎无重母家而轻夫家。”

三、对子女要求极其严格，却不一味督责，而是视身教重于言教，根据自己亲身体会，出之以讨论研究的态度，所以指导切实中肯，收效也就十分显著。此类例子，触目皆是，不胜枚举，但摘抄其咸丰八年八月二十日谕纪泽信如下：

……余生平有三耻：学问各途，皆略涉其涯涘，独天文算学毫无所知，虽恒星五纬亦不识认，一耻也；每作一事，治一业，辄有始无终，二耻也；少时作字，不能临摹一家之体，遂致屡变而无所成，迟钝而不适于用，近岁在军，因作字太钝，废阁殊多，三耻也。

尔若为克家之子，当思雪此三耻。推步算学纵难通晓，恒星五纬观认尚易。家中言天文之书，有十七史中各天文志，及《五礼通考》中所辑《观象授时》一种。每夜认明恒星二三座，不过数月可毕识矣。凡作一事，无论大小难易，皆宜有始有终。作字时先求圆匀，次求敏捷，若一日能作楷书一万，少或七八千，愈多愈熟，则手腕毫不费力，将来以之为学则手抄群书，以之从政则案无留牍，无穷受用，皆自写字之匀而且捷生出：三者皆足以弥吾之缺憾矣。

今年初次下场，或中或不中，无甚关系。榜后即当看《诗经》注疏，以后穷经读史，二者迭进。国朝大儒，如顾、阎、江、戴、段、王数先生之书，不可不熟读而深思之。光阴难得，一刻千金！

以后写安禀来营，不妨将胸中所见、简编所得驰骋议论，俾余得以考察尔之进步。……

即可见一斑。

百年以来，对曾国藩的评价，从“勋高柱石”的“古今完人”到“汉奸刽子手”，隔若天渊，判如冰炭。这些评价，从不同的时代要求和不同的政治利益出发，各有各的理由；但无论是谁，都不能不承认曾氏个人的学问和能力。毛泽东一九一七年八月二十三日致黎锦熙信中，亦极力推崇曾国藩云：

> 愚意所谓本源者，倡学而已矣。惟学如基础，今人无学，故基础不厚，时惧倾圮。愚于近人，独服曾文正。观其收拾洪杨一役，完满无缺。使以今人易其位，其能如彼之完满乎？

我则认为：“独服曾文正”倒也不必，但不管怎样说，曾国藩确有学问和能力，而且他的学问和能力并没有“一世而亡”。虽然他是清王朝的忠臣，是传统文化和传统思想的捍卫者，他的哲学和他的方法都无益于现代化的事业，但他教子获得成功却是一个历史事实，无法抹杀，也无须抹杀。

旧时代的达官贵人如曾国藩者，因为教子有方，爱之以其道，还能使他的儿子学业有成，没有变成衙内和大少爷；生活在新时代的父母们，只要能教子有方，爱之以其道，总应该也做得差不太多吧，我想。

一九八六年五月十日于长沙。

《凤凰丛书》总序*

（1986. 5）

俗说凤凰不死，
死后又还会再生。
——沈从文

这套小书取名《凤凰丛书》，因为凤凰和龙一样，都是中国观念的产物，在某种意义上可以说是中国传统文化的象征。龙被捧得太神圣了，颇有点吓人，不是随便好搬弄的。凤凰则从来没有被赋予那么高大的权威和政治意义，使人觉得可爱多于可敬，和这套小书希望能够达到的目的比较合拍。

《凤凰丛书》专刊旧籍，不收新作，内容主要是：

有文化积累意义或学术艺文参考价值的一九一一至一九四九年间的旧籍。

海内外关于中国、中国人、中国文化的研究著作和记述，当然也包括近现代学术文化人物的传记。

* 《凤凰丛书》于一九八六至八八年间在岳麓书社出版过二十来种。

可以称为文史资料的海内外书刊、文献和其他资讯的辑录和汇编。

文化史、自然史、民俗学、民族学和中西交通史等方面的资料。

《凤凰丛书》的宗旨是宽容。入选之书，着重在史的价值和文的趣味，不一定代表编者和出版者的观点立场，不必要都打上五爪金龙的印记。

西方传说中也有所谓“凤凰”（Phoenix），活满五百岁时，聚香木以自焚，从火中而新生。可见一件东西只要真有人喜欢，人们就不会愿意它永远死去，永远消失。一本书或一篇文章，也是如此。

我们的《凤凰》切盼得到人们的帮助，欢迎大家提供选题，参加编辑，使它这一次能活得稍微长久一点。伊斯兰神话中的西摩尔格（Simurgh）也是一种神鸟，“上帝把它创造得十全十美，但后来它变成祸害并被杀死”（*The New Encyclopedia Britannica*），希望我们的《凤凰》的命运会比它好。

一九八六年五月二十日。

【后记】 《凤凰丛书》的寿命不到三年就结束了。本文结尾时表示的希望，终于没有能实现。但想到自己还有那么一点点先见之明，又未尝不是件高兴的事。

请读《凤凰》

（1986.10）

我愿向读者（尤其是广大青年读者），介绍我们新出的一套小书——《凤凰丛书》。

书名凤凰（Phoenix），是取凤凰再生之义。它不收新作，只选旧书。所谓旧书，既包括一九四九年以前出版的书，也包括过去海外所出而内地读者很少见到的书。

本来书一绝版，它的生命亦即结束。但如果它有“史的价值和文的趣味”（这是《凤凰丛书》选择的标准），那么就总会有人喜欢它，希望它能再生。例如下面这些书：

钱穆《现代中国学术论衡》

杨东莼《中国学术史讲话》

兴膳宏《六朝文学论稿》

萨孟武《〈红楼梦〉与中国旧家庭》

储安平《英国采风录》

林语堂等《文人笔下的文人》

蒋碧薇《我与悲鸿》

曾宝荪《曾宝荪回忆录》

杨步伟《一个女人的自传》

钱穆《八十忆双亲·师友杂忆》

它们确实是旧书，但从某种意义上来说，又可以说是我们心目中的“新书”。它们所表示的观点立场不必和我们相同，但都有材料，有感情，更重要的是都有思想。

对于想多了解一点多样化的世界和人生，多了解一点丰富而复杂的文化历史，多认识一点过去并且通过过去走向未来的青年朋友，这些书定会引起你们的兴趣，正如它们过去曾经、现在也还在引起我的兴趣一样。

一九八六年十月一日。

《知堂序跋》序一*

（1986.10）

我在选编《知堂书话》时写过一篇序文，说“周氏的序跋文本来也属于此类，因系为自己或友人而写，更多感情的分子，而且数量也不少，故拟另成一集，作为《书话》的外编”。结果就是这本《知堂序跋》，共收文二百二十三篇，篇数为一九三四年出版的《苦雨斋序跋文》的四倍多。

周作人是很看重序跋文和自己所写的序跋文的。他为俞平伯《燕支草》写的跋一开头就说：

> 小时候读书不知有序，每部书总从目录后面第一页看起。后来年纪稍长，读外国书，知道索引之必要与导言之有益，对于中国的序跋也感到兴趣。……因为我喜欢读序，所以也就有点喜欢写序；不过，序实在不好做……做序是批评的工作，他须得切要地抓住了这书和人的特点，在不过分的夸扬里明显地表现出来，这才算是成功……

* 《知堂序跋》，一九八七年二月岳麓书社出版，序言当时未能发表。

这里讲的是为人作序，至于自己的书，《看云集·自序》云：

> 我向来总是自己作序的，我不曾请人家去做过……因为我知道序是怎样地不好做，而且也总不能说的对或不错，即使用尽了九牛二虎之力去写一篇小小的小序。……

序既然这样地不好做，但又还是得做，于是不能不讲究做序之法，他接着就说道：

> 做序之一法是从书名去生发，这就是赋得五言六韵法……其次是来发挥书里边——或书外边的意思。书里边的意思已经在书里边了，我觉得不必再来重复地说，书外边的或者还有些意思罢。……

这二百二十三篇序跋所讲的，也就多是“书外边的意思”，用一句文言，也就是“言外之意”吧。

说老实话，我所喜欢的，正是它的这一点言外之意。舒芜先生说，周作人的文章“都具有文化思想上的意义”，代表了“当时最高的水平，没有人超过他，没有人能代替他”，是“我们不该拒绝的遗产”，最后这句话真可说是深得我心。周作人最反对“就题作文，各肖口吻”。他的序跋，实践了他自立的法度，从来不“赋得”，不“重复”。他不是“就题”作文，而是“借题”发挥，发挥自己对中国文化思想问题的见解。他在中国学海军，在外国学建筑，而于学无所不窥：魏晋六朝，晚明近世，妖术魔教，图腾太步，释典儒经，性的心理，印度日本，希腊罗马，家训论衡，狂言笑话，无不从人类文化学的宏观，以中外文化比较的方法，来研究中国传统的思想，妙言要道，鞭辟向里。此二百二十三篇，岂仅介绍二百二十三种著译而已哉，其实乃是打开“我们不该拒绝的遗产”箱子的二百二十三枚钥匙，如果没有它们，箱子里的东西就只能“深锁琅嬛饱蠹鱼”了。

这二百二十三篇中，大约有五分之一是集外文，这应该感谢新加坡郑子瑜、北京姜德明、香港黄俊东，尤其是上海陈子善诸位先生，如果没有他们，我是很难及时收集到的。

《知堂书话》出版以后，听到一种“反映”，即总编辑是不应该“亲自”编书的。可是，我一不爱做官，二不爱对上打报告对下作报告，三又缺乏“朝游北海暮苍梧”去参加没完没了各种各样会议的精力和兴趣，从十八岁学做编辑起，光阴荏苒，已经三十七年于兹矣，俗话说，“四十不斢老婆，五十不斢行当”，到老改行，乌乎其可？还是且编了这本《知堂序跋》再说吧。

一九八六年十月六日。

《知堂序跋》序二*

（2015. 6）

《知堂序跋》印行过好几版，每一版的编法均有所不同。

岳麓初版本分为五辑，一是本人著作的序跋，二是本人译作的序跋，三是他人著译的序跋，四是零星题记及其他，以上均系新中国成立前作品，五则是新中国成立后的作品。

海南版将序跋与书话合编为七辑：一泛谈读书和书，二谈中国古籍，三谈旧小说等，四谈中国新书，五谈东洋的书，六谈西洋的书，七谈自己的书（亦即是本人作品的自序，只将译作除外，因已分入东洋和西洋了）。

这样分来分去，本是为读者着想，想使检阅方便些。但后来又想，能买知堂著作之人，难道还不会翻书，要你“寒婆婆操腊心”来多事吗？更何况通家之文，本不易强分畛域。周作人自编《苦雨斋序跋文》，便只按为己与为人“分为两部”，此即是其“家法”，何不遵照办理呢？

于是人大版仍将序跋独立成书，按“家法”分为“自作序

* 《知堂序跋》新版，二〇一六年四月岳麓书社出版。

跋”和“为别人作的序跋”两个部分；题记小文并非序跋，不好分，便作为第三部分。此次新版，题记亦已独立成书，留下的均是序跋文，便全依“家法”办理了。

初版原序中说：“这本《知堂序跋》，共收文二百二十三篇，篇数等于一九三四年出版的《苦雨斋序跋文》四倍还多，周氏一生所写的序跋文，在这一册中，大约包罗无遗了。”此话说得太满。止庵先生便指出来，《〈在奥利斯的伊菲革涅亚〉译者序》《〈希腊神话〉引言》《〈绍兴儿歌集〉小引》诸文，“皆为此书所失收”，还有“译文集中各篇的译后记，也不该遗漏”，确是中肯的批评。好在诸文尚可从《周作人散文全集》中找到，这次便都将其补充进来。当然补充的并不止这些，初版的二百二十三篇中，（据海南版）有四十五篇是题记，除去后序跋文只得一百七十八篇；而新版现收序跋二百二十一篇，二者之差四十三篇，便是补充的篇数。

这回再不敢说“大约包罗无遗了”，仍诚恳希望能有人继续关心它，还有不有失收的、遗漏的呢？大家来拾遗补阙，对于编者和出版者来说，都是求之不得的好事，会衷心感谢的。

还有件事想在此说明一下：本书原序作于一九八六年十月，八七年二月付印的初版本却未见刊出，原因就是末尾那几句话得罪了人，而我又坚持不改，于是只能抽下，换上几百字“编者的话”开印。今时移事易，“总编辑不该亲自编书”已成为“信不信由你”的笑料，本不必再提，因为有朋友对此还“心存疑惑”，所以又加写了这几行。

二〇一五年六月二十七日于长沙念楼。

《知堂杂诗抄》出版题记*

（1986. 10）

《知堂杂诗抄》是周作人晚年编定的诗集，一共收诗二百五十一首，大都写于南京老虎桥狱中，故又曾取名《老虎桥杂诗》。周氏于一九五八年至一九六一年间，把这部诗稿分批寄给新加坡郑子瑜先生，托他设法出版。郑先生珍藏全稿历二十七年之久，始于今年郑重交付岳麓书社印行，真可谓重然诺、全始终者矣。周氏还有两首《自寿诗》，是他写作杂诗的开头和结尾，却没有编入这部诗抄，特予补入。郑先生还为这本诗集写了一篇跋文，既说到了周氏写作杂诗的经过，又介绍了他本人和《知堂杂诗抄》的因缘，请读者注意及之。郑先生为海内外著名学者，现任香港中文大学高级研究员。

一九八六年十月十七日。

* 《知堂杂诗抄》，一九八七年一月岳麓书社初版。

《曾国藩家书》序

（1989.7）

一九八九年四月十三日的《人民日报》刊登了薄一波回忆刘伯承的文章，谈到了他俩对曾国藩家书的看法：

> 伯承同志读的书很多，不独对马克思主义的书，就是对一些历史著作也经常阅读。大概是建国初期，一次他问我看过曾国藩的家书没有，我说早年读过。接着他讲了他的看法："这位曾文正公，其人不可取，但也不要因人废言。他的家书，也并非都是腐儒之见，其中有些见解，我看还是可以借鉴的。比方说，他给他的弟弟曾国荃写过不少的信，其时曾国荃镇守南京，已是万军之将。曾国藩在信中一条是劝他戒躁，处事一定要沉着、冷静、多思；另一条是劝他要注意及早选拔替手，说'办大事者，以多选替手为第一义'。"我插了一句："曾国藩讲的这两条，作为治军为政之术，不无道理。"

* 《曾国藩家书》，一九八九年十二月湖南大学出版社出版。

刘伯承所云曾国藩劝国荃多选替手的话，见同治元年四月十二日与沅弟书：

保彭杏南，系为弟处分统一军起见。弟军万八千人，总须另有二人堪为统带者，每人统五六千，弟自统七八千，然后可分可合。杏南而外，尚有何人可以分统，亦须早早提拔。办大事者，以多选替手为第一义。满意之选不可得，姑节取其次，以待徐徐教育可也。

至于劝国荃戒躁、沉着的话，则讲过不止一次，如咸丰八年五月初六日与沅弟书：

……又接弟信，报抚州之复。他郡易而吉州难，余固恐弟之焦灼也。一经焦躁，则心绪少佳，办事不能妥善。余前年所以废弛，亦以焦躁故尔。总宜平心静气，稳稳办去。

又如咸丰十一年七月十七日书：

当此酷暑，贼以积劳之后，远来攻扑，我军若专守一静字法，可期万稳。……昔曹操八十万人自荆州东下，吴以五万人御之，而周瑜策其必败者，一料曹兵不服水土，二料刘表水师新附不乐为用，三料暑热久疲；其后赤壁之役，果不出周郎之所料。

又如同治三年四月十三日书：

……弟信中有云“肝病已深，痼疾已成，逢人辄怒，遇事辄忧”等语，读之不胜焦虑。今年以来，苏浙克城甚多，独金陵迟迟尚无把握；又饷项奇绌，不如意之事机、不入耳之言语纷至迭乘，余尚愠郁成疾，况弟之劳苦过甚百倍于阿兄，心血久亏数倍于阿兄乎？……此病非药饵所能为力，必须将万事看空，毋恼毋怒，乃可渐渐减轻。蝮蛇螫手，则壮士断其手，所以全生也。吾兄弟欲全其生，亦当视恼怒如蝮蛇，去之不可不勇，至嘱至嘱！

这些见解，刘伯承认为“可以借鉴”，薄一波也认为“不无道理”，应该说是代表了对曾国藩家书的一般的持平的看法。

◇

曾国藩家书于一八七九年，即曾国藩死后七年的光绪己卯年，由长沙“传忠书局”印行。这虽非曾氏家书的全部，却是过去传世通行唯一的本子，影响很大，所以至今仍有保存的价值。

俄谚有云，一滴水可以反映出太阳，那么一部书的起跌浮沉，也多少可以反映出时代的变化和发展，现在就让我们来看一看曾国藩家书问世以来的情况吧。

从一八七九到一九四九这七十年间，曾国藩家书几乎是每个读书人必读的书，薄一波、刘伯承都读过，那时候叫《曾文正公家书》。

当时读书人对这部书所抱的态度，则可以一九一七年为界，分为前后两期。前四十年的主流是仰慕和效法，虽说在辛亥前后，由于“排满”的影响，有些人对曾国藩替爱新觉罗氏朝廷出力不能原谅，但对他仰事父母、下教子弟这方面，大都是充分肯定的。后三十年西潮东渐，吴虞“只手打倒孔家店”，施存统作《非孝》，“父父子子”的传统观念从根本上发生动摇，尽管老一派的人还在佩服“曾文正”“胡文忠”，新一派知识分子却已经看出，这些人的时代是一去不返了，而为了挣脱传统的束缚，却又非把传统的偶像拿来剖析研究不可。

总之，不管前期后期，旧派新派，从一八七九到一九四九年，曾国藩家书一直是读书人必读的书。

这个情况，一九四九年后发生了根本的改变。虽然毛泽东一九一七年说过他于近人“独服曾文正”，范文澜却在一九四七年宣布曾国藩是“汉奸刽子手”。从此，过去七十年间广泛流传的曾国藩家书，在一九四九之后的三十年间一变而销声匿迹，就是想要“借鉴”也无从得到了。

◇

传统的封建文化不能导向民主与科学，中国之现代化无须熟读《离骚》，更无须熟读曾国藩的书。但是为了快步地走向明天，又必须深刻地认识昨天，清醒地面对今天。如果不查明遗传因子带给我们的先天性痼疾，不找出潜伏在我们大脑皮层和心肝血管里的病根，就不可能造成健康的自我和健康的后代。从这个意义上说，一切过去的文化积淀，我们都有责任加以清理；越是过去产生过大的影响的东西，越有必要加以重视和研究，从孔夫子到胡适之都是如此，曾国藩亦不例外。

站在“天父天兄天王太平天国”的立场，骂曾左彭胡诸人为“刽子手”，一点也不过分，但是汉奸这顶帽子戴在曾国藩头上却并不合适。曾国藩生于一八一一年，上距崇祯皇帝吊死煤山已经一百六十馀年，中国由满族人做皇帝已历顺康雍乾嘉五世，从他的爷爷的爷爷起即是清朝的臣民了。辛亥革命后实行的也是五族共和，满洲并非外国。即使站在崇祯、弘光的立场，将洪承畴、吴三桂等“贰臣”称为汉奸则可，将满汉统一两百多年后食朝廷俸禄为国家办事的人称为汉奸则不可。如果曾国藩算汉奸，胡林翼、左宗棠自然也是汉奸，林则徐、魏源等都是汉奸，严复、康有为更是汉奸，连义和拳的大师兄们也只能算汉奸“志愿军”，汉奸也未免太多了。

退一步说，即使曾国藩经过清查定案，确实应该定为汉奸，汉奸的文献也仍然需要整理研究，尤其对于那些在当时曾起过重大作用(即使完全是坏的作用)、对后世仍然有重大影响(即使完全是坏的影响)的人，更应如此。历史是一门科学，研究科学不能“跟着感觉走”，即使将历史研究降低到编演旧戏的水平，舞台上也不能只有红脸而无白脸，只有阿庆嫂江水英而无刁德一王国禄也。

基于以上认识，我于一九七九年到湖南省出版局工作后不久，即提出整理出版《曾国藩大全集》的建议。一九八二年初，在国务院古籍整理出版规划小组会上，我又一次就这个问题作了发言。同年八月二十三日，经国务院批准公布的一九八二至一九九〇的《古籍整理出版规划》，遂正式将出版《曾国藩外集》（辑佚）和影印《曾文正公全集》同时列项。

这次应湖南大学出版社之约，将旧时通行本《曾文正公家书》校点重印，是为了给等不及全集出齐和买不起全集的读者，提供一个比较精简的本子。至于书名，“曾文正公”自不适用，就理所当然地称为《曾国藩家书》了。

◇

一切旧时通行本《曾文正公家书》的底本，都是光绪己卯传忠书局刻本，但原刻本也有错误。如道光二十二年九月十八日与四位老弟书，刻本卷一第三十页上第三行第四字起是：

> 子思朱子言为学譬如熬肉先须用猛火煮然后用漫火温予生平工夫全未用猛火煮过

后来的标点本即印成：

> 子思、朱子言：为学譬如熬肉，先须用猛火煮，然后

用漫火温。予生平工夫，全未用猛火煮过。

细心的读者看了也许会纳闷，公元前四百多年的子思(孔子之孙)，怎么和公元后一千二百年的朱子(朱熹)站在一起说话呢？“为学譬如熬肉”，“猛火煮”、“漫火温”，确系宋儒口吻，先秦则似无此等文字也。

我前前后后翻看过近十种标点(断句)本，只发现一种本子即民国二十五年上海世界书局的印本(只圈断，无标点)改正了刻本的错误，作：

> 予思朱子言。为学譬如熬肉。先须用猛火煮。然后用漫火温。予生平工夫。全未用猛火煮过。

原来是刻本将“予”字误刻成了“子”字，误导了读者。世界书局本把它改正，这才文从字顺，读得通了。

原刻本的错误还远不止此，“咸丰十一年十月廿四日谕纪泽书”，这里的年、月、日全是原刻本弄错了的，起首云：

> 初四夜接尔廿六号禀，所刻《心经》微有“西安圣教”笔意。

信末本未署年月日，那么究竟是何年何月的初四呢？我是从曾氏日记中找出答案的，咸丰九年五月初三日记云：

十二日为叔母罗夫人五十一寿辰，寄春罗一匹，夏布四匹，燕菜一匣，洋带二根。（标点系新加，下同。）

初四日记云：

早，写纪泽信一件。……夜，接家信，澄侯一件，纪泽一件。泽儿付有新刻《心经》一部，字体略似褚河南“西安圣教序”……

十四日记云：

下半日，写纪泽信一片。

可见“微有‘西安圣教’笔意”的“新刻《心经》”，是咸丰九年五月初四夜间收到的，怎么会等到咸丰十一年十月廿四日才写回信呢？而且，这回信也不是初四当天所写，因为曾国藩只在初四日早上写过信给纪泽，而早上是不可能预知晚上的事情的。初四早上所写的信，可以在台湾学生书局影印的《湘乡曾氏文献》中找到，开头即云：

余送叔父母生日礼目，鱼翅二斤太大不好带，改送洋带二根。

与初三日记正合。由此可见，告知纪泽接到“所刻《心经》”

的，只能是十四日下半日所写的“一片”。世界书局印本却未能改正刻本日期的错误，我校点时才发现并予以改正。

但无论如何，世界书局本曾氏家书，仍然是过去排印本中比较好的一个本子。因为我利用了这个排印本的一些长处，所以虽然我书架上摆着一部光绪己卯刻本，我仍然应该说明，民国二十五年上海世界书局的排印本是我工作时所凭借的一种底本，我应该谢谢它。

一九八九年七月于长沙展览馆路寓所，病中。

港版《曾国藩家书》序*

（1993. 8）

天地图书公司决定在香港用繁体字印行我整理校点的《曾国藩家书》，说明这本书在海外也有读者，这使我感到高兴。

本书原名《曾文正公家书》，刊刻于光绪已卯（五年）即曾氏逝世七年后的一八七九年。这部由长沙“传忠书局”刊行的十卷本（“家书”八卷，“家训”二卷），在一八七九年至一九四九年的七十年间，普及于城乡读书人家，发生过很大的影响，先后有过许多不同的版本。其中，民国二十五年上海世界书局的印本，是一个最便于普通读者阅读的本子，因为：

第一，它改正了不少其他印本未能改正的原刻本的错误。例如道光二十二年九月十八日与四位老弟书（本书的与弟第一书），刻本卷一第三十页第三行第四字起是（原未断句）：

> 子思朱子言为学譬如熬肉先须用猛火煮然后用漫火温予生平工夫全未用猛火煮过……

* 港版《曾国藩家书》，一九九四年香港天地图书公司印行。

所有后出印本都依样葫芦地“子思朱子言”，有的干脆标点成：

子思、朱子言：为学譬如熬肉，先须用猛火煮，然后用漫火温。予生平工夫，全未用猛火煮过。

细心的读者也许会疑惑，公元前四百多年的子思（孔伋），怎么会和公元后一千二百年的朱熹用一个腔调说话呢？查《朱子格言》，确有这段话，正是典型的宋儒口吻；而在子思仅有的三篇著作《中庸》《坊记》和《表记》中，却无论如何也查不出“先须用猛火煮，然后用漫火温”这样的句子，因为先秦根本就没有这样的书面语言。

只有世界书局本（下简称世界本）才改正了刻本的错误，不再揪住子思不放了，第五十六页倒数第四行第十三字起作：

予思朱子言，为学譬如熬肉，先须用猛火煮，然后漫火温。予生平工夫，全未用猛火煮过。

原来“子思”为“予思”之误。在这里，曾国藩是说他自己（予）在“思”朱子的话，对照检查自己为学的态度和方法，跟两千多年前孔夫子的孙少爷毫无关系。

第二，它全据刻本，但又并未全录刻本。除了改错之外，它还作了必要的选择，删去了一部分内容和文字不那么精彩的书信，却保留了所有历来传诵的警句名篇。

正因为世界书局本有上述两个特点，所以五年前湖南大学出版社请我编一本供大众阅读的曾国藩家书时，我就选了它作为自己的工作底本，做了以下六个方面的工作：

（一）加新式标点并分段。

（二）考订并注明每封家书写作的地点和时间。发信地点历来各本均未说明，但它对于了解写信的背景却不无价值。写信的时间，原信多未署年月，刻本所定年月的错误，世界本有的亦未能改正。如咸丰九年五月十四日写于抚州的教子第十四书，刻本和世界本都错成了咸丰十一年十月廿四日。按此信甚短而未署年月日，首云：

> 初四夜接尔廿六号禀，所刻《心经》微有“西安圣教”笔意。

查国藩日记，咸丰九年五月初四日记：

> 早，写纪泽信一件。……夜，接家信，澄侯一件，纪泽一件。泽儿付有新刻《心经》一部，字体略似褚河南“西安圣教序”……

五月十四日记：

> 下半日，写纪泽信一片。

很显然，咸丰九年五月初四收到了字体“微有‘西安圣教’笔意”的“新刻《心经》”，不可能等到两年半之后再写回信，刻本和世界本在这里是弄错了。全集本编校者查过日记，将此信的写作日期定为五月初四日，这也是错的。因为日记记的是“早，写纪泽信一件”，而早上写信时是不可能预见到“夜，接家信，泽儿付有新刻《心经》一部……”的。可见此信只可能是五月十四日的“下半日，写纪泽信一片”。此信短而未署年月日，亦与“一片”正合。

（三）将家书分为“禀长辈（祖父、父母、叔父）”“与弟”和“教子”三个部分，各依时间先后编号排列，比较便于检阅（通行各本，多未如此做过）。

（四）每封家书都作了简明的提要，使读者一目了然。

（五）几篇不便归入某个部分的信件作为附录，并增收了刻本和世界本所未收的《谕家中妇女》一篇（据国藩第五女纪芬著《崇德老人自订年谱》）。

（六）校改文字错误。这包括了两个层次的工作：一是据刻本校改世界本的错误，属于技术性的校对，只要认真做就可以了；二是校改刻本的错误，我从台北购得影印的《湘乡曾氏文献》，大部分家书的原件（手迹）都保存在里面，校读一过，发现刻本“手民”之误不少，这就非更加用心不可。刻本《曾文正公家训》咸丰九年八月十二日谕纪泽“作字换笔之法”（本书教子第十七书），便可以举出来作为例子。［编者按：作为例子的文字和插图均已删去，因与下文《〈曾国藩往来家书全编〉序》有关部分大体相同，为免重复，请参看。］

上面介绍了我整理校点这部《曾国藩家书》的工作，下面再讲讲我对曾国藩其人和《曾国藩家书》的看法。

我从来就不是曾国藩的崇拜者。我认为，现代化无须熟读《离骚》，当然更无须熟读曾国藩家书。但曾国藩家书亦可视为传统的一部分，而传统是无法割断和抛弃的，既不应该，亦不可能。为了走向明天，需要认识昨天。熟读固然无须，了解却属必要。

从一八七九到一九一九的四十年间，《曾文正公家书》几乎是被当成修身齐家的教科书来读的。老辈士夫不必说了，就是对于维新派人物来说，“曾文正”也是他们“俯首无异辞”的偶像。容闳在《西学东渐记》中写道：

> 曾文正之高深，实未可以名位虚荣量之。其所以成为大人物，乃在于道德过人，初不关其名位与勋业也。
>
> ……文正一生之政绩、忠心、人格，皆远过于侪辈，殆如埃浮立司脱高峰(Mt. Everest)，独耸于喜马拉耶诸峰之上，令人望而生景仰之思。

梁启超在《曾文正公嘉言钞》的序中写道：

> 曾文正者，岂惟近代，盖有史以来不一二睹之大人也已；岂惟我国，抑全世界不一二睹之大人也已。

毛泽东也在他一九一七年八月二十三日给黎锦熙的信中写道：

> 愚于近人，独服曾文正。观其收拾洪杨一役，完满无缺，使以今人易其位，其能如彼之完满乎？

辛亥前后，由于汉民族主义和民权思想的影响，一部分激进知识分子，对于曾国藩这个汉人尽心竭力帮助爱新觉罗皇朝“收拾洪杨”，渐觉不能原谅。及至五四运动兴起，西学由东渐而东漫，三纲五常“君君臣臣、父父子子”的伦理道德观念从根本上发生动摇，“曾文正”就逐渐从精神领袖退居历史人物之列。然而，在一九一九到一九四九这三十年间，曾国藩家书仍是读书人习知常见的书，中学国文读本里还选它，长辈们还把它作为教训子弟的材料。这倒未必全是政府推广之力，而是因为传统道德观和价值观的持续影响。而曾氏家书在处世、治事、为学、做人等方面，也确实具有它超越时空的模范作用。

到一九四九年以后，情况才发生突变。“汉奸刽子手曾国藩”“窃国大盗袁世凯”和“人民公敌蒋介石”并列，成了政治斗争的大靶子。曾国藩的研究成了禁区，曾国藩家书也理所当然成了禁书。

我从来就不赞成把曾国藩捧为“古今完人”，事实上古今都不会有真正的“完人”。无论生前被吹捧为多么伟大的导师和领袖，死后也不可能没有人评论是非议论短长。但我也不同意将曾国藩叫做“汉奸刽子手”，因为这也名不副实。曾氏生于一八一一年，上距崇祯皇帝吊死煤山已经一百六十馀年，中国由满洲人做皇帝已历顺康雍乾嘉五世，从曾国藩爷爷的爷爷起便是清朝的臣民了。辛亥革命要“排满”，革命后实行的却是五族共和，满洲并未成外国。即使站在崇祯、弘光的立场，把吴三桂、洪承畴称为汉奸则可，把道咸同光时吃朝廷俸禄替国家办事的汉人称为汉奸则不可。如果硬要那样算，左宗棠、胡林翼等人又何以别于曾国藩？林则徐、魏源下逮严复、康有为等人亦无以自外，连“扶清”的大师兄们也只能算志愿的准汉奸了。

至于“刽子手”，这本来是一种职业，像《水浒》里的一枝花蔡庆那样，他只是动手杀人的人，而不是决定杀人的人，用以形容翰林出身不能提刀砍斫的曾国藩并不合适。曾国藩确实对正在带兵打仗的沅、季二弟说过这样的话：

> 既已带兵，自以杀贼为志，何必以多杀人为悔？

但在与沅弟书中又说：

> 吾辈不幸生当乱世，又不幸而带兵，日以杀人为事，可为寒心。惟时时存一爱民之念，庶几留心田以饷子孙耳。

都是写给老弟的信，都是真心话。可见他对杀人也是寒心和觉得不幸的，并不是杀人狂。而谈到杀人之多，他较之左宗棠犹有不及，更不必说黄巢张献忠，以及敢丢原子弹氢弹不怕“死掉几个亿”的人了。

退一万步说，即使曾国藩是汉奸刽子手，汉奸刽子手的材料也仍然可以和应该整理研究，尤其是对于那些有历史文化价值、在过去起过重要影响的材料如曾国藩家书者，更不能任其湮没。

所以，我于一九七九年“平反改正”恢复工作后，在编印《走向世界丛书》的同时，又积极建议整理出版包括家书的《曾国藩全集》，并为此做了些准备。一九八二年春，在全国古籍整理出版规划会议上，我努力争取使新编全集列入了国家规划。从一九八六年起，我又自己动手编了《曾国藩教子书》《曾国藩与弟书》和这本《曾国藩家书》。现在它即将在香港印行，颜纯钩先生要我在书前写篇文章，代替原来的重印序言，高兴之馀，就写了这些。

一九九三年八月二十日于长沙展览馆路一号八楼五室，正值大雨时行，气温骤降，大约闷得人死的天气快要过去了。

《曾国藩与弟书》序*

（1989.12）

我在做总编辑的时候，主张总编辑应该是第一编辑。第一编辑当然不仅仅是组稿编辑和案头编辑，还应该自己动手编纂或辑成一些有意义的书，像过去张元济编《四部丛刊》，叶圣陶编《十三经索引》那样。所谓虽不能至，心向往之，于是我在一九八四至八八年间，编了《走向世界丛书》，编了《凤凰丛书》，编了《知堂书话》和《知堂序跋》，还编了《曾国藩教子书》和这本《曾国藩与弟书》。

《曾国藩教子书》初版于一九八六年二月，署名“锺叔河选编，岳麓书社印行”，封四上同时作了《与弟书》的预告，因为两本书的选编工作本是同时进行的。《教子书》印出来后，读者反应还算热烈，但有人提出每封信的内容提要还应该再详明一些，发信的时间和地点最好在开头标明，校点不无小误也应改正。补做这些事很需要时间，加上我随后又离开了岳麓书社，

* 《曾国藩与弟书》，一九九〇年十二月文化艺术出版社初版，二〇〇二年三月岳麓书社再版。

于是本书直到现在始得在北京出版。从一九八六年以来，先后有数百位读者来信询问《与弟书》何时印成，要到何处才能买到，因为答复有些为难，绝大部分我都没有回信，特趁此机会，向一切关心本书的读者表示衷心的歉意和谢意。

本书和《教子书》一样，都是曾国藩家书的节本而非全本。曾氏一生中所写的家书很多，专门研究的人应该全部都看，普通读者却无此必要。有的信内容重要或文字有趣，但也可删去一些次要的句、段，以节约篇幅，一九四九年以前通行的《曾文正公家书》正是这样做的。但通行本所根据的原刻本出于当时种种原因(例如为尊亲讳)而有意不收的信件，本书则特别注意编入，而且尽量不加删节。现在家书全集本和旧时通行本都已出版，读者如有兴趣，不妨将各本对照一下，然后各取所需便是了。

关于曾国藩的与弟书，刘伯承对薄一波说过："这位曾文正公……给他的弟弟曾国荃写过不少的信，其时曾国荃镇守南京，已是万军之将。曾国藩在信中一条是劝他戒躁，处事一定要沉着、冷静、多思；另一条是劝他要注意及早选拔替手，说'办大事者，以多选替手为第一义'。"薄一波补充道："曾国藩讲的这两条，作为治军为政之术，不无道理。"（见一九八九年四月十三日《人民日报》）

《曾国藩与弟书》所谈，确实多是治军为政之道，和《教子书》多谈读书作文之法不同。曾国藩、曾国荃的治军为政，与刘伯承、薄一波的治军为政，所代表的政治利益和所担负的历史使命当然不同，但如"处事一定要沉着、冷静、多思"，"办大事者以多选替手为第一义”这类方式方法也就是战略策略，则古今前后尽可相通，故刘伯承觉得可以借鉴，薄一波认为不无道理。

古时的帝王将相、卿士大夫、墨客文人、儒生才子，都是过去了的人物，属于过去了的时代。曾国藩效忠爱新觉罗皇室，消灭太平军，故无产阶级谓其人不可取，而其思想体系固无以异于其他士大夫。现代化无须熟读离骚，当然也无须熟读曾国藩与弟书，因为它绝不能指引我们走向明天的世界。但是，它虽不能指引我们走向明天，却很能指引我们了解昨天和前天，即了解旧中国的政治和社会。旧中国的统治阶级，有它的统治思想和统治方法，这就是以儒为体，以法为用，以黄老为权，以纵横为变。在这些方面，曾国藩有很深的研究和心得。他是儒生而非腐儒——书呆子，其成功主要得力于对传统政治权术和谋略的运用，《与弟书》便是他最充分、最坦白、最没有保留地同他的亲弟弟进行交流的记录，这本书确实是他作为一个政治人物讲出来的私房话。

当然，每个真心希望中国现代化的人，对于在旧中国实行专制统治的帝王将相，以及为其制礼作乐、出谋划策的形形色色的“士师”们的政治谋略和政治权术，上起韩非、李斯、秦始皇，下至慈禧太后、曾国藩……从理性上到感情上都不可能不深恶而痛绝之。但另一方面，这些人的经验亦不乏认识价值和可取之处，如刘、薄所说的两条，又如曾国藩的严以教子。无论如何，欲求中国现代化，尤其是愿意多思考中国的历史和未来的人，亦非认真研究和剖析过去帝王将相的“本领”和

"办法"不可，其理自明，无须多说。

中世纪的欧洲有一位"士师"马基雅维利，曾将他研究总结出来的君王统治经验写成一本《君王论》献给他的君王。此人在生前并没有得到很多奖赏，死后却得到了很大的名声。我觉得这本《曾国藩与弟书》，谈的虽非君王统治之术，却是将相统驭之道，故可称为中国的《将相篇》，与马氏的《君王论》相提并论。关于这件事很可以另外再写一篇文章，兹不复赘。

一九八九年十二月十二日，岁暮天寒，呵冻作此，写毕已凌晨二时矣。

《知堂谈吃》序*

（1990. 11）

吃是人生第一事，比写文章重要得多。“民以食为天”这话谁都承认，不像“文章千古事，得失寸心知”之类文人自我陶醉的雅言，一句“吃饱了撑的”就足够使摇而晃之的脑袋低成九十度。其实文人也是人，他的第一件事也是吃；不过他未必善于吃，更未必善于谈吃。《招魂》和《七发》都谈了吃，但一是为了骗死人，一是为了骗活人，谈吃而意实不在吃。束皙《饼赋》，陆羽《茶经》，算是专谈吃的了，却又太像烹调指南和食物介绍，文学性稍嫌不够。我们这些普通人感兴趣的，例如苏东坡这首诗：

三年京国厌藜蒿，长羡淮鱼压楚糟。
今日骆驼桥下泊，恣看修网出银刀。

不知列位看官感觉如何，鄙人所欣赏的则不止活蹦乱跳的鲜

* 《知堂谈吃》，一九九〇年十二月中国商业出版社出版。

鱼，首先还是苏东坡那一副若无其事的态度。贬谪出京，在以做官为性命的人看来，应该如丧考妣了，可是他却因为可以享受一顿早已艳羡的美味而洋洋得意，简直比连升三级还高兴。对照一下我们自己，如果一年到头被包袱和帽子压得驼背弯腰，什么菜肴到口里都味同嚼蜡，岂不太窝囊，太对不起自己这一世了吗？

由此可见，谈吃也好，听谈吃也好，重要的并不在吃，而在于谈吃亦即对待现实之生活的那种气质和风度。

> 红日当窗近午时，肚中虚实自家知。
>
> 人生一饱原难事，况有茵陈酒满卮。

有此种气质和风度，则在无论怎样枯燥、匮乏、窒息的环境中，也可以生活，可吃，可弄吃，可谈吃，而且可以吃得或谈得津津有味也。

鄙人非美食家，上茶楼酒馆的次数非常少，却喜读会写文章的人偶尔谈吃的文章；盖愚意亦只在从杯匕之间窥见一点前辈文人的风度和气质，而糟鱼与茵陈酒的味道实在还在其次。今应出版社之请，将知堂谈吃文并诗共百篇辑为一册，书此数行，即以为序。

一九九〇年十一月三十日于长沙。

《知堂谈吃》再版题记*

（2004.5）

本书为十四年前应卫建民君之约而编，出书以后听说反映还好，得过个什么奖，卫君曾告诉过，我却早就忘记了。

知堂其实并不是一个讲究吃的人，我也一样。我喜欢这些文章的原因，正如原序所说，并不在于他谈吃这件事本身，而在于他谈吃也就是对待生活的态度，当然文章写得好也是很重要的一点。

段春娟女士看中了这本小书，决定重印它，我以为是很有眼光的，所以欣然同意。我以为，尽管如今吃得更好更讲究，谈吃的也更多，“肚中虚实自家知”的却未必能有几个，写得出这样文章的就更少了。

二〇〇四年初夏于长沙城北之念楼。

* 《知堂谈吃》，二〇〇五年二月山东画报出版社再版。

《知堂谈吃》增订题记*

（2016.1）

《知堂谈吃》原收文九十四篇，一九九〇年和二〇〇五年由两家出版社印过两版，脱销已久。此次增订，从《周作人散文全集》中搜得原版失收的八十六篇，又节录港版《周作人晚年书信》中谈吃食较多的信十一封为《与鲍耀明书（节抄）》一篇，篇数差不多增加了一倍，从九十四篇变成了一百八十一篇。

这一百八十一篇，写作从光绪戊戌到“文革”开始，前后长达六十八年。以一九四九年分界，前五十三年中周作人只写了四十二篇，如《结缘豆》《谈食鳖》诸篇，还“谈吃而意实不在吃”，于食物和食事之外，尽有使读者不得不深长思之的内容。而后一十七年中却写了一百三十九篇，尤其是从一九五〇年起的两年半时间，他在《亦报·饭后随笔》专栏里就“谈”过一百一十四次“吃”，用他自己的话说是“为稻粱谋”，即挣稿费维持生活，“人生一饱原难事”，他这句诗在这里算用上了。但即使是这些文章，仍然是大家的手笔，细心和有心的读者是不难

* 《知堂谈吃》增订本，二〇一七年五月中华书局出版。

发现的，正如他为孟心史作的一副挽联：

野记偏多言外意；

新诗应有井中函。

其然，岂其然乎！

二〇一六年一月十一日子夜于长沙城北之念楼。

《唐诗百家全集》前言*

（1992. 2）

这部《唐诗百家全集》，是唐朝一百位杰出诗人全集的汇编，一人一集，共一百集。一百人只占《全唐诗》作者的百分之三，诗却占了《全唐诗》数量的百分之五十以上，囊括了唐诗绝大部分佳作名篇，也可以说是整个唐诗的主体。读唐诗者，拥有此编，无须他求矣。

全集均据善本别集，无别集者据《全唐诗》，补遗辑佚，力求其全。编次略按诗人生活时代、创作流派、师友关系划分，但并不序齿，也不拘泥传统分期。如盛唐诗人，除李杜外，即以王孟和高岑为首集纳，并将以边塞诗负盛名的中唐诗人李益缀于高岑诸人之后。其他各家，大率类此。

传世唐诗结集，编法颇不一致，《全唐诗》亦不例外。本书各集，一律按诗体重编，体例统一，检阅较易，版式整齐；次序则先近体后古体（同一体裁的诗仍依原集次序），改变了“先古后近”的陈规。编者以为，近体诗是唐诗别开的生面，是唐

* 《唐诗百家全集》，一九九二年八月海南出版社出版。

诗迈越汉魏六朝的特色所在，而且易于记诵，适于歌吟，也更易为现代人接受——这部百家全集本来就是为不满足于古人选本、不甘心亦步亦趋古人的现代读者而编的。

现代人生活得不容易，希望从诗中得到一点精神上的享受，故读诗应是美事而非苦事。《百家全集》印成合集，则行走可携，坐卧可读。必须正襟危坐着读的高文典册已经够多了，何必要李太白孟浩然们也西装硬领呢，当然更不必往巾箱中塞《辞源》《辞海》，硬请他们兼任语文教师吧。

一九九二年春节前三日。

【说明】 清朝曾有人编过一部《唐诗百名家全集》，只收中晚唐诗人的集子，且大家如元白皮陆均不收，与本书之内涵、体例、规模均不相同。

《人人袖珍文库》缘起*

（1993. 3）

语云，一息尚存书要读。但无论如何，读书应是乐事而非苦事。

那些顶盔贯甲如临大敌的书，那些需要正襟危坐捧着来读，或者牛不吃水强按头按着来读的书，几十年来真正把读者害苦了。还有许许多多的高头讲章、新旧八股、假大空言，读来正如木皮道人所云，甘蔗渣嚼了又嚼，有何滋味？

人生有限，书海无涯，故不能不慎择所读之书。现在是改革开放的时代，是全球文明的时代，读书的内容、方式和习惯自不能不异于昔时。现代人不能像申公豹，脸永远朝着背后，而应该面向前方，面向未来；同时为了向前，又必须先弄清自己是从何而来，现在又立足何处。《人人袖珍文库》所收的，都是古今中外名著，尤其注重那些体现了民主与科学精神，有利于人类进步事业，不悖于现代审美观念的著作。文库的选目坚持“双百”方针，不限类，不限时，不限地，不限人，只限一

* 《人人袖珍文库》第一辑二十种，一九九四年四月海南出版社出版。

条，一定要是有全人类文化积累价值，不会被历史的潮流所抛弃，父亲读过儿子还会要读的书。

选定书目当然是最要紧的，但光有这还不能适应“时”少事烦的现代读者的要求。《人人袖珍文库》的特点有六个字：开本小，字体大。开本一律采用特定的四十八开本，立在书架上和小三十二开本差不多高，外出旅行时衣袋内可以装，坐着躺着随地随时可以读。字体一般用老五号字，经典和诗词或用小四号字，特大的长篇也绝不用小五号以下的小字，以保护读者特别是青年读者的视力。同时排版注意疏朗美观，校对力求消灭错字，印刷尽量选用好纸，装订穿线易于翻览，保证读来悦目赏心，不致使人手酸眼痛。

总之，为了人人，是《人人袖珍文库》的唯一宗旨。我们无意在高阁或高架上和高文典册比高低，但愿能成为想从书中得一点安闲和愉悦的现代人的朋友，但愿能使朋友们(特别是青年朋友们)能通过阅读多得到一点人类文明各方面的知识。区区此意，读者鉴之。

一九九三年三月五日。

《唐宋词百家全集》前言*

（1994. 2）

词是比较容易为现代人接受的古典诗歌体裁。在中国文学史上,“文以载道”的主张，历来占着上风，经义策论、古文诗赋等“主阵地”的情况尤其如此。被称为“诗馀”的词，因为主要用于抒写个人情怀，带有较强的个性和感情色彩，所以一直受到那些比较追求个人自由、更愿意享受个人生活的人们的喜爱。

词的本义是合乐的歌，它的源流可以上溯到郑卫国风、汉魏乐府。但是如果没有商业经济和中外交通的发达，没有城市物质文化生活的繁荣，没有专业乐人歌女阶层的出现，没有两性交际关系一定程度的解放，没有《旧唐书·音乐志》所说“胡夷里巷之曲”的流行，词这种文学形式是不可能兴于唐，盛于五代，终至成为宋朝“一代之文学”的。

词来自民间，但它在文学上的地位却是由唐宋名家奠定的，流传至今的也多是唐宋名家的作品。本书将一百位名家的

* 《唐宋词百家全集》，一九九四年十一月广州出版社出版。

全集汇编为十册，各册的领袖词人为温韦、二主与冯延巳；大小晏与欧阳修；柳永；苏轼与秦观；周邦彦与李清照；陆游与张孝祥；辛弃疾；刘克庄与刘辰翁；姜夔与史达祖；吴文英与王沂孙。现存唐五代词和宋词总数约二万一千首，作者一千四百馀人，本集作者占总数的百分之七，作品却差不多占了一半，不仅唐宋词的佳作名篇绝大部分荟萃于此，即其整个面貌和发展过程也在此中得到了充分的反映。

为了便于读者，本集在编辑工作上采取了两个不同于一般的做法，一是每位词人的全部词作都按词牌分编（同一词牌仍依原本次序），先小令，再中调，后长调，极易检阅；二是每首词都按韵脚、词意分行，分片的词并将上下片明显区分，充分显示它的形式美。

我在《唐诗百家全集》的序言中说过，读诗应是美事而非苦事；词是抒情的诗，是最真最美的诗，当然更应如此。本书就是一部这样的词集。

一九九四年春于长沙。

《亚东本古典小说》重印前言[*]　　（1994.9）

一九九三年夏天我到北京，全国版协的同志告诉我，王子野同志希望我到他家去一趟。正好同住翠明庄的两位同行也想去看王老，于是三人同往。在史家胡同花木扶疏的小院中，子野同志对我谈到现在印古典小说的很多，但都是辗转重印，走二三十年代上海滩上一折八扣书的路子；“那时候，只有亚东图书馆印小说是严肃认真的。”他说：

“亚东本的标点者和发稿编辑是汪原放。我在亚东的几年中，亲眼见过他做工作，一部小说要搞一年半年，校十次八次。这样的编辑，现在恐怕不多了。这套书事实上的主编则是胡适，选题、版本都是他定的，他还为每种小说写了很长的序文。比起现在当挂名主编的先生们来，胡适这种亲自动手的精神也是非常难得的。”

子野同志于是提到了我在岳麓书社印行的《三国》《红楼》，认为印得还不错，但毕竟不如亚东本。他说：“你何不把亚东

* 《亚东本古典小说》，海南出版社一九九四、九五年间陆续印行过十六种。

本的十几种小说全部重印一下？即使不说纪念胡适，纪念一下汪原放也是可以的，他还是共产党中央的第二任出版局长呢。”

我听了以后，便告诉子野同志：“早在一九八九年，我就离开了岳麓书社，无法管那里出书的事了；不过，这件事情，总会有出版社愿意来做的。”这时，同去的一位同志表示他们愿意做这个工作，不过希望子野同志和我各写一篇序言。我说：“我是不能写这个序的，亚东本早有胡适的序文了。即使是重印的前言，也只有子野同志您才能写，因为您是亚东出身的人嘛！”子野同志听了，微微一笑道：

“重要的是把书印好。序言嘛，也应该写一个，说明重印亚东本的道理。还是请锺叔河同志写，写好寄我看看。不叫序，叫前言也可以。要我署个名也行，表示我支持这件事。亚东有本小说有陈独秀的序，本是汪原放请陈写，陈要汪先写一篇给他看看，看后认为写得还好，便同意以陈独秀的名义发表。陈独秀帮亚东做事从不要钱，他早就是大名人，更不会要这个名。他和胡适都是为了新文化运动，为了推广白话文，才帮亚东的。”

当天关于这件事的谈话就到此为止。第二天，我找到戴文葆同志，请他帮忙在北京找找亚东的本子。戴文葆同志乐于助人，立刻冒着大太阳徒步到朝内大街的出版社去帮我找，结果却一无所获。可见二十年来历经丧乱，连二三十年代印行的亚东版，也已成凤毛麟角，仅就文化积累来说，重印也成为很有必要了。

回湘以后，杂务纠缠，一直没有缓过气来安排这件事。不料噩耗传来，子野同志竟突然辞世，他的嘱托已成遗言，无论如何再也不能拖着不办了。

怀着纪念子野同志的心情，最近我把胡适和汪原放关于白话小说和亚东本的记叙匆匆重读了一遍，深深感到正如子野同志所说，胡适确实是亚东本事实上的主编。

一九一五年，胡适在他的留学日记里开始提出“死文学”和“活文学”的问题，云：“吾国‘活文学’，仅有宋人语录，元人杂剧院本，章回小说，及元以来之剧本、小说而已。吾辈有志文学者，当从此处下手。”一九一六年，他又提出“文学革命”的问题，云：“文学革命，至元代而登峰造极。其时，词也，曲也，剧本也，小说也，皆第一流之文学，而皆以俚语为之。”一九一七年，他发表了著名的《文学改良刍议》，与陈独秀《文学革命论》同为“五四”新文化运动的宣言。《刍议》指出：“今日之文学，其足与世界第一流文学比较而无愧色者，独有白话小说（我佛山人、南亭亭长、洪都百炼生三人而已）一项。……其他学这个、学那个之诗古文家，皆无文学之价值也。”读了《刍议》的钱玄同立刻响应，写信给陈独秀说：“小说诚为文学之正宗。”一九一八年，胡适又在《建设的文学革命论》中断言：“死文言决不能产出活文学。中国若想有活文学，必须用白话，必须用国语，必须做国语的文学。”并正式举出《水浒》《西游》《红楼》和《儒林外史》四种白话小说，作为有生命、有价值的“活文学”的模范。经过胡、陈、钱等人的大力提倡，到一九一九年以后，白话文就开始取得对文言文的优势。一九二〇年，教育部以部令宣布：逐步废止用文言文编写的小学《国文教科书》，改用以白话文编写的《国语教科书》，《水浒》《西游》的片段开始成为教材。于是白话小说从不登大雅之堂的东西，一变而为“文学之正宗”，得与诗经、史记、韩文、杜诗并列。

二十年代的胡适，和陈独秀一样，都不仅仅是写文章的人。他们都有广泛的社会联系，繁忙的社会活动，都懂得要凭借出版工作来推行新文化运动，亚东图书馆便是他们活动的一个阵地。胡陈二人的著译，包括影响极大的《胡适文存》《独秀文存》，都是亚东出版的。亚东的汪孟邹、汪原放叔侄，跟陈独秀父子(延年、乔年)和胡适，都有很好的私交；汪原放一九二六年入党，便是陈乔年介绍的。为了开展白话文运动，胡适又积极参与了制定和推广新式标点符号的工作。一九二〇年，汪原放在亚东计划出四部“加新式标点符号和分段的”(这是当时的广告用语)小说，完全是受了胡适的影响，为了配合胡适的工作。这四部小说，也就是胡适在《建设的文学革命论》中列为“活文学模范”的四部小说。

亚东出的第一部小说是《水浒》。胡适不仅为它写了一篇三万字的《水浒传考证》(题为“考证”，实为新序)，一年后再版时又写了一篇近两万字的《水浒传后考》。《水浒传考证》一开头就说：“我的朋友汪原放用新式标点符号把《水浒传》重新点读一遍，由上海亚东图书馆排印出版，这是用新标点来翻印旧书的第一次。”接下去又说：“我想《水浒传》是一部奇书，在中国文学史占的地位，比《左传》《史记》还要重大得多。”这是对《水浒》文学价值的评价。《考证》最后一段说：“种种不同的时代发生种种不同的文学见解，也发生种种不同的文学作物——这便是我要贡献给大家的一个根本的文学观念……这叫做历史进化的文学观念。”这就不仅仅是评价《水浒》，而是通过考证《水浒》提出了一个全新的学术观点。这篇序至今仍为胡适古典文学研究的重要论文之一，它提高了当时《水浒》研究的水平，当然也提高了亚东本《水浒》的价值。

接着，胡适又为《红楼》《西游》《醒世姻缘传》等写了考证，为《三国》《儿女英雄传》《三侠五义》等写了序言。亚东本《红楼梦》原用道光壬辰刻本(程甲本)作底本，后来胡适发现程乙本比程甲本好，就建议亚东废掉已有的纸型，重新标点排印。这件事情最能说明胡适和亚东(汪原放)对重印古旧小说的严肃态度和对广大读者的负责精神。胡适自己并不居功，可是他对于亚东(汪原放)从事营业而能坚持研究的精神，却不止一次地提出来，表示赞赏。一九二七年他为新版《红楼梦》作序说：“从前汪原放先生标点《红楼梦》时，他用的是道光壬辰刻本，他不知道我藏有乾隆壬子的程伟元第二次排本。现在他决计用我的藏本做底本，重新标点排印。这件事在营业上是一大牺牲，原放这种研究的精神是我很敬爱的。”时隔三十四年，到一九六一年即他逝世前一年，胡适又说：“过去亚东图书馆的印书是不计成本的。他们为了程乙本，就全部另外排过，标点符号都要注意，校对又精。”(见《胡适之先生年谱长编初稿》第十册)

胡适帮亚东出版古典白话小说，也是取酬的，亚东除给他稿费、版税外，还曾按月付酬。但胡适之于亚东，一直更重交情，一直视义重于利。抗战期间亚东欠了大批的债，胜利后亚东老板见了胡适，说十年不曾付版税给胡，很是抱歉。胡劝亚东把纸型卖给别家，卖得钱还别的债主，至于他自己的版税，就可以不付了。

时事有代谢，往来成古今。胡适、汪原放早已作古，王子野同志也离开了我们，他们所做的工作能否留存下来呢？是任其湮没、流失、变质，还是加以继承，努力发扬光大？我想，我们不应该忘恩负义，不能不珍重前人留下的一切值得珍重的东西，不应该只追求眼前的这个效益那个效益，不能不尽可能做一点自己真正该做的事。难道说，像胡适这样的作者和主编，像汪原放这样的校点者和编辑，像亚东图书馆这样的出版社，还有像王子野这样的文化出版工作组织者，真的都统统没有了吗？

一九九四年九月。

《周作人文分类全编》弁言*

（1995. 4）

这一部书是周作人的文集，却是我所编的。从一九八四年开始搜集材料到一九九五年全书编成，十年之中，我一直在想该为这部新编的书准备一篇什么样的序言。周作人的书是不要别人作序的，“鲁班门前掉大斧”又是令人齿冷的费力不讨好的工作，想来想去，觉得还是选一篇他自己写的东西放在卷首较为得体。选的结果，便是下面这首《丙戌杂诗》之一的《文字》：

半生写文字，计数近千万。强半灾梨枣，重叠堆几案。
不会诗下酒，岂是文作饭。读书苦积食，聊以代行散。
本不薄功利，亦自有誓愿。诚心期法施，一偈或及半。
但得有人看，投石非所恨。饲虎恐未能，遇狼亦已惯。
出入新潮中，意思终一贯。只憾欠精进，回顾增感叹。

---

* 《周作人文类编》十卷本，一九九八年九月湖南文艺出版社初版。二〇二〇年再版时改为二十卷，书名也改为《周作人文分类全编》了。

诗中表白了他写文章的态度——不只是为了消闲(下酒)和维生(作饭),而是怀着誓愿,在向大众传道作布施,自从“五四”新文化运动以来(出入新潮中),这个意思总是一贯的。诗中又表示了他对自己所写的文章的期望——只要能有人看,即投石遇狼,亦非所憾了。

这一首诗作于民国丙戌即一九四六年,四十多年来,不少人读到过,也包括我。现我以十年之力,编成这二十卷书,“但得有人看”,也就算是对他“诚心期法施”的一点回报吧。

周丰一先生信任地委托我编辑本书,上海陈子善先生允许采用所编《周作人集外文》材料并提供报刊复印件,新加坡郑子瑜先生、香港鲍耀明先生和罗孚先生惠借珍藏的周作人未刊手稿和照片,均此志谢。

一九九五年四月四日于长沙寓楼。

《周作人文分类全编》新版题记 （2020. 4）

这一部书，一九九八年在湖南文艺出版社出版，面世已经二十二年了。

二十二年之后，原来的出版社，仍来重印这一部书，这就说明，在这二十二年中，它经历了时间的考验，通过了读者的检阅，证明了是一部站得住的周作人文集。

其所以能如此，百分之九十九当然是由于周氏文章的力量。但编者百分之一的微劳能被认可，亦不胜感惭。为了报答读者的信任，我们(编者和出版者)决定不只是简单地重印，而是加做了下列工作：(一)修订改正了周氏原本错讹一百九十五处并增出了校记。(二)增补了原编失收文五十一篇。(三)调整了版式和字体。(四)将书名由《周作人文类编》改为《周作人文分类全编》，编次由十卷改为二十卷。——这些工作做得好不好，仍然只能读者说了算；我们当一如既往，虚心求益，不断改进。

还需说明两点：(一)原编的弁言和凡例，修改后仍予保留，原有附录删去。(二)原来十卷和现在二十卷的书名，都是选用周文的篇名。

二〇二〇年四月一日，锺叔河于长沙城北之念楼，时年八十九岁。

《周作人散文》选编者言*

（1995. 10）

这五卷周作人的文章，是周氏散文的选本而非全集，共选文七百零六篇，近一百七十万字。

选的标准只有一条，即是选编者——我最喜欢的文章。喜不喜欢，全凭我自己的主观感觉。认同不认同呢，那就全凭高明的读者了。

若求对周作人其人其文有一个接近全面的了解，自须通读其全部著译。例如一九三二年由邓广铭（恭三）笔记的《中国新文学的源流》，一九九一年即周氏去世后二十四年才由人民文学出版社出版的《卢奇安对话集》，都具有极重要的研读价值，选本却无法将其选入。

即使和我一样，不做研究工作，只想读周作人的文章，也最好能读其全部。而任何选本包括此一选本，都只是其部分而非全部。当然也可以先读读它，以后再去读全集。

* 《周作人文选》四卷本，一九九五年十二月广州出版社出版。二〇二〇年岳麓书社重版，改为五卷本，并改书名为《周作人散文》，本文也作了相应的改动。

所选文章，均按写作（发表）年月顺序编次：

卷一收一八九八至一九二七年间的一百六十一篇，

卷二收一九二八至一九三五年间的一百二十九篇，

卷三收一九三六至一九三九年间的一百一十二篇，

卷四收一九四〇至一九四五年间的一百一十五篇，

卷五收一九四七至一九六四年间的一百八十九篇。

我在编辑《周作人散文全集》的工作中，共校改原件（印本、报章、杂志、抄件、手稿）脱讹倒衍文字上千处，一一出有校记。此系选本，当求简易，故只径改错讹，不出校记。

十年前在湖南开始整理印行周氏著作时，我在北京的报纸上登过一则广告，提出：

> 人归人，文归文。周作人其人的是非功过是另一问题，其文的主要内容是对传统文化和国民性进行反思，对中西和中日的文化历史作比较研究，今之读者却不妨一读。

意思就是说，周氏其人的是非功过自有公论，其文则文化价值和文学价值具在，理所当然有出版的价值。一九八四年陈子善编《亦报随笔》，我在给他写的序言中说道：

> 关于周作人，我只能辑其文，不能论其人。我不过只是一名编辑，不是什么研究家、批评家。我的工作是编辑出版旧籍遗文，使想看的人能买得去看，想批评研究的人

也才有材料好拿去做文章，或供于牺牲坛前，或钉在耻辱柱上，都悉由尊便。

最后又写道：

周作人已矣，其人虽不得原谅，其文却似乎可传，因为它们包含的知识和见解是客观的存在，而在文章欣赏上亦自有其美学的价值。陈婆即使真有麻子，所烧的豆腐固未尝不好吃也。

这至今仍然是我的观点。

一九九五年十月十五日。

《知堂美文选》序*

（1996.6）

周作人于一九二一年首创“美文”一词，他在现代美文创作上的首席地位，有胡适、鲁迅二位作证，大约无可怀疑。胡适在《五十年来中国之文学》文中说，“散文方面最可注意的发展，乃是周作人等提倡的小品散文”，把他作为成功的代表。鲁迅在答复斯诺问中国最优秀的散文作家是谁时，也把周作人排在第一，排在林语堂和他自己之前。

周作人活了八十多岁，写了近七十年文章。在这个世界上，他确实留下了许多可以称为美文的作品；但这并不是他工作的全部，也不是他工作的大部。他在《两个鬼的文章》中写道：

> 我的确写了些闲适文章，但同时也写正经文章，而这正经文章里面更多的含有我的思想和意见，在自己更觉得有意义。

* 《周作人美文》，一九九八年十二月香港明报出版社出版，二〇一五年十月岳麓书社重版，改名《知堂美文选》。

接着解释他的所谓“闲适小品”道：

> 如英吉利、法阑西的随笔，日本的俳文，以及中国的题跋笔记，平素也稍涉猎，很是爱好，不但爱诵，也想学了做，可是自己知道性情才力都不及，写不出这种文字，只有偶然撰作一二篇，使得思路笔调变换一下，有如饭后喝一杯浓普洱茶之类而已。这种文章材料难找，调理不易。其实材料原是遍地皆是，牛溲马勃只要使用得好，无不是极妙文料，这里便有作者的才情问题，实做起来没有空说这样容易了。我的学问根柢是儒家的，后来又加上些佛教的影响，平常的理想是中庸，布施度、忍辱度的意思也颇喜欢，但是自己所信毕竟是神灭论与民为贵论。这就与诗趣相远，与先哲疾虚妄的精神合在一起，对于古来道德学问的传统发生怀疑，这样虽然对于名物很有兴趣，也总是赏鉴里混有批判，几篇《草木虫鱼》有的便是这种毛病，有的心想避免而生了别的毛病，即是平板单调。那种平淡而有情味的小品文我是向来仰慕，至今爱读，也是极想仿做的，可是如上文所述实力不够，一直未能写出一篇满意的东西来。以此与正经文章相比，那些文章也是同样写不好，但是原来不以文章为重，多少总已说得出我的思想来，在我自己可以聊自满足的了。

这里所说的神灭论与民为贵论，便是赛先生与德先生，实在是理解周作人思想与文章的津梁。就是只想欣赏美文（所谓的“闲适小品”），亦当率由此道，才不致得鱼忘筌，舍本逐末。

《两个鬼的文章》写成以后，直到一九五九年才编入《过去的工作》在澳门出版，像我这样在长沙城里拉板车的右派分子，当时自然无法看到。但是，我于一九六三年写给周作人的一封信中也是这样说的：

> 先生的文章之美，固然对我具有无上的吸力，但还不是使我最爱读它们的原因。我一直以为，先生的文章的真价值，首先在于它们所反映出来的一种态度，乃是上下数千年中国读书人最难得的态度，那就是诚实的态度……无论是早期慷慨激昂的《死法》《碰伤》诸文，后来可深长思的《家训》《试帖》各论，甚至就是众口纷纭或誉为平淡冲和或詈为“自甘凉血”的《茶食》《野菜》那些小品，在我看来全都一样，都是蔼然仁者之言。先生对于我们这五千年古国，几十兆人民，芸芸众生，妇人小子，眷念是深沉的，忧愤是强烈的，病根是看得清的，药方也是开得对的。

时年不满三十的苦力，当然不敢在“五四”文坛老宿面前妄托知己，不过在读到周作人随后写了寄来给我的古人诗句“万卷纵观当具眼”（下句是“一言惟恕可铭膺”）之后，我还是不禁暗喜。因为于冥冥长夜中知道自己还有一双看得出好坏的眼睛，在漫漫长路上也就不会像原来那样不知所从了。

因为我喜欢周作人的文章（不仅仅是他的美文），又因为周作人在他生命的最后几年里给我的一点知己之感，又因为能得到周丰一先生的信任和委托，遂以十年之力搜集、整理了周氏近三千篇文章。事实正如他自己所说的那样，在这近三千篇文章中，正经的文章确实比闲适的小品多得多。当然，周作人的正经文章，同样有他所特有的文章之美，即如《两个鬼的文章》这一篇，信手拈来，“道士与狐所修炼得来的内丹”，“饭后喝一杯浓普洱茶”，又何尝不是巧妙地使用了“文料”，使一篇说理文达到了极有情味的境界。他一再声言自己实力不够，性情才力不及，写不好纯文学的美文，但正如他过去说过的，这里的自谦也就是自夸了。《两个鬼的文章》在最后重申他作文的原则是言必由衷，道：

> 其实这样的做也只是人之常道，有如人不学狗叫或去咬干矢橛，算不得什么奇事，然而在现今却不得不当作奇事说，这样算来我的自夸也就很是可怜的了。……俗语云，无鸟村里蝙蝠称王。蝙蝠本何足道，可哀的是无鸟村耳，而蝙蝠乃幸或不幸而生于如是村，悲哉悲哉！蝙蝠如竟代燕雀而处于村之堂屋，则诚为蝙蝠与村的最大不幸矣。

这恐怕想要不称其为美文亦不可得了。

但是，除了大量的正经文章外，周作人毕竟还写了一些为消遣或调剂之用的“闲适文章”。香港潘耀明先生约我在这一部分文章中选若干篇，编一卷《周作人美文》，以供生活在有鸟或无鸟之村中的人忙里偷闲时读读，我很高兴来做。香港的村里当然是有鸟的，而且会唱歌的鸟恐怕还会越来越多，但是感受一点过去无鸟村中蝙蝠的悲哀，也还是有点意思的吧。

我选的七十八篇文章，只占三千篇的百分之三不到，但写作跨度同样从光绪戊戌到“文化大革命”长达六十八年，与周作人的写作生涯相始终。每篇都在题下注明了写作年份，可见文章与世变相因，作者思想与风格的逐渐形成也能看得比较清楚。《山中杂信》以前的七篇属于“少作”，用的是文言，但仍是大作家形成期的面影。其馀有的是历来传诵的名篇，有的则是普通读者也许比较生疏，却为我所深爱，觉得可以作为美文向大家推荐的。

因为是“美文”，当然没有包括周作人自己更加看重的正经文章，但也有意识地加入了两篇有点“搭界”的文字。一篇是一九二一年写的《碰伤》，是他见到北洋政府残杀学生的感想；一篇是一九五七年写的《谈毒草》，是对“百花齐放，百家争鸣”政策私下所作的一点补充。我想借此说明，周作人并不是只在寒斋喝苦茶的人。对于能读他全部文章的人，当然用不着这样说明；但对于只看看选本，尤其是接受过“文学教育”和学习过“文学批评”的读者，恐怕便有此必要。当然，这两篇文章也还是美文，广义的，正如周作人所有的文章一样。

一九九六年六月二十二日，于湖南长沙展览馆路十一号之寓楼。

影印《李鸿章全集》序*

（1997. 7）

改革开放以来，古籍出版空前繁荣，许多过去出不了的书都出来了，例如曾国藩和左宗棠的全集。这对于做学问搞研究的人，以及像我这样没有学问也不搞研究，但却有一点读书的兴趣的人，都是好事。

一九八二年国务院批准公布的“古籍整理出版规划”（以下简称“规划”），即含有曾、左的全集，与他们并列的还有一个李鸿章。

李鸿章生前身后都是个有争议的人物，可是他在晚清政局和中国现代化过程中，却占有不亚于曾、左的重要地位。他对“数千年未有之变局”的明白认识，他的“中国欲自强，则莫如学习外国”的公开主张，在十九世纪中国士大夫中应该说是很领先的，而在执政者当中则差不多是绝无仅有的了。

曾、左的全集早告完成，李鸿章全集则直到最近才影印出版，虽然迟了一些，虽然是影印，但因为是九册六百万字一次

---

* 影印《李鸿章全集》，一九九七年九月海南出版社出版。

推出，满足了读者久矣乎的期待，仍然是件好事。

说到影印,“规划”中规划的就是影印。这本来是对的，因为影印(一)可以较快地将书出齐；(二)不致发生标点、排印、校对上的错误；(三)也便于和原来利用刻本所做的研究工作和资料工作相衔接。至于未入集的文字，完全可以辑佚补遗，作为外编，这样既能节省人力物力，减轻读者负担，也更能彰显新材料的作用。十五年前在京西宾馆制订“规划”时，我对此认识不够，力主新编“大全集”，今作此文，也算是补过吧。

影印当然要选好底本。海南出版社影印的这部《李鸿章全集》，前八册遵照“规划”以光绪乙巳金陵刻本《李文忠公全集》为底本。金陵刻本是由著名学者兼文人、曾门四子之一吴汝纶编成的，历来被视为李氏奏稿、函稿、电稿的定本。此书抗战前曾由商务印书馆影印过一次，线装一百零一册，早已绝版。后来台湾又影印过一次，现在求购亦不容易。

《李文忠公全集》收集较全，又由高手编成，有很高的权威性和史料价值，却没有收李鸿章的诗文。这大概是因为鸿章以“重臣”“名相”身份辞世，后人和僚属不愿意让带有个人感情色彩的词章影响“文忠公”作为政治人物的形象。其实李氏二十四岁即中进士，入翰林，文章诗赋也是会得做，并且做过不少的。事实上，在吴汝纶编《全集》的同时，鸿章的嫡孙国杰(鸿章子经述于鸿章死后三个月也死了)就编了一部《合肥李氏三世遗集》(所谓三世，即鸿章与其父国安，其子经述)，共二十四卷。其中的《文忠公遗集》八卷，便全是李鸿章的诗文。此系家乘，刊刻比《全集》为精，印数则较少，故流传不广。(舒芜先生信告，据李家孚《合肥诗话》，李鸿章又有《小沧浪亭诗赋抄》一卷，当是《遗集》八卷的选本，不过他并未见过。)商务和台湾影印《李文忠公全集》，都没有附印这部《遗集》，不能不认为是一个缺陷。海南出版社将其找到，作为第九册，做得很对。

从第九册“诗文”中可以看出，李鸿章虽不以文名，但这位翰林公的诗文有些还做得相当可以，如《雪霁登程将至宿松口号》二首：

> 积雪沙堤似掌平，香泥浅趁马蹄轻。朔风来自阴崖畔，犹带枯林踏叶声。
>
> 三月寒逾九九深，炎凉历惯不惊心。菜花满地黄金色，憔悴相看半不禁。

似不比别个大官的诗为差。

当然，《李鸿章全集》的价值并不在于它的文学性，而在于它提供了研究晚清政治思想和中国现代化早期历史的重要资料。无论哪一部中国近代史，没有不引用李鸿章言论的。如胡绳的《从鸦片战争到五四运动》，谈到办洋务，首先就引《李文忠公全集·朋僚函稿》卷五，说明李鸿章早在同治三年(一八六四)就主张“及早自强，变易兵制，讲求军实”，“废弃弓箭，专精火器”，“仿立外国船厂，购求西人机器”。又引“奏稿”卷二十四，谓李氏于同治十三年(一八七四)形容当时中外形势云：

> 江海各口，门户洞开，已为我与敌人公共之地……实

为数千年来未有之变局。轮船电报之速，瞬息千里，军器机事之精，工力百倍……又为数千年来未有之强敌。

胡绳对李鸿章取批判态度，但事实上亦不能不承认其对时势的认识和自强的主张。一九三五年商务印书馆出版《大学丛书》中陈恭禄的《中国近代史》，引李鸿章与王壬秋书云：

处今时势，外须和戎，内须变法，盖守旧不变，日以削弱，和一国又增一敌矣。

又引其复友人书云：

今日喜谈洋务，乃圣之时。人人怕谈厌谈，事至非张皇即卤莽，鲜不误国。公等可不喜谈，鄙人若亦不谈，天下赖何术以支持耶？

谓其"熟悉外情，通晓大事"。蒋廷黻《中国近代史》举其致枢臣函：

天下事穷则变，变则通。……中国欲自强，则莫如学习外国利器；欲学习外国利器，则莫如觅制器之器，师其法而不必尽用其人；欲觅制器之器与制器之人，则我专设一科取士……

称之为“中国十九世纪最大的政治家最具历史价值的一篇文章”。像这样的文章，在李鸿章的言论中并不罕见。

最后再从光绪二十一年一月的“电稿”中抄一段话，时正在甲午战中，电文是发给在威海卫守炮台的北洋水师将领丁汝昌、刘步蟾等人的：

> 旅失，威益吃紧，湾、旅敌船必来窥扑。诸将领等各有守台之责，若人逃台失，无论逃至何处，定即奏拿正法。若保台却敌，定请破格奖赏。……汝等稍有天良，须争一口气，舍一条命，于死中求生，荣莫大焉。

从中也可以看到李鸿章在中日战争中态度的一个侧面。

一九九七年七月二十日。

《曾国藩往来家书全编》序*

（1997.7）

一

父亲是新学堂出身的人，学的是数学，没教我读过旧书。十二岁进初中寄宿，写家信只称呼“爸爸、妈妈”，文言文主要是自己从课外胡乱找书看才看懂一点。抗战期间，湘北贫困山区的学校里，旧书多而新书少。只有几位从北平、南京、长沙回乡的年轻教师，带得有一些新的图书和杂志，我若成绩好而又“守规矩听话”（这在我十分难得），也许可以向他们借来看看。平时想看课外书，便只能到图书室去找那位拿旱烟管穿长袍并且不断咳嗽的老先生。

《曾文正公家书》和《家训》，倒是校方指定去图书室借阅的。我不喜欢其中的叮咛和教训，而对于那些娓娓叙述的琐屑事，如写字怎样发笔，棺材怎样加漆，怎样种菜种竹子，怎样造坟挖地洞，倒也还觉得有趣，有点像看《红楼梦》的样子。后来教

* 《曾国藩往来家书全编》，一九九八年海南出版社出版。

音乐的先生(驻平江的二十七集团军军乐队的一位军官)借给我两册《鲁迅书简》，里面也有写给“母亲大人”的家书，开头的“膝下敬禀”，末了的“恭请金安”，和“曾文正”没什么不同。鲁迅说海婴“现在胖了，整天的玩，从早上到睡觉，没有休息”，也和曾国藩说甲三(曾纪泽的小名)“日见肥胖，每日欢呼趋走，精神不倦”差不多。从这里我悟出，人的天性其实是相同者多相异者少，当然近几十年“培养教育”出来专门在同类中找异类的人，可算例外。

曾国藩和鲁迅的“家书”，给了我一些过去家庭生活的知识，如儿子给母亲寄针抵子，祖母给孙儿做外套之类，此外并没有留下什么影响。可是世变日亟，渐渐书仿佛变得不是书了，有的被当作圣经，有的则成了黑籍。我自己也被划为“黑五类”，对于圣经不免敬而远之，很怕一不小心亵渎了它，落下弥天大罪；列名黑籍的则“眼见希奇物寿增一纪”，有机会倒想仔细瞧瞧，弄明白它到底是怎么回事。而流光如驶，马齿加长，中年人的见识毕竟比初中生增长了些，慢慢地觉得曾国藩家书中讲的虽不外“君君臣臣父父子子”那一套，跟近代化(注意是近代化而非现代化，虽然两者同为 Modernization)不搭界，但毕竟是几千年传统社会最后一位典型人物的私房话。我们不必侈谈什么“取其精华”，却可以借此了解一点旧时士大夫的内心世界，这实在是进一步了解中国传统文化和历史的津梁。至于我自己，则素来胸无大志，读书并不想探究微言大义，从小只对孔夫子食如何精脍如何细感兴趣，只想搞明白“长一身有半”的寝衣和欧式睡衣之异同。对于像我这样的人来说，不乏细节描述的“家书”等于前人生活的实录，也颇有阅读的兴味。这便是我一九八〇年倡议新编《曾国藩大全集》，一九九二年又自己动手来编这部《曾国藩往来家书全编》的主要原因。

二

大家都知道，家书是家人之间的通信。既是通信，就必然有往有来，不会像奉命进行“思想教育”那样，永远只是从上往下灌。而家人间的通信，又与一般往来书信不同，讲的通常都是私房话，甚至还会用上些暗话隐语，如曾国藩兄弟间以“苦株子”指互赠之食物，“十伢子有影子”指事情有了希望，“顺斋排行”指湖广总督官文,“光一本家”指军机大臣胡光玉。这些话，如果只看单方面写出去的信，有时候便会觉得费解。

自从一八七九年(光绪五年)《曾文正公家书》成书后，一百几十年来，常人大都只读过曾国藩写给父母、兄弟、儿子的信，没读过曾国藩的父亲、兄弟、儿子写给国藩的信。这就如同只读《赐南粤王赵佗书》不读《上文帝书》，只读《与史阁部书》不读《复多尔衮书》一样，总会有一种不满足。又如读鲁迅写给许广平的信，若不能同时读到许广平那些先自称“受教的一个小学生”，一月后改称“小鬼”，一年后改称“your H. M.”的来信，阅读兴趣亦不免打折扣，这大概也就是鲁迅要编《两地书》的缘故吧。

从读者着想，发表“两地书”也就是“往来书信”，恐怕是了解和研究有关的人和事的最好方式。湘乡曾家一直重视保存“家庭档案”，曾国荃、曾纪泽……诸人手迹，也和曾国藩的手迹一样，在湘乡(今双峰)荷叶塘的“曾八本堂”中收藏了好多年。陈浴新《足征录》记国藩孙广钧所说，“家中书楼三楹，皆先人手迹”，相当大一部分便是其祖、父辈的往来家书。一九四九年，曾宝荪、约农姊弟将家书、日记原件及一部分其他重要文献(如李秀成亲供)带到台湾，一九七二年交由台北故宫博物院典藏，其中家书计一千二百馀件三千馀纸。本书所收〔乙〕部即曾氏家人写给国藩的家书五百九十九件，还有〔甲〕部国藩亲笔家书四百七十三件中的四百四十八件，便是据这批藏品的影印件整理发表的。在这批藏品中，还有一些不牵涉国藩的通信，放在“曾国藩往来家书”中好像并不很合适，便没有收入。

有了这部《曾国藩往来家书全编》，读者在读曾国藩写去的家书的同时，又可以读到他的家人写来给他的家书；一往一来都能读到，对通信内容的理解，就会跟过去只接受单方面信息时大不相同了。

三

以前读《曾国藩家书》觉得不好懂的地方，如“咸丰十年八月十四日致澄弟”(《与诸弟书三二〇》)：

知兄作一届公公，弟有叔公挤之喜，甚慰甚慰。

“叔公挤”的“挤”字便不好懂。又如“道光二十八年十二月初十日致澄温沅季四弟”（《与诸弟书三八》）：

> 张豆腐写信寄南，殊为可恶。

“张豆腐”这个名字也觉得很怪，这样名号的人怎么会和二品大员内阁学士有往来，究竟是怎么回事，从国藩所写的信中完全看不出。

现在有了这部《往来家书全编》，前者便可以看《诸弟来书二五八》：

> 牧云今日亦来此，与崧生洽酒齐……

才悟出“齐”“挤”都是湘乡方言语尾，是兄弟之间在打乡谈。“洽酒齐”用普通话讲便是“喝一点酒儿”,“叔公挤”便是“叔公公这位老头儿”。

后者则可以看《诸弟来书一八》，沅弟云：

> 昨接张待呼信，懊恼之至。此辈小人，不安分至于如此。其中情弊，想荆七不能无过焉。

还可以看《诸弟来书一七》，澄弟云：

> 张大夫竟写信寄父亲，殊属可耻。……父亲云，若辈小人，不必与他向真。望兄呼张与荆七当面说清，或再赏钱几十千以了事……

荆七为国藩京寓听差，国藩诗集中有《傲奴诗》，即为他而作。原来“张豆腐”也就是“张待呼”也就是“张大夫”，可能是国藩要荆七找他来为父亲看过病，付酬未能使其满意（也许荆七从中搞了鬼），以致他“写信寄南”，向老太爷告状。

这些词语反映的都是小事，但弄清楚亦可增进对家书的理解，也就是对国藩其人、对其兄弟关系、对京官生活情形、对道光年间社会现象的理解，于研究历史人物及社会生活史以至方言均不无裨益。

晚近学人好高骛远，言必称大师学派，文必引域外新篇，观点不怕超前，抄书唯恐落后，而对于百数十年前乡下木匠工价多少文，做寿酒用海菜哪几种，则以为琐细无价值。有人奇怪，曾国藩以“秀才肩半壁东南”，统大军与洪杨决战时，何以还有工夫写家信指示“报（曝）笋”“椿麸子”的做法。殊不知治平之道正以致知格物为基，通晓人情洞明世事乃是办大事的基础，只有“捡现成”的人才能靠复述“最高指示”实行领导。若宋徽宗智商非不高，做道君皇帝时专谈玄言妙道，当俘虏后连虱婆子都不认识（在五国城曾对旧臣说，“朕身上生虫，形如琵琶”），青衣行酒时则连求生的本领也没有了。

四

当然，曾氏家书的价值，首先在于它是一种历史文献，反映了清朝道光、咸丰、同治三朝也就是十九世纪四十年代到七十年代中期的历史。无论在政治、军事、社会、文化哪方面，这批“两地书”的阅读参考价值，都要比曾国藩从“一地”发出的家书高出不少。

说空话不如举实例，请看“同治五年十一月初七日致沅弟书”（《与诸弟书一一〇九》）：

> 余回任之说，系少泉〔少荃〕疏中微露其意，兹将渠折片并来信抄寄弟，余回信亦抄阅。弟信云“宠荣利禄利害计较甚深”，良为确论。然天下滔滔，当今疆吏中不信倚此等人，更有何人可信可倚？吾近年专以至诚待之，此次亦必以江督让之。

少荃即李鸿章，与曾国藩同为关系清朝后数十年命运的大人物。此信透露了曾国藩对李鸿章的基本看法和基本态度，可谓十分重要。国藩提到的“弟信”也涉及实质问题，那么“弟信”究竟是怎样说的呢，《诸弟来书一九三》云：

> 兄之功绩既冠当时，文章远驾七百年名臣之上，二者皆造物之所忌，……奉身而退，实为千古第一流人

物。……去前年少泉〔少荃〕尚是宠荣利禄中人，近日见解又少进矣。其计较利害也亦甚深，接办此席，谈何容易。幸得轻巧移荷担于渠肩，则在己之进退缓急，似不必过与之深谋耳。

看了这封“弟信”，不仅能知国藩何以要那样说，就是国荃对李鸿章的看法也能更加明白了。兄弟二人对李鸿章的态度有同又有不同，国藩决定“以至诚待之”,“以江督让之”，国荃却说李“接办此席，谈何容易”，劝老兄“不必过与之深谋”。知道了这一层，后来国藩对国荃的谆谆告戒(《与诸弟书一一二六》)，也就好理解了：

少荃宫保于吾兄弟之事极力扶助，……弟于渠兄弟务须推诚相待。……湘淮两军、曾李两家必须联为一气，然后贼匪可渐平，外侮不能侵。

类似的例子不胜枚举，读过别本《曾国藩家书》的人，只要翻阅一下这部《往来家书全编》，便一定会感觉到，读“两地书”的收获，与读“一地书”是大不相同的。

五

是“两地书”而非“一地书”，是“有往有来”而非“有往无来”，是本编最大的特点。但除此以外编者还用心做了以下甲、乙两方面的工作。

【甲】对家书补遗辑佚，力求齐全。

试举一例："同治四年六月十九日谕纪泽纪鸿"论及"文章之美"，末云：

> 气势、识度、情韵、趣味四者，偶思邵子四象之说可以分配，兹录于别纸，尔试究之。

这"录于别纸"命纪泽纪鸿"试究之"的内容是什么，读家书的人从来都不知道。直到这部《曾国藩往来家书》，才从台北故宫博物院文献中，辑得这一纸《文章各得阴阳之美表》，将其制成图版置于卷首，并排成如下表格录入了正文：

文章各得阴阳之美表				
理气之成象者	太阳	少阴	少阳	太阴
文境各有所长	气势	情韵	趣味	识度
经书之可指者	书之誓 孟子	诗经	左传	易十翼
百家之相近者	扬雄 韩文	楚词	庄子 韩文	史记序赞 欧文
自抄分类古文	论著 奏议	词赋	传志	序跋
自抄十八家诗	李 韩	少陵 义山	韩 苏	陶

此"别纸"是和信同时写寄儿子的，当然是家书的一部分；同

时又是曾氏欣赏“文章之美”的心得，是一位重要文论家的学术创见，价值不言而喻，原来各本包括全集却都失收了。

再举一例，曾国藩日记同治三年四月二十日，记载他这一天给沅弟(国荃)写了两封信：

> 早饭后清理文件，习字一百，写郭意臣信一件，沅弟信一件。……二更二点，接沅弟十七日信，知其心病已深，为之惶然，因写一密信复之，二更五点发。三更睡。

早饭后一信，二更后一信，明明是写了两封信。可是从刻本起，所有印本家书都只收入第一封信。本编才据《花随人圣盦摭忆》所录，将二更二点写的第二封密信补收进来，其中谈到：

> 少荃近日气焰颇大，恐言语意态以无礼加之于弟……淮勇骚扰骄傲，平日恐欺侮湘勇，克城时恐抢夺不堪……

这些话暴露了湘淮两军和曾李两家的矛盾，当时自然不便公开，却具有重要的史料价值。

曾氏兄弟戎马倥偬，历经艰危，他们之间的通信散失者不在少数。这第二封信，手迹、抄件都已不存，刻本既没有收，别本未收亦不足深责。我们也只能说是多见一件多收一件罢了，但多收一件总比少收一件好。

六

【乙】认真核校家书原件，订正了不少错误。

（一）刻本之误，如“咸丰九年八月十二日谕纪泽”，“以一横言之须有三换笔”句下，作有一横和四行小字，这一横将“三换笔”处夸大地画成三处折角，四行文字则说明换笔的过程：笔先直下，一换而右上，再换而下行，三换向上挑收笔。因为笔顺是从左往右完成一横的，所以这四行说明文字也只能从左往右读：（参看卷首图版）

初入手，所谓直来横受也；
右向上行，所谓勒也；
中折而下行，所谓波也；
末向上挑，所谓磔也。

刻本上这些小字说明却全都颠倒弄错成：

末向上挑，所谓磔也；
中折而下行，所谓波也；
右向上行，所谓勒也；
初入手，所谓直来横受也。

文句文气与笔顺完全相反，文章便完全读不通。汉字简化书籍横排以后，还是这样颠倒错下去，那就更加说不过去。

正好手边有一册一九九四年全集版的《曾氏家书》，在第四九八页上，“一横”的小字说明即仍照错不误。尤其荒谬的是，“捺”的说明本是“直入，波，磔”，刻本误为“磔波直入”，它又错上加错成了“直波磔入”；“撇”的说明是“横入，停，掠”，则错成“停掠横入”，简直使读者不知所云了。

七

(二)发刻抄件之误，如曾国藩“同治五年八月廿四日与沅弟书”，发刻抄件题作“复九大人”(曾国荃字沅甫，排行第九，故国藩称他为沅弟或九弟，曾府雇用的抄手尊称九大人)，便是抄手将一个“文”字错抄成了“又”字，以至后来的全集本出现了一处严重的差错。

全集本中《家书》一二八一页云：

> ……寄云一疏而参抚，黄藩又一片而保抚，郭臬、李非不快意，当时即闻外议不平。其后小藫果代黄报复，而云仙亦与毛水火，寄云近颇悔之。

文字对照抄件并没有错，问题在于抄件本身错了一字未校改，加上断句又不正确，这段话便读来费解且与事实不符了。

原来国藩作此书，是为了劝阻国荃(时任鄂抚)奏参鄂督官文（“顺斋排行”），举毛（寄云鸿宾）郭（云仙嵩焘）之事以为鉴戒。毛郭凉末之事，熟悉晚清掌故者类能言之，赵烈文《能静居日记》同治六年六月十九日记曾国藩述之甚详：

毛早年在都中，见郭之文采，极欲纳交。后任湘抚，又屡思延之入幕。比任粤督，廷寄问黄莘农赞汤能胜粤抚之任否，毛即疏劾黄及藩司文格，而保郭堪任粤抚，李筱泉瀚章堪任藩司。疏入，如所请。毛固常人，郭之至，毛不能无德色，又彼此争权，迨后至于切齿。

查《清史稿·疆臣年表八》：

同治二年癸亥，黄赞汤六月甲辰罢，郭嵩焘署广东巡抚。

再查《清实录·穆宗实录》卷七一，同治二年六月下：

命广东巡抚黄赞汤、布政使文格来京。以两淮盐运使郭嵩焘署广东巡抚，广东督粮道李瀚章为按察使。

再查曾国藩当时讲没讲过这件事，因同为“疆臣”，这样大的人事变动料想不会不关心。一查果然查到了，就在《曾国藩家书》里，“同治二年八月初二日致沅弟”（《与诸弟书八五五》）中有云：

毛(寄云)密片余未得见，大约系保两郭、黄、李。[按：两郭指郭筠仙(嵩焘)、郭意城(昆焘)，黄指黄南翁(冕)，李指李筱荃(瀚章)]筠公已擢粤抚，筱荃已擢粤臬，南翁有旨往粤办厘，惟意城保花翎三品卿未奉明文。

而“明文”具见《清实录》，内容是广东的两个官下台，即巡抚黄赞汤(抚黄)和藩司文格(藩文)；又有两个官上台，即署巡抚郭嵩焘(抚郭)和臬司李瀚章(臬李)。这里并没有什么“黄藩”，更没有“黄藩又一片而保抚”(藩台、臬台即布政使、按察使，同称“两司”，位在巡抚之下，并无资格保举巡抚)，更没有什么“郭臬”和光突突有姓无名的一个“李”。

这一切误会的由来，就是因为抄件将“藩文”即“藩司文格”的“文”字错抄成了“又”字,“藩文”便成为“藩又”了。抄写出错，任凭是多么高明的抄手，也总是难免的。抄件第五行“大功之昭著者”的“昭”误为“照”，亦是一例。问题是“标点整理者”在标点整理时不够细心，才会如此错上加错。

“寄云一疏”这段话的正读应该是：

寄云一疏而参抚黄、藩文，一片而保抚郭、臬李，非不快意，当时即闻外议不平。其后小蘧果代黄报复，而云(筠)仙亦与毛水火，寄云近颇悔之。

本编“与诸弟书一〇九五”就是这样处理的，但按凡例保存了

“藩又”原文，而将校正的“文”字置于方括弧中，庶几读者能够正确理解。

八

本书编辑始于一九九二年，是我离休后在家里做的工作，效率很低，又加上别的原因，以致迁延至今。老伴朱纯几年来一直在帮助着我，还有张志浩、陈令定、全灵、杨赞诸君也给予过关心和协助，应该向他们表示感谢。

曾国藩著作禁锢三十年重新出版，有同事说，出这些书，从选题上来说，“并不是什么创造性的新点子”。可是在一九七九至一九八〇年间，要打破长期以来的禁锢，也得排除一点阻力，顶住一点压力。既然不是新点子，就更应该认真整理，争取在前人的基础上有所突破，努力推陈出新，不应该出笔顺倒着来读和“黄藩又一片而保抚，郭臬、李非不快意”这样的低级错误。

别人当然有他说话的自由，老实说我也很少有时间来听；但凡我觉得值得做，应该做，自己又乐意做，法令也允许做的事情，却决不会因为害怕“人言”便不做了。恶意的攻讦只会使我更加发愤，把事情做得更多更好。我早就对自己过去编的曾氏家书选本不够满意，于是决定在结束编辑生涯前编出一部能使自己和读者比较满意的曾国藩家书集来，用长沙俗话来说就是所谓“收脚印”。但老病荒疏，缺点自知不免，加之电脑排版出毛病防不胜防，实在没有把握不出错误，切盼读者发现了能不吝指示，以便再版时纠正。

这部书篇幅较大，曾家人物众多，为了便于阅读，建议出版社加印了一张书签，由我将曾国藩五代亲属的名号列成一表，印在书签上面，希望大家能觉得有点用。

一九九七年七月于长沙市展览馆路三号。

《林屋山民送米图卷子》序一*

（2002.1）

任何时候任何地方，民众对于大大小小的官员，总是会有意见的，或好或坏，这便是民意。读书人对于政府和执政者，也总是会有看法的，或好或坏，存则在心，发则为气，这便是士气。社会是否健康，国家是否稳定，就看民意和士气能不能伸张。

伸张第一就要能发表，说好说坏，都是正常的。“人心之不同，如其面焉”。千人一面既不可能，众口一词又怎能做到？除非像王莽改制天天搞几万人歌功颂德，袁世凯筹安连妓女也拉来请大总统当皇帝。但这种“舆论一律”总会有点靠不住，那么还是让大家各说各话好。老爷子尽管最爱坚硬的稀粥，只要允许年轻人说汉堡包香也就不错。咱们如今开始对外国人宣传“多样化的世界”，搞点出口转内销，难道就不可以么？

要让民意伸张，士气发露，好话坏话就都要听。说好固

* 《林屋山民送米图卷子》，二〇〇二年四月岳麓书社出版。此序文曾以《民意和士气》为题单独发表。

佳，说坏其实也不大要紧，即使是骂，从陈伯达写《四大家族》起，骂宋美龄骂了六七十年，人家一百多岁不还好好活在那里。如果自信再多一些，说我不好我改就是，皇帝老子也可以下罪己诏嘛。

说到皇帝，《林屋山民送米图卷子》倒确实记录了清朝皇帝治下的一件事情。光绪十六年底，太湖林屋山（西洞庭山）有个姓暴的巡检（相当于镇长），得罪上司丢了官。他得罪了上司，却没有得罪百姓，而且还很清廉，“债累满身，一钱不存”，被撤职后无钱搬家，甚至无米为炊。林屋山的民众很替他抱不平，有的送来几斗米，有的送来几担柴，月内竟“蔓延至八十馀村，为户约七八千家”。这既是对暴某的支持，也是对上司的抗议，是民意的一次大显示。太湖厅、苏州府、江苏省的官员都为之震惊，谓“以致人心煽惑”，必须要“严密查访，从严惩办”。

巡检为从九品（最低一级公务员，胡适称之为“最小的官”，一点不错），暴巡检却是读书人出身的，在这件事情上表现了不可夺的士气，自谓“五载林屋，妄励清操”，没有做对不起民众的事；“山民馈送柴米，此乃万众心情所愿，怨者不能阻，爱者不能劝”，是正大光明的。这件事情很激动了当时苏州的士林，秦散之为绘《林屋山民送米图》，俞曲园作长歌，郑叔问、吴大澂、吴昌硕等都有题咏。曲园有句云：

> 不媚上官媚庶人，君之失官正坐此。
> 乃从官罢见人情，直道在人心不死。

写的是直道，是人心，也就是士气和民意了。

光绪十六年距清亡不过二十年，都说晚清社会黑暗、政治腐败，此事亦是一证。但不管怎样，林屋山民还可以给被撤职的暴巡检送柴米，俞、郑、秦、吴等人还可以给有“煽惑”嫌疑的山民们作画题诗，失了官的暴某还可以抱着送米图卷子归去来，民意和士气还是不绝如缕的，这也就是清朝虽亡而中国不亡的重要原因吧。

胡适、张东荪他们一九四八年给这份卷子再作题跋，胡适称此卷子为“中国民治生活史料”，说明他看到了它在文艺以外的价值。我这次又来作编订，谋出版，首先也是为了珍重此一民意和士气的证据。虽然俞曲园、朱自清他们的诗，秦散之和徐悲鸿的画，吴昌硕、张大千等人的字，也绝对是值得保存和欣赏的。

二〇〇二年一月于长沙城北之念楼。

《林屋山民送米图卷子》后记

（2002.2）

林屋山民送米，是一八九〇（光绪庚寅）年底的事情。《林屋山民送米图》画成于其明年，接着便“广征题咏”，一时成为盛事。接受送米的暴方子罢官回家以后，甲午年又从吴大澂出关抗日，第二年“感疾卒于关外”，此时题咏者仍多。方子死后，其子采芝继承父志，在“光绪上宾之岁”和“宣统纪元”又请了杨葆光、凤竹孙等人题了诗。本书第一分即这些清代的题记，加上第三分的有关史料等，便是胡适一九四八年在北京见到的卷子。

胡适是以现代眼光审视这个卷子的第一人，他在序文中写道：“送米的事，蔓延至八十馀村，为户约七八千家……这种人民公意的表示，使暴君很感动。”（据《滑县志》记载，民众送给暴方子的米一百馀担及他物，除自用外，都交慈善机关救济孤贫了。）……又写道：

> 这卷子里有许多名家的手迹，当然都很可宝贵。但更可宝贵的还有三件：一件是洞庭山各村人民送柴米食物的

清单，一件是上司训斥暴君的公文，一件是他亲笔抄存他自己答复上司的禀稿。这三件是中国民治生活史料。

从卷子里看到的不只是诗文，而是中国的民治生活。这就是胡适超越清代题记者的地方，是现代人超越前人的地方。本书第二分的作者张东荪、朱自清、黎锦熙、朱光潜、陈垣、冯友兰、徐悲鸿、张大千等人，都题写于一九四八年也就是解放前一年。此后人民既已当家作主，民治也就毋须再讲；不过作为历史文献来看，四八年题的这些文字却和我们更接近一些。我很喜欢朱自清题诗的最后两句，以为比曲园老人的“直道在人心不死”更富感染力：

这幅图这卷诗只说了一句话：
傻心眼儿的老百姓才真公道。

落款是“朱自清，卅七年”，大约是他最后作的一首新诗。还有张东荪的下面这段议论，我也特别欣赏，真不愧为政治历史哲学家之作：

……曲园函札谓今之官场无是非可言，其时距清之亡不过十馀年，然即此一语，已足证清之必亡矣。窃尝读史，每当革命之起，其前必有一黑暗时期，无是非，无赏罚，固不仅贪婪无能而已。方子先生清廉自守，宜其被劾。语云，“礼失求诸野”。黑暗时代，是非善恶之辨，只在人民，故一人倡议馈米，各村皆起应之，是公理犹在人心也。此《馈米图》在春霆本以表彰先人品德，而吾以为大有历史价值，即此一事，亦已足证清室之必亡，盖未有贪污横行、是非不辨、赏罚不明，而能永临民上者也。

春霆以是图遍索人题，余披览之馀，感慨或与人不同。当清末季，岌岌可危，士大夫犹欲竭智荩忠，以谋挽救，顾终无济，岂非以病已深入膏肓耶？则今日读此图，能不令人感慨系之。

张先生的这种“感慨系之”，生逢盛世有福了的我们应该不会再有，但感念畴昔，多思者仍不能不为一介书生在“岌岌可危”时之“竭智荩忠以谋挽救”而感动。书生本来是最没用的人，却又“偏好事好出主意”(朱自清句，出自俞曲园致暴方子书札所云，“足下好事，又好出主意，非下僚所宜”)，虽然他们的主意总是“无济”的。岂止无济，常常还要吃不了兜着走。小至芝麻绿豆官暴方子，撤了差还受训斥，亏得林屋山民送米，才不致饿坏；大至名教授大委员张东荪，一跤跌下后便无声无息，儿子都不幸而死，即使有人想送米，只怕也不敢登门了。

但书生也有可贵重的东西，就是他的意气、思想和文章。暴方子亲笔写的一张禀帖和“广征”而成的这份送米图卷子，张东荪的“未有贪污横行，是非不辨，赏罚不明，而能永临民上者也”这段议论，活得都比他们的肉体久长。若无此文字流传，暴方子这个人我们是无论如何不会知道的。语云，“纸墨寿于金石”，当然更寿于个人的生命。我们能借得赵国忠君珍藏的原本来编订印行，亦无非想借纸墨来延长一点书生意气（亦即是所谓的士气），就是能让它再不绝如缕些时也好。

据《文史资料选辑》总第一二一辑《暴方子和林屋山民送米图》一文介绍，送米图卷子是暴春霆一九四八年拿到胡适、俞平伯、张东荪、徐悲鸿等人家里，请他们观赏后题跋作画的，然后和原来卷子上的字画一起，交北平彩华印刷局用珂罗版印成一百部，装订成书册形式，分赠给题跋者人各一册外，只剩下几十本。当时暴春霆在部队里做事，一九四九年初起义后即被送去学习，剩下的卷册只得托人保存。至于卷子原件，包括一九四八年胡、俞、张、徐诸人的手迹，还有来不及付印的邵力子、章士钊、柳亚子、叶圣陶等人的题记，暴家本来用心收藏着，但到“无产阶级文化大革命”中，终于被付之一炬，统统灰飞烟灭了。

我在退休以前，也算书业中人，却不知道一九四八年北平有印刷局印行过《林屋山民送米图卷子》，而且把它做成了一本书。去年从王稼句先生文章里见到这个书名，表示很想一见，不久之后，就收到了赵国忠君寄来的复印全本，快读一过，立即决定向出版社推荐出版，幸得如愿。影印不能据复印件，赵君又慷慨地将他珍藏的彩华印刷局印本提供制版，感何如之。

彩华印本用的是珂罗版，印刷质量很高，但因是据长卷分段制版，版面比较凌乱，编次也不尽合理。此次印行的原则是：（一）必须使原件不遗漏，不失真；（二）将原件厘订为三分，使条理明晰；（三）诗文手迹分别作出释文，以利普及。

壬午正月初五日于念楼。

《林屋山民送米图卷子》序二[*]　（2011.3）

《林屋山民送米图》落款“辛卯春仲既望”，那是在清朝光绪十七年即一八九一年；今岁又逢辛卯，已经两度甲子，过去一百二十年了。

一百二十年前，太湖林屋山民给因“庇民”被黜乏食的巡检（相当于镇长）暴方子送米，是当时官民关系上很不寻常的一件事情。故有秦散之、俞曲园等名流绘画题诗，留下这件“卷子”，成为佳话。

一百二十年后，如今的镇长、县长……如果撤了职，是否还会有“老百姓上万家给担柴送米”（朱自清题句），是否还会有文人学者以文字相慰勉呢？

我想答案恐怕只能为“否”。因为：

第一，他若是贪污腐化、徇私渎职丢的官，老百姓只会放鞭炮庆祝，至少也会偷着乐上一回，怎么会“给担柴送米”？

第二，他若是学暴方子“不媚上官媚庶人”（俞曲园题句）

---

* 《林屋山民送米图卷子》，二〇一一年十月湖南美术出版社重版。

丢了官，那就想“给担柴送木”也不可能；谁敢“手持竹梆，遍山敲击……称欲保留角头司巡检暴式昭，以致人心煽惑”(苏州府公文)，岂不成了“聚众闹事”，不怕捉将官里去吗?

一百二十年前也好，一百二十年后也好，官民关系都是很重要的政治关系和社会关系。我之所以重视《林屋山民送米图卷子》，一是因为它的文化艺术含金量，二是因为它是一份官民关系的重要文献，具有历史价值和现实意义。它告诉大家：官民关系是可以相处得好的，只要官“不媚上官媚庶人”，能够像暴方子那样做就行。

太湖洞庭西山(林屋山)之民，“大府怒其顽，号难治”(沈铿题记)。暴方子“遇催租蠲赈事一意庇民”(同上)，自己又“难得居官不爱钱”(凤曾叙句)，“他人罢官作富翁，此老罢官尘甑空”(李鹏程句)，林屋山民便“馈粮积阜薪积山，闭门一夕千人附”(俞陛云句)，对他表现出很大的热情和关心，一点也不“顽”，一点也不“难治”了。

吴大澂甲午九月(一八九四年十月)题诗中有两句：“官如能造福，民岂不知恩。”意思就是说，官若能为民多做好事，使能安居乐业，民自会感激官，拥护官。此两句诗意不离“官本位”，并无“革命意识”，即按《民权初步》要求亦难及格，更谈不到符合“权为民所用”的新精神，但我仍愿将其作为自己的一种期望。因为积四十年之经验，深知中国的事情难办，只能一步一步来，如今是“宁吃烂杏一口，不想鲜桃一筐”了。有一口烂杏吃，总比饥渴而死强；那一筐鲜桃虽然又大又红，却还只能心向往之，无法到手到口。我完全相信，在咱们中国，只要官能多少为民造福，大多数民众确实会“知恩”，老老实实做顺民的。

只要有国家，有政府，就不能不设官，从来如此。过去似曾一度忌讳称官，连司令官都改称司令员，在嘴巴上与饲养员炊事员实行了平等。但此种风气好像早已改革，君不见如今总甲保正辈都已经正名“村官”，分红吃股的大老板们也成了“首席执行官”吗？

十年前编印《林屋山民送米图卷子》时，写过一篇题为《民意和士气》的文章，在报刊发表过，后来作为序言印在书上了。那回的书印得太差，心常耿耿，序言陈义亦不免过高。这回重新编订，“卷子”面貌一新了，释文也改动了，并且加上了必要的注释。民国时期保存和影印“卷子”的暴春霆君，有幸收得影印本两次慷慨提供重印的赵国忠君，都有文章说明经过，尤为难得。序言也新写了“卑之无甚高论”的这一篇，啰啰嗦嗦，快写满六张三百字的稿纸了。其实我想讲的只有一句话：什么民主民权等等放言高论还请缓来，先烧高香祈求多出几个暴方子这样的好官吧。

二〇一一年三月六日于长沙城北之念楼。

《周作人散文全集》前言*

（2008.8）

人归人，文归文。

——一九八七年广告语

一九九八年春节之前，《文汇读书周报》上登了我的一则小文《辞年》，里面说：

我还有什么好辞呢？……离休后已经辞谢了要我在原单位“发挥馀热”的好意，决心从此只读自己想读的书，只写自己想写的文章，当然也许还会要编几本自己想编的书。……

这想编的书，首先便是周作人的散文全集，而“人归人，文归文”六个字，便是我做这件事情的最初的宣言。

八十年代初重操旧业，即有心辑印周作人的文章。因为从十一二岁起，看了兄姊的“复兴初中国文教科书”，我便喜欢

* 《周作人散文全集》十五卷，外索引一卷，二〇〇九年四月广西师范大学出版社出版。此前言曾以《内丹还是普洱茶》为题单独发表。

上了《故乡的野菜》和《卖汽水的人》的文字。反右派后流落长沙市上，白天拉板车，晚上在暗淡的十五支光下，用红色横格“材料纸”给八道湾十一号写信，意外地很快便得到回信和题赠的书，后来又读到过写在宣纸上的一首诗：

半生写文字，计数近千万。强半灾梨枣，重叠堆几案。
不会诗下酒，岂是文作饭。读书苦积食，聊以代行散。
本不薄功利，亦自有誓愿。诚心期法施，一偈或及半。
但得有人看，投石非所恨。饲虎恐未能，遇狼亦已惯。
出入新潮中，意思终一贯。只憾欠精进，回顾增感叹。

此乃周氏作于老虎桥的旧作，我却把它看成前辈文人给予的一份嘱托。七十老翁何所求，一位在五四运动中“出入新潮”的老作家，居然认为我这个板车夫还能懂得他的文章，我又怎能不怀着知己之感，努力去理解他的“誓愿”，让“诚心期法施”的气力不至于东风吹马耳般白白地浪费掉呢？

于是当自己有选题出书的可能时，便立即编印了一部《知堂书话》，这是新中国成立后出版的第一部署名“周作人著”的新书。接着又开始印行《自己的园地》《雨天的书》等单行本，并在报纸上登了一条“重印周作人著作”的广告，开头几句话就是：

人归人，文归文。周作人其人的是非功过是另一问题，其文的主要内容是对传统文化和国民性进行反思，对中西与中日的文化历史作比较研究，今之读者却不妨一读。

谁知《秉烛谈》还没印成，湖南的“三种人”（《查泰莱夫人的情人》《丑陋的中国人》和“周作人”）就挨批了。有人对“人归人，文归文”尤其不以为然，质问道：“政治上不好的人，文章能好吗?”

讲政治非我之所长，亦非我之所愿。幸亏讲政治的人中也还有懂文学、懂周作人的，才使我没有再一次落到一九五七年和一九七〇年那样的境地。内情到后来才明白，一九九一年五月十九日黄裳来信告诉我：

去年乔木来沪，一次谈天，谈及周作人，他自称为“护法”，并告当年吾兄呈请重刊周书事，最后到他那里，他不顾别人反对批准的，谈来兴趣盎然。

从此我便对乔木有了一种好感，虽然他的文章我只读过一篇《短些再短些》。后来秦人路又给我看过楼适夷写的一封信，也说到乔木和周作人：

五二年我调入我社（按：指人民文学出版社）任职以后，记得胡乔木同志在中南海，曾召我谈话约二小时，是专谈周的。他认为周是有功于新文化运动，在文学上饱学博识，为国内难得人才，出版社应予以重视，好好照顾他的生活待遇与工作条件。还说，过一段时期，还可以出版他的旧作。

现在能出版周的文集，我很赞成。我认为周作汉奸，如未有党的指使，则并无平反问题，但即为汉奸，其书今天仍可出版也。

这岂不也是“人归人，文归文”的态度吗？

但重印周作人作品的事仍然进行得不顺利，后来我在岳麓书社“落选”后，这事就完全中断了，广告过的三十六种终于没有出齐。

对于有心做事的人来说，想做的事被迫中途放弃是难受的，也是不甘心的。于是，我谢绝返聘，正点离休，“亦自有誓愿”，这誓愿就是一定要把周作人的散文作品像模像样地印出来。我相信，乔木和适夷的观点，应该是一切看重文学看重文人的人的观点，如果国家民族还有希望，这观点总会慢慢地为多数人接受和认同，周作人的书终归是会得出、出得好的。离休后成了老百姓，编书成了个人的事，爱编什么就编什么，爱怎么编就怎么编，既不必请示报告，也无须谁来批准，最坏的结果无非是编出来印不了，那也没什么了不起。今年印不了，来年总会印；今生印不了，来生总会印。“挖塌寻蛇打”似的在文人中寻斗争对象，对与人奋斗感到其乐无穷的人，总不会生生不息、永远一言九鼎的吧。

那么，周作人的文章怎样来编呢？最省事当然是像台湾里仁书局那样，将周氏自编文集三十多部一次影印出版。但周氏集外文的数量特别多，尤其是一九一八年以前和一九四九年以后的文章，大都没有结集，怎么办？其自编各集亦多排印错误，且不少重复，从报纸杂志上辑录来的集外文，错字更多，这又怎么办？想来想去，只有一个办法，即是把周氏已刊未刊集内集外的散文作品尽可能搜集起来，尽自己的能力认真进行校订，在编年的基础上编成一部完整的散文全集。

这件事对于我来说，不是那么容易做的。对周作人有研究的人很多，学识水平、编辑经验、工作条件优于我的亦复不少。但有本事做学问的人不太可能拿出几年的时间替出版社当校对，同时大量集外文又已经陆续汇集到了我这里(这得感谢鲍耀明、罗孚、陈子善诸位)，再加上我和周氏晚年有过的那点交情，这在他无非是普遍的“法施”，在我却是诚心地领受；那么，就让我以离休后的精力和时间，编校出这部全集，也算是对所得布施的一点回报吧。

编散文全集的目的是存文，因为我喜欢周作人的文章，觉得这样的文章值得存。而且我知道，不仅仅只有我，在天地之间，也还有别人喜欢周作人的文章，看得起它们的。不是说，“有人群的地方就有左、中、右”吗？现在便请三位前辈文人来当代表。

第一位是鲁迅。据斯诺夫人海伦提供的原始采访记录，斯诺于一九三三年二月二十一日以书面形式向鲁迅提出了三十六个问题，鲁迅都一一作了回答，诸如：

请问，一九一九年五四新文化运动以来，中国出现的最好的长篇小说家是谁？

> 当代中国还没有出现很有名的长篇小说家。
>
> 最好的短篇小说家是谁？
>
> 茅盾、丁玲、郭沫若、张天翼、沈从文、郁达夫、田军。
>
> 最好的剧作家是谁？
>
> 郭沫若、田汉、洪深。噢，最近有位有名的左翼剧作家叫作曹禺，他的作品在天津上演了。
>
> 最好的散文作家是谁？
>
> 周作人、林语堂、周树人(鲁迅)、陈独秀、梁启超。

在这里，鲁迅将周作人列为“最好的散文作家”的第一名，在林语堂和他自己之前，而此时他俩早已“兄弟失和”了。

第二位是巴金。李辉《与巴金谈沈从文》记下了巴金谈周作人的两句话，一句是：“周作人的文章写得好。”还有一句是：“人归人，文章还是好文章。”

请注意，巴金说的，也是“人归人”。

第三位是胡适。陈之藩《在春风里·纪念适之先生之八》这篇文章中写道：

> 胡先生对周作人的偏爱，是著名的。他曾不止一次地跟我说：“到现在还值得一看的，只有周作人的东西了。”他在晚年是尽量搜集周作人的东西。……我如果说：“不要打呀！苍蝇正在搓搓手搓搓脚呢。”(锺按：原文是“不要打哪，苍蝇搓他的手，搓他的脚呢”。)他似乎就想起了

> 苦茶庵中的老友。在他回忆的茫然的眼光里，我看出胡先生对朋友那份痴与爱。

“到现在还值得一看的，只有周作人的东西了。”这便是胡适晚年对周氏文章的评价。

当然，比鲁迅、巴金、胡适更会评判文章的人，或者自以为比鲁迅、巴金、胡适更会评判文章的人，在我们这里总是有的。但鲁、巴、胡三位，大体上总可以代表着大多数正常人的看法。

至于周作人本人，则似乎并不以文章为重，他在《苦口甘口·自序》中说：

> 我一直不相信自己能写好文章，如或偶有可取，那么所可取者也当在于思想而不是文章。

这思想是什么样的思想呢？随后他在《两个鬼的文章》中有一概括的说明：

> 自己所信毕竟是神灭论与民为贵论。这就与诗趣相远，与先哲疾虚妄的精神合在一起，对于古来道德学问的传说发生怀疑。

神灭论不信灵魂不灭，讲求科学；民为贵论反对君王至上，追求民主：二者相加，岂不就是“五四”先贤们所要的赛先生和德先生，也就是科学思想与民主思想吗？同一篇文章中又写道：

> 我的反礼教思想是集合中外新旧思想而成的东西，是自己诚实的表现，也是对于本国真心的报谢，有如道士或狐所修炼得来的内丹，心想献出来，人家收受与否那是别一问题，总之在我是最贵重的贡献了。至于闲适的小品我未尝不写，却不是我主要的工作。……英吉利、法兰西的随笔，日本的俳文，以及中国的题跋笔记，平素也稍涉猎，很是爱好，不但爱诵，也想学了做，可是自己知道性情才力都不及，写不出这种文字，只有偶然撰作一二篇，使得思路笔调变换一下，有如饭后喝一杯浓普洱茶之类而已。

如此看来，周氏自己倒未必是赞成“人归人，文归文”的，我说他的文章好，犹未免皮相。好在他“计数近千万”的文字绝大部分都摆在这里，是将它当作“道士或狐所修炼得来的内丹”，还是当作“一杯浓普洱茶”，也就是说，到底同意不同意“人归人，文归文”呢，就完全在于高明的读者了。

二〇〇八年八月于长沙城北之念楼。

《神鼎山房锺氏支谱》序*

（2009. 10）

公元二〇〇五年四月，平江有本家来，告知修祠堂修族谱的事，带来了一册民国癸酉(一九三三)年的旧谱。这使我回忆起，七岁时在神鼎山老屋里，大姊正是翻开这册谱，指着上面“期薰”“期大”的名字，对二姊和我说：“看哪，你们两个的名字都上了谱了。”情景犹如昨日，而此时大姊却久经卧病，不复能与弟妹共话寒温矣。如今则姊墓前青草已四度枯荣，与她同为“右派姑嫂”的朱纯亦已在两年多前去世了。

为了给续修族谱提供资料，我和同寓长沙的德车、德宾二侄商定，先将我们“五服之内”即显谘公以下七房癸酉以来七十六年中生养死葬情形，补叙于神鼎山始迁祖玉昇公直系之后，印成此《神鼎山房锺氏支谱》一册，分发各家。庶几在我们这些民国时出世的人都走了以后，关于自己先世的来历和大略，尚有文献足征，同时也可以为近世家族社会变迁留下一点资料。

---

* 《神鼎山房锺氏支谱》，二〇〇九年十月自印。

锺氏明清旧谱只载男性，入民国后始记生女几人、女适某姓，仍极简略。本《支谱》改将女子与男子同样列项，同样记录生平行事。至于女之子女，因属外姓，只能记于其母项下，子媳则附记于子之项下，阅者鉴之。

无百姓即无国家，无家庭则无社会。而社会由人集合而成，人皆有死；人死而姓不死，是人亦不死矣。逝者如斯，来日方长，存亡继绝，是在后人。

夏历己丑年九月初一日，廿八世孙期大字叔河谨序。

二〇一三年四月于长沙城北之念楼。

《全本曾国藩家书》前言*

（2012. 11）

曾国藩家书最初刊行的是一八七九年（光绪己卯）刻本《曾文正公家书》，含“家书”八卷、“家训”两卷，共收家书九百零三件。

一九八五年岳麓书社版的《曾国藩全集·家书》，将“家训”合编在一起，不再另立名目，共收家书一千四百五十九件。

我在一九九七年新编的这部家书，是《曾国藩往来家书》中“往”的部分，它先由海南出版社，现由中央编译出版社出版，共收入与长辈书七十八件，与诸弟书一千一百五十八件，与二子书二百八十四件，合计一千五百二十件，比刻本多出六百一十七件，比全集本多出六十一件。

多出的这些家书，有的内容重要。例如据黄浚《花随人圣盦摭忆》所录增入的“同治三年四月二十日与沅弟书”（编号九五八），系兄弟密商应否奏请李鸿章（少荃）前来金陵会剿，有：

* 《全本曾国藩家书》两卷本，二〇一五年三月中央编译出版社出版。

> 少荃近日气焰颇大，恐言语意态以无礼加之于弟……淮勇骚扰骄傲，平日恐欺侮湘勇，克城时恐抢夺不堪。

等语，都是当时不便公开的私房话，对于了解和研究曾李两家和湘淮两军的关系具有重要史料价值。（按：该日与沅弟书还有一件编号九五七，全集本已收，刻本已收但有删节，此件则刻本与全集本均未收。）

有的家书别本虽未失收，却有缺脱，本书则就力所能及，作了补充。例如“同治四年六月十九日与二子书”（编号一四七），教子欣赏文章之美，末云：

> 气势、识度、情韵、趣味四者，偶思邵子四象之说可以分配，兹录于别纸，尔试究之。

此“录于别纸”者自应是家书的一部分，少了它，读者便无法明白曾国藩“录”下来要二子“试究之”的是什么内容。可是原刻本、全集本和其他一切版本都将这张“别纸”漏掉了，本书才从台北故宫博物院藏品中辑得，就是本书卷首图版中的《文章各得阴阳之美表》。此系曾氏手迹，十分珍贵。补入了此表，这件家书才算完整，也使广大读者得知曾国藩作为“同光派”重要作家欣赏文章之美的心得。

常言无错不成书，原刻本编辑工作由李瀚章、鸿章兄弟主持，有曾家子弟参与，编刻质量是相当好的，但亦有手民之误。例如“咸丰九年八月十二日与纪泽书”（编号四三），与纪泽讲解“作字换笔之法”，讲到“以一横言之，须有三换笔”时，夸张地画出一横，特意突出“转折形迹”，“凡换笔皆以小圈识之”，并且加上了四行说明文字。保存在台北故宫博物院中的这四行手迹，在卷首图版中，可以看得十分明白清楚，因为一横的笔顺是从左至右的，所以这四行说明文字当然应该从左至右读如：

初入手，所谓直来横受也；
右向上行，所谓勒也；
中折而下行，所谓波也；
末向上挑，所谓磔也。

刻本《家训》卷上第十七页却将它颠倒刻错，第六行起的双行小字竟成了：

末向上挑，所谓磔也；
中折而下行，所谓波也；
右向上行，所谓勒也；
初入手，所谓直来横受也。

文句和文义与笔顺完全相反，不仅意思不通，文章也读不通了。自民国以来，我所见的印本大都依样画葫芦地照错，全集本亦未能例外。

岳麓书社的全集本也是编校得比较认真的，因为曾经用发刻的底本即家书原件的抄件校对过，但对抄件原有的错误却未能一一改正。例如："同治五年八月廿四日与沅弟书"（编号一〇九五），抄件题作"复九大人"，第五行"大功昭著"之"昭"字抄错成了"照"字，发刻时原校已改，不必再说。倒二行第四字起的几句话中，又抄错了一个字，却贻误了后人。现将这几句话照录如下：

> 寄云一疏而参抚黄藩又一片而保抚郭臬李非不快意当时即闻外议不平其后小蘧果代黄报复而云仙亦与毛水火寄云近颇悔之

稍知咸同时事之人，应能看出这几句中的错字。因为毛鸿宾（寄云）对郭嵩焘（云仙）的前"保"后"参"，本是当时官场中影响不小的一件事。而《清实录》同治二年六月下载：

> 命广东巡抚黄赞汤、布政使文格来京，以两淮盐运使郭嵩焘署广东巡抚，广东督粮道李瀚章为按察使。

可见抄件中"一疏而参"的是"抚黄藩文"，即粤抚黄赞汤及藩司文格。抄手将"文"字错抄成了"又"字，编者却未能校出这一处错误，给这几句标点成了：

> 寄云一疏而参抚，黄藩又一片而保抚，郭臬、李非不快意，当时即闻外议不平。其后小蘧果代黄报复，而云仙

亦与毛水火，寄云近颇悔之。

如果读者要问，“参抚”参的是谁？“黄藩”又是谁？“藩”能“保抚”么？保的是哪一位？“郭臬”是谁？孤零零的“李”又是谁呢？恐怕都无法回答。一九九七年，我检阅全集本（刻本未收此信），发现这几句读不通，加以查考，才改正错字并重新标点成：

寄云一疏而参抚黄、藩文，一片而保抚郭、臬李，非不快意，当时即闻外议不平。其后小蘧果代黄报复，而云仙亦与毛水火，寄云近颇悔之。

这才对号入座，清清楚楚了(参看卷首图版)。

一部刊行过不知多少次，印刷过不知多少遍的书，还存在有如此不多不少不大不小的问题，则“整理古籍”“刊行旧书”岂易言哉！我有鉴及此，所以编校时还做了下列工作：

一、将家书分为“与长辈”（祖父母、父母、叔父、堂叔、岳父），“与诸弟”（澄弟、温弟、沅弟、季弟），“与二子”（纪泽、纪鸿，附儿妇、女、侄，与妻及妻兄之信因与儿子有关，亦附及之）三个部分，按年月日编号，以年月日标题。原来在与长辈书中附寄的与诸弟书，以及在与诸弟书中附寄的与二子书，均分别开来，各从其类。

二、每件家书均在题下注明发信地点。

三、家书校点，有手迹可据者均据手迹，无手迹有抄件者则据抄件，仅有刻本可据者才据刻本。其刻本未收入或有删节者，均分别注明。增收的家书则注明来源，如(编号九五八)即注明[据《花随人圣盦摭忆》]。

四、家书于标点分段外，并以边批形式作内容提要，如“由汉口雇车，经河南到京”，“间日做功课，作一赋一诗”之类。必要时并加说明，如“桃源即今江苏溧阳”,“果里即这里，糯里即那里”之类。提要和说明采用旁批的形式，因正文从左至右横排，故边批虽排直行，超过一行时亦请从左至右读。

五、原有之批语、夹注，悉予保留。原有脱讹倒衍及疑误之处，旁批不足以是正或指出者，均在正文中加括弧说明。地名、人名前后不一者，尽量予以统一。如“下邀里”“下埫里”“下腰里”统一作“下腰里”,（葛）“绎山”“怿山”“峄山”“亦山”统一作“亦山”。

二〇一二年十一月二十四日于长沙城北之念楼。

《好读书》缘起*

（2013. 4）

不是所有的人都能读书，不是所有能读书的人都好读书，但不必为此悲观。一十四亿人，有可能读书的，打一折还有一亿四；能读书又好读书的，再打个一折，也有一千四百万，这就很不少了。

好读书的人不少，值得好好读的书也不少。五千年前，苏美尔人用小棍子在半干黏土板上开始写书；三千五百年前，殷人用锐器在甲骨上开始记“国之大事”（祭祀和用兵），书的历史已好几千年。几千年人类文明发展的历程，都记在书里。一代又一代的先人，他们的劳作和斗争，创造和失误，思想和感情，……都写在书里。想想看，该有多少书。

不是所有的书都能读得了，不是所有的书都值得好好读，当然需要选择。只要是好书，便一定是我们的祖辈和父辈读过并且喜欢读的书，也可能是我们的儿辈和孙辈还会读并且喜欢读的书。

* 《好读书》为湖北崇文书局来约请主编的一部丛书，后该局因故未能履约。

祖辈和父辈的选择，即历史的选择。历史选择出来的书，当然可称名著，久了即成古典。好读书的人，必定会用脑，会用心。对于未曾读过的名著，他们能发现并判断其思想文化的价值，从中受益。对于并不陌生的古典，他们不会停止在“浅阅读”的层次，能够从容领略其中的真和美。

好读书的人是有福的。这么多这么好的书，全是历史和先人留下的遗产。后人本有珍重先人遗产的义务，也有分得先人遗产的权利。只有好读书的人，才能既尽到义务，又享得权利，实在值得祝福。

人过了八十岁，去死即已不远。但是我想，书的寿命，却会跟人类文明一样久长。

书是人类文明的载体，人类文明不灭，书亦不会灭，不管它的形状会发生什么样的变化。银雀山出土的、马王堆出土的、如今在印的“纸质书”上的《战国策》，还是同样的一部书。即使“纸质书”会死，《战国策》却不会死。

《战国策》不会死，《红楼梦》不会死，马基雅维利、曾国藩、胡适、周作人、蒋廷黻他们的书也不会死。

成为了古典名著的书，不是那么容易死的。好读书的人读这些书，不只是为了获得信息，更不是为了通过快速检索解决技术层面的问题，而是一种精神和心理需要，理智上的和感情上的需要。

对于好读书的人，“开卷”和“把卷”已成为他们的一种生活方式，只有“纸质书”才能“开”和“把”。欧阳修读书和作文构思，多在马上、枕上和厕上。苏东坡读陶诗，每次

"不过一篇，唯恐读尽后无以自遣"。这些也都是"纸质书"时代才能有的事情。

当然，苏东坡时并无电子书，现代亦无苏东坡，但总还会有忻慕苏东坡的人吧。

二〇一三年四月于长沙城北之念楼。

《知堂题记》序*

（2015. 6）

《知堂书话》和《知堂序跋》印行已久，现将作者自称题跋、小文、译后记、看书偶记的短篇抽出另成一集，既是为了使书册薄些方便读，也是为了区分文体，使编辑工作看起来有条理一些。

《书话》初版成书较为仓促。当时（一九八五年）京中有好心的同志提醒我：周作人的书集中出版尚非其时，看来只能先出一选本，如果能编得好，反映不错，继续进行才有希望。我心领神会，又想快点出书，于是立即动手。好在周氏著作都在手边，其中"话书"诸文自己本最爱读，想想也该是读者共同兴趣之所在，便决定先"从其一生所写三十几部文集中，把以书为题的文章选辑起来，编成这部《知堂书话》"。因为要快，补遗辑佚只能从缓，体例也没有仔细推敲。如今检阅初版，《自己的园地》选十六篇，《茶话》选六篇，《雨天的书》选九篇，《泽泻集》选一篇，这三十二篇共一百零二页，每篇平均三页多；

* 《知堂题记》，二〇一六年四月岳麓书社出版。

而《书房一角》选了一百一十八篇，共一百一十一页，每篇平均不到一页。文章长短悬殊，差别十分明显。

这差别也就是文体的差别。知堂少谈文体，但《苦雨斋序跋文自序》说，“题跋向来算是小品文，而序和跋又收入正集里，显然是大品正宗文字”。又说，“题跋与序，正如尺牍之于书，盖显有上下床之别矣”。可见在他的心目中，“题跋”与“序”原是不同的文体，他自编文集时也是尽可能将二者分开的。我“从三十几部文集中”选出来的，多是“以书为题”、“收入正集”的“大品正宗文字”。既称“书话”，自然可以包括短的题跋和译记；若是篇帙浩繁，则按文体分编，也许更合适点。

当然，文章好坏，与文体和篇幅长短并不相干。周氏自称，他写文章可以分为三期，第一期多翻译，第二期写批评文章，第三期只写随笔读书录。无论在哪个时期，他都写了不少好的书话和序跋；而译馀读后，“或有感想，常取片纸记其大意”，此类几百字“算是小品文”的，也一直在写；而第三期写得较多些，大都收入《药堂语录》和《书房一角》，自成一种特色，多有好思想好文章，绝不亚于其“大品正宗文字”也。

书名原想叫《知堂题跋》，将《知堂序跋》改名《知堂序文》（二百二十七篇中只有七篇跋），免相混淆；但已成之书名毕竟难改，《知堂序跋》还是叫《知堂序跋》，这本就叫做《知堂题记》了。

二〇一五年六月二十九日于长沙。

《周作人著作》编者的话*

（2018. 5）

在一九八七年一月七日的《光明日报》上，岳麓书社刊出了我拟稿的一帧广告，宣布了书社和我关于重印周作人著作的观点，开头的几句是：

“人归人，文归文。周作人其人的是非功过是另一问题，其文的主要内容是对传统文化和国民性进行反思，对中西与中日的文化历史作比较研究，今日之读者却不妨一读。……”

随即便开始出书。既出周作人著作的单行本，也出精装合订本。两年之间，出了二十四种。

书当然不是想出便能出的，得按规矩，走程序。周家授权了，报告批复了，宋木文、杨牧之、伍杰各位领导都当面或来信表示应允和支持了，便能够出了。

出就得出好。当时强调了两条：(一)因为均系据原本重印，所以一定要认真校订，尽力改正旧时误植失校的错误；(二)因为手稿不存，无法对勘，所以一定要详出校记，改动处

* 《周作人著作》四十种，二〇一九年一月至二〇二〇年十月岳麓书社出版。

一概保留原文，承担责任。

这两条，读者看来大都是认可的。直到如今，在旧书网上，八十年代“岳麓版”的周作人著作，始终都卖得不错。

现在，岳麓书社决定又来重版周作人著作，仍是据原本重印，仍要我负责编订。还是周的书，还是这两条，新的广告也就不必再做了。

鄢琨君三十年前和我同编了这些书，此次仍然合作，蒋浩君也参加进来，所有案头工作都是他俩做的。校记原列表在书末，如今改作尾注。两君新增校改之处，标出“鄢校”“蒋校”，特此说明，并志感谢。

二〇一八年五月十五日于长沙。

第三辑

《亦报随笔》序*

（1987. 9）

《亦报随笔》收文七百五十六篇，悉为周作人一九四九至一九五二年间发表的短文。陈子善先生将其辑为一集，费了许多力，他叫我为它写一篇小序，当然无法推辞。

我早已声明，关于周作人，我只能辑其文，不能论其人。我不过是一名编辑，不是什么研究家、批评家。我的工作是印行旧籍遗文，使想看的人能够买得去看，想批评研究的人也才有材料好拿去做文章，或供于牺牲坛前，或钉在耻辱柱上，都悉由尊便。我自己亦未尝不想当研究家批评家，但一则天分太低，学来不易，二则所知甚少，缺乏本钱，正如跪在娘娘面前的高力士，“奴才没有”，无可如何。

那么，陈先生交下的这个任务怎么办呢？或曰，虽不能论其人，但既要印其文，关于其文总可以谈谈吧。这话不能说不对，至少是不大好反驳，现在就来谈一谈我所看到的《亦报随笔》的文章，聊以塞责。

* 陈子善编《亦报随笔》，一九八八年一月岳麓书社出版。

我所看到的第一点是，这些文章都写得非常短。七百五十六篇中，竟有七百篇不超过一个page也就是六百字。短当然不是看文章的唯一标准，但要用短短五六百个字把事情交待清楚，把自己要讲的话讲出来，既要言不烦，又疏密有致，给人留下思索和咏味的馀地，那就大不容易。

这些都是发表在新中国成立初期报纸上的文章，当时已经在说我们的报纸“沾了长风”，早就提出“短些再短些”的口号了。一转眼三四十年，如今有的报纸篇幅超过当年《亦报》好多倍，可是版面上容纳的标题却越来越少。有限的地盘被几个(甚至是一个)“大地主”霸占着，这样的情况比起四十多年前究竟有没有改变，真不好说。难道今之作者才学均已远迈前贤，没有几千上万字即不足以表现其深刻的思想和丰富的感情吗？恐亦未必。那么，看看前人所写的短文，刹刹自己沾染的长风，大概也不会没有一点益处吧。

我所看到的第二点是，这些文章虽短，题目的范围却很宽。从《梅兰竹菊》到《麟凤龟龙》，从《艳史丛编》到《聊斋稿本》，从《杭州的市房》到《北京的春雨》，从《夜读的境界》到《文章的包袱》，在广义的文化和文化史这个大范围内，随手拈来都是题目，也都是文章。作者不是先领下一个题目，再来就题作文，揣摩迎合；而是胸中先有一节文章，于是借题发挥，把想讲的话讲出来，同时给读者以知识或感兴。如《蓑衣虫》一篇，云有一种虫——

……系蛾类的幼虫，织碎叶小枝为囊以自裹，负之而行。案此即《尔雅》之蚬缢女，因它附枝下垂，古人观察粗率，便以为缢。……我们乡间称之曰袋皮虫，《尔雅翼》云俗呼避债虫。披蓑有渔人或农人的印象，袋皮已沦为瘪三，避债的联想更为滑稽，缢女则太悲惨了，我们想起山西省妇女自杀的统计，觉得这种事实还未消除，难怪古人那么的说。我不知这在北京叫作什么，仿佛没有看见过，要有也未必叫蓑衣虫吧，因为在北方蓑衣极少见。……唐人诗云，孤舟蓑笠翁，独钓寒江雪。这种情景在黄河以北实在是难被了解，不但寒江不能钓，就是蓑笠也是很生疏的东西，读了不会发生什么兴趣。

二三百字中包含了自然史、语源学、乡土研究与文学欣赏的内容，而作者寂寞的心情也历历如见。

又如《拿手戏》一篇，开头说："有些外国文里叫著作者为'写字的人'……我们常写文章而实在没有什么自信的人用这个名称来叫，倒是很确当的。"这里也涉及到了语文知识，因为 writer 这个字本来也指"书手"，并不一定就是体面的"作家"。接下去略加演说，结尾则云：

现在连街头艺人都翻了身，写字的人如为人民服务，也是很好的事。无奈写字难以成为一艺，他没有师父传授，并无基本技艺，只是每日随时说说唱唱，费力多而成功少，并不一定是吃一行怨一行，的确乃是实情。某甲先生有一句名言云，著作等身不如拿手戏三五只，这话说得真好。戏唱得越好听的人也越喜欢，写文章不能翻陈出新，摆起摊来殊无把握，写不出时亦无皮蛋泡汤加白糖之类可以帮忙，此其所以不如之至也。

不谈大道理，只是随手记下一点见识或者感受，娓娓道来，而情理自见。

这类小文继承了中国历代笔记文的传统，同时又吸取了欧洲十八世纪随笔文(essay)的特色，从中隐约可见《广阳杂记》《五杂组》和“英国名士遂夫特”(曾纪泽《使西日记》语)的痕迹，和启蒙时期报章杂说的某种风格是一脉相承的。自维新以迄五四，“写字的人”多借新闻纸作“自己的园地”，周作人之于《晨报副刊》即是一例，《亦报随笔》亦其流风馀韵乎。

周作人已矣，其人固不得原谅，其文却似乎可传，因为它们所包含的知识和见解是客观的存在，而在文章欣赏上亦自有其美学的价值。陈婆虽有麻子，所烧的豆腐固未尝不好吃也。我所希望者，在放言高论的大块文章中间，尚能为此类随笔留少少馀地，它们虽绝不能如名角的拿手戏那样中看或动听，但“读了不会发生什么兴趣”的人，总还未必成为绝对大多数，以至于彻底地清一色吧。

一九八七年九月六日。

《知堂集外文·四九年以后》序*　（1988.1）

人归人，文归文。——这是我为出版社重印周作人著作所写广告词开头的两句话，意思就是说：人呢，是什么样的人就是什么样的人；文章呢，是什么样的文章就是什么样的文章。

或问：你这样看人看文的方法对不对？是否有例可援呢？

答曰：有。

第一个例子就是鲁迅。

鲁迅决没有讲宽容的缺点，他同周作人兄弟失和以后，就“不是一股道上跑的车”。但正是鲁迅，在兄弟决裂十年之后，一九三三年美国记者斯诺采访问他，自从“五四”新文学运动以来，中国出现的最优秀的散文作家是谁；他的答复仍然把周作人排在第一位，排在林语堂和他自己之前（见《新华文摘》一九八七年第十一期）。

第二个例子是周建人。

周建人曾任中共中央委员、人大副委员长，也绝不会立场

* 陈子善编《知堂集外文·四九年以后》，一九八八年八月岳麓书社出版。

不稳、观点模糊。一九八三年，他写了一篇题为《鲁迅与周作人》的回忆录，发表在当年第四期的《新文学史料》上，历述鲁迅和周作人断绝往来的经过。正是在这篇文章里，他仍然写道："冯雪峰对我说，他看过周作人的《谈龙集》等文章，认为周作人是中国第一流的文学家；鲁迅去世后，他的学识文章，没有人能相比。"

看来，鲁迅和周建人的原则，也是"人归人，文归文"。人呢，是什么样的人就是什么样的人；文章呢，是什么样的文章就是什么样的文章。

当然，鲁迅和周建人亦不是只论文，不论人。但论人时，他们的态度也并不是坏就一切都坏，连文章也写不好了。

"鲁迅没有讲过周作人的不好，只是对周作人有一个字的评价，那便是'昏'。"周建人说，"周作人自小性情和顺，不固执己见，很好相处；但他似乎既不能明辨是非，又无力摆脱控制和掌握……"

对于这样一个问题："鲁迅和周作人生长在同一个家庭里，受相同的教育，后来两人所走的道路，为什么竟这样不同？"周建人的答案是："我虽然了解他们生活中的细枝末节，但也只能知其然，而不知其所以然。……两人是怎么分手的呢？如今回想起来，颇有独特之处，它不是表现在政见的不同、观点的分歧，而起源于家庭间的纠纷，造成兄弟失和。……我缺乏研究，不知其所以然。"

既是同胞兄弟，文化水平又同属最高层次，而且还"了解他们生活中的细枝末节"，但因"缺乏研究"，还"不知其所以然”，然则研究岂易言哉！我纵然满心希望把周作人说得比鲁迅和周建人所说的更坏一些，但终究不能不承认对周作人的了解比鲁迅和周建人更少，更缺乏研究，正所谓心有馀而力不足，徒唤奈何而已。

陈子善先生又要我为他编的这本知堂集外文《四九年以后》作序，仍无法推托，只能恪遵知之为知之、不知为不知的古训，将鲁迅和周建人的话抄一点下来，聊以塞责。陈君见之，得无厌其为迂乎！

一九八八年一月二十一日。

《周作人集外文》序*

（1993. 1）

周作人从一九〇四年（清朝光绪三十年）开始发表文章，到他去世的前一年，也就是“无产阶级文化大革命”开始的一九六六年为止，六十二年中，一共写过好几千篇。这些文章，只有一部分收入他生前编定出版的文集（从《自己的园地》到《知堂乙酉文编》），还有一部分（相当大一部分）则从来没有编集，也就是通称的集外文了。

这一部分集外文，因为当时刊载文章的期刊报纸已成吉光片羽，普通读者（包括我）早就难得见到了。陈子善、张铁荣两位先生积十年的努力，依靠北京、上海、杭州、绍兴等地图书馆和海内外许多朋友的帮助，把它们尽可能地搜集齐全，按年代次序编集出版，乃是功德无量的事。凡我同志，皆当欢喜赞叹，乐观其成者也。

尤其是我，因为接受了湖南省新闻出版局的安排和周丰一先生的委托，正在为湖南文艺出版社编辑十卷本《周作人散文

* 陈子善、张铁荣编《周作人集外文》，一九九五年九月海南国际新闻出版中心出版。

分类全编》，如果没有集外文，这个全编就“全”不了，分类也“分”不成，所以更加迫切盼望陈张二位编成的书早日面市。在市场导向出版、软性读物畅销的今天，出版这样高品位、高层次的书，肯定要赔钱。幸有谢军君舍得赔这个钱，鄢琨君愿拿出业馀时间来发这个稿，这部《周作人集外文》才得以面世。这又是我在欢喜赞叹之馀，不能不对他们（以及一切帮助过这书出版的人）表示感谢的。

关于周作人的文章，还是那句现话，我没有资格谈。鲁班门前掉大斧，不必内行也会哂笑的，何况我连小斧也不会掉。我只奉劝一切关心近现代文学、文化、思想的朋友们，在见到书店里还有这本书的时候，赶快把它买下。周氏杂诗有云：

> 半生写文字，计数近千万。本不薄功利，亦自有誓愿。
> 但得有人看，投石非所恨。

又云：

> 伯牙善鼓琴，但为知己役。绝技固未有，知音不可必。
> 有怀欲倾吐，且拼面壁说。或如吴门僧，台前列顽石。
> 即使不点头，聊可破寥寂。

善读多思的读者诸君，难道在市场的喧嚣中，你们就不会感到一点寥寂吗？

一九九三年一月二十日，于长沙城北之寓庐。

《农民卫生读本》序*

（1997.8）

天地之间人为贵，这是人常讲的一句话。天地就是大自然，大自然对于在她怀抱中生生不息的万物，其实是一视同仁，既慷慨，又严厉的。所有生物为了生存，都必须尽力争取，人也不能例外。尤其是在乡村中生产生活的农民，不能不耐受烈日严霜，不能不抵抗灾荒疾病。所有生物都逃不出生老病死的规律，只有人才能主动地而不仅仅是被动地适应环境，并进一步去改善环境，创造自己的新生活。人之所以为贵，正在于此。

中国的十三亿人中，有九亿是农民。九亿农民正在求温饱，奔小康，在创造自己的新生活。这须得在大自然这个大环境中作大的努力，得要充分用上几千年来人类积累起来的文明成果，得要充分依靠集体的也就是社会组织的力量。而对于每一个个体(一个家庭，一个男人或女人)来说，还得有一个健康

* 黄一九主编《农民卫生读本》，一九九七年湖南科技出版社出版，序文曾以《人为贵》为题发表。

的体魄。

旧中国整个是落后的，旧时的农村则更加落后，这落后就包含着不卫生，多疾病。稍微上了点年纪像我这样的人，还记得过去乡间灾祸频侵、疫病流行、缺医少药、成年人多短命、小孩子死得多的惨状。曾有人将贫、病、愚、弱、私称为“五鬼”，说“五鬼闹中华”。贫和病常常是联手的，所谓“贫病交加”就是这个意思。八十年前的“五四”先贤们大声疾呼，要把“德先生”和“赛先生”请来，认为只有这两位先生才能消灭“五鬼”，可惜他们的努力尚未成功，我们仍须努力。

古时中国的文明是农业文明，但在医疗保健方面享受文明成果的却只有由农民供养的地主、官僚。虽然孟夫子也讲过“民为贵”，但那是书本子上的话，脸朝黄土背朝天的农民恐怕连听都没有听过，更不会有谁来对他们进行卫生健康教育了。四十多年来，农村情况发生了很大变化，但卫生工作因为基础太差，面又宽广，和城市比较起来仍然很落后。有许多农民仍然不可能，或者不知道讲究卫生，防治疾病，保护自身和儿女的健康。这当然是农村经济发展滞后、农民没有脱离贫困的结果，它反过来又严重地妨碍了农村生产的进步和农民收入的增加。作为一个关心中国前途的人，尤其是曾经接触过农村和农民，自己却生活在城市中的人如我者，对此自难无动于衷。

因此，我对于黄一九策划组织的《农民卫生读本》的出版，由衷地感到高兴。我不是医生，也没有做过卫生工作，不具评论这套读本的资格。但是，健康教育也是“赛先生”工作的一部分，而且是相当重要的一部分。齐白石甘当青藤、雪个、大涤子的走狗，赫胥黎也自称达尔文的咬狗。我已老病，走和咬已心有馀而力不足，那么，当有人在动手为“赛先生”来修路的时候（“德先生”此时且不必说），帮他做一块垫路的石头，或者做一枚添热闹的爆竹，我也是心甘情愿的。

一九九七年八月于长沙。

《老子哲学考察》序*

（1997. 10）

《日知录》卷之十九《书不当两序》云："人之患，在好为人序。……今之君子，不学而好多言也……好为人序者可以止矣。"话说得够重的了。

我非"君子"，本来就没有"为人序"的资格；"不学"确系事实；"好多言"更是屡吃大亏，不能不改。所以，我是从来不敢为人作序的。那么，为什么又来在李全华教授(以下仍按习惯称老李)关于《老子》的学术专著前说三道四呢?

第一，因为这是两个老朋友之间的事,"文革"中一同劳改的交情，使我无法拒绝。

劳改队不是交朋友的地方，可是当嘴巴不能随便讲话时，脑子却会更不安分，总想找点表现的机会和共鸣。这里我想先讲件不是老李而是老Z在劳改队的小事。

有次读报，读的是一篇关于"欧洲社会主义明灯"的大文章，"霍查""霍查"把听的人听得头晕脑涨，读的人也读得舌

* 李全华著《老子哲学考察》，二〇〇一年一月暨南大学出版社出版。

燥喉干，只好停下来喝口水。这时老Z忽然端着杯子站起来大声说道："我很不喜欢霍查(喝茶)。"全组犯人为之愕然，老Z却不慌不忙接上一句："我只喝白开水。"

老李没有老Z的幽默和大胆，却同样不甘心永远沉默。《红楼梦》中小红的话，"千里搭长棚，没有不散的筵席"，即曾使我和他相视而笑。而当"林副统帅"的名字终于"不要再提了"时，我念出一句"机关算尽太聪明，反误了卿卿性命"，他随即接上一句"忽喇喇似大厦倾，昏惨惨似灯将尽"，彼此就更莫逆于心了。

在那段难熬的日子里，我们靠着求生、求知、求索的力量支持着。凡是允许我们读而又能得到的书，我们无不找来认真地读，读了就充分交谈，谈得最多的是《红楼梦》，当然也谈过《老子》。

现在，老李的《老子哲学考察》终于要出版了，这是难忘的苦难的纪念，也是难忘的友谊的纪念。我于老子哲学之知远不及老李，但往事历历如在目前，提起来正所谓悲欣交集，又怎能不作文一为表露，于是也顾不得丢人现眼了。

第二，老李是学理工的，却邃于文史，红学研究早卓然有成，对老子哲学也有他独特的见解。在这方面是充分发挥了他之所长，亦即是文科出身的人不免缺少的科学精神和科学方法。为了强调这一点的价值，也是我敢冒大不韪来写这篇序文的一个原因。

我一贯认为，对古书古人作研究，如果老是说前人说过的话，则前人的著作摆在那里，何必不惮烦去抄摘挦撦？欲求名利乎，捷径正多，也犯不着走这条费力不讨好的路。老李的书却能自出机杼，不袭陈言，是因为他有这样做的本钱。他遍读诸家解老之书，尤其注重出土古本；又于高等数学、物理学、工程技术科学具有基础，故能以不同于传统学者的观点看老子哲学。十多年前我请他校点古典小说时，有位副社长怀疑学理工的人如何能校点古典小说，我以戏谑答云："我和你连中学都没读完，也能在出版社审稿出书，岂止校点古典小说；人家起码读完了中学又读了大学，如何不能校点古典小说?"其实学理工的人转习文史而有成就者甚多，成仿吾学兵工，张资平学地质，都成了文学工作者。老李研究《红楼梦》，考察老子哲学，学过自然科学和技术科学恰恰是他的优势。

中国文史哲研究的大病，正在科学方法、科学精神的缺乏，所以陈陈相因，虚浮空泛。不是各说各话，而是照话说话，甚至奉教条为真理，按功令作文章。越是"理论性"的东西，越没有生机和生气。用我开玩笑的话来说，就是无物("言之有物"的物)而有"物"("学者不言鬼神，然言有物"的"物")，这个"物"就是大大小小的偶像。偶像本身也许死掉了，可是它们的鬼魂还隐藏在某些"新作"的字里行间，散发着僵尸的臭气。

老李谈老子哲学，说的却全是自己的话，是他深入研究《老子》和先秦诸子的心得。我也不止一次读过"道可道，非常道"，他却给我指出，这一句应该从马王堆汉墓帛书，作"道，可道也，非恒道也"。《说文》云："常，恒也。"他据出土古佚书《经法·道法篇》"天地有恒常"和《史记·田敬仲完世家》"太史敫女奇法章状貌，以为非恒人，怜而常窃衣食之，而与私通焉”，谓“恒”“常”二字有时意义不同。他从而指出：这句话的第一个“道”字，是老子所创哲学专有名词；第二个“道”字是动词，即“解说”；第三个“道”字是普通所说的道，即“恒道”。这一句是老子对《老子》全书内容所下的第一条界说，意为：这里所说的“道”另有定义，它虽可用言辞解说，却不是普通所说的道。

接着他又从“道”的定义讲起，逐步分析了“道”的二元素“无，有”(“恒无，恒有”；“无物，一”)，分析了“道”的原理和“道”的自然基础，就是“二进制及用二进制数对事物进行编码表示”。

布莱希特早已提出过二进制起源于《周易》，却并没有谈到《老子》。老李的这个观点，在劳改队即曾向我解释过，当时我就觉得这是对老子哲学的新的认识，也是作者长期坚持独立研究的成果。如果他没有不迷信前人的科学精神，没有掌握由系统训练养成的科学方法，就不可能得出这样的成果。人们可能不认同他的观点，却不能不承认他达到的水平。

第三，我还想趁此说说我自己对老子思想的一点看法。

以老子为代表的道家思想，历来对中国的政治，对中国读书人的精神生活，都有重大的影响。周作人打过一个比方，把中国的固有思想比作一座香案，儒家的香炉摆在中间，两边的烛台则是法家和道家，一个左，一个右。我十三岁读《儒林外史》，喜欢的人是王冕、杜少卿，不是王玉辉、虞育德，对那位用重板子打得人魂飞魄散的王太守则更为厌恶。故曾自嘲说，我的宁右毋左是从十三岁开始的。初接触诸子群经，对《老子》也比对《论语》更感兴趣，前者虽然难懂，却没有那么多使我觉得难受的规矩和教训。

稍长读史，见老子韩非合传，心窃疑之。后来稍稍接触黄老学说，清净无为之治使我向往，又总觉得可望不可即。法家论法、术、势，则一直使我栗栗危惧，觉得马基雅维利的兽道虽然吓人，比起韩非那逻辑严明言辞犀利振振有词为君为国的理论，还比较坦率，也就是不那么使人害怕。想到老子一派人，为了全其生保其身，真是发挥了最大的智慧，可是他们辛辛苦苦创造出来的方法论，却被积极为政治服务的法家拿去，作了君王统驭臣民剪除异己的权术的补充，真是冤哉枉也。

有了“惨礉少恩”的法令政策，加上“阴柔”和“动善时”“弱胜强”之类高明策略，再把“微妙难识”(今天可以这样说，明天可以那样说)的理论拿过来，伟大的统治者无论怎样虐使群黎，无论怎样阴谋阳谋，无论怎样背信寡恩，无论怎样统制思想，就都可以心安理得，既找得到理论根据，又找得到实践方法了。

推至其极，到了举国都“以吏为师”，焚书坑儒便是必然的结果。老子的书固逃不脱竹帛烟消的命运，韩非、李斯等出谋划策的人又何尝能够幸免，“忽喇喇似大厦倾”也就终于成了必然的结果。

对百家嬗变、思想定于一的过程的认识，老李未必与我全同；但他也是带着对传统文化进行反思的痛感来写这本书的，这一点我完全相信。

在本书的最后，作者还把春秋战国文化和古希腊文化作了一番比较。他以为，先秦的文学艺术远不如希腊，圆锥曲线的研究、逻辑学、物性学亦不如之。而老子所创非十进制数学，墨子的光学、力学、时空理论，孙子的军事学说，纵横家的外交辞令，尤其是法家治国驭民的一套，古希腊则无可相比。他说，希腊地方小，步行几天即可出国，地中海极便航行，到小亚细亚、巴勒斯坦和非洲，数十日即可来回，故希腊人见多识广，并不自大，善于引进。而中国幅员在先秦即很辽阔，江河二千年后还不能穷其源，周边大洋沙漠雪山之外，似乎并没有值得追求的世界，家大业大，于是“老子天下第一”。读书人习惯安居玄想，拙于实验发明，故创造不出古希腊那样丰富多彩而又更接近现实生活的文艺。政治理想则一直追求大一统，希腊城邦小国寡民的“至治之国”，只能存在于像老子这样不世出的哲人的理想之中，民主思想也就无从发生。

他说，中国人本来也有机会，把春秋战国文化发展起来，进一步走向世界，与西方文化交流竞争，共同进步，然而却失去了机会。

作者所说失去了的机会，一次在秦皇兼并六国之后，一次在汉武继文景即位时。我以为，这大半还是出于历史的必然。不过，秦皇汉武个人的品质，还有李斯、周青臣、公孙弘、董仲舒这些学以致官、学为官用的高级知识分子所起的作用，也是值得后人深长思之的。

一九九七年十月序于长沙展览馆路宿舍八楼。

《无心小筑初集》序*

（1999.8）

此集读后，感觉甚好，因能自具面目，且有思想也。我说的有思想，非搬外国名字、抄哲学语词之谓，那类文章我是不大想看的，因为怕脑壳痛。但文章若能自抒胸臆，而非常人所能言或所敢言，便觉得有些意思。如：

> 读一些学者的文章，佩服他们学问的扎实，观点的成理，只可惜为什么不可以用好一些的文字来表达。

但另一处又说：

> 只要有思想的内核，有思考的张力，足以引发共鸣，至于遣词造句、机巧构思、是否“激情饱满”，似乎都可以不是为文的重点。

* 吴筠著《无心小筑初集》，一九九九年十二月上海远东出版社出版。这本是一封回信，却被拿去放在书前作序了。

可见作者也不是一味想追求文体美的。又如：

> 做学问本不必强求一律，做人也无需妄求一致。

还有：

> 天下之大，殊难穷尽，我们只能取一瓢饮，重要的是把这一瓢饮好。

这些便都是能吸引我读下去，也便是能引发我共鸣的。

作者说“每日下班，闲时写点文章，自忖不算文化中人”。本来文字非“文化中人”专利，人人只要有兴趣，便有权利亲近它，想写时也可以写点。这样写出来的东西，比起以作文为职业或为“工作”的来，也许更能自具面目，更能表达自己的思想。

文章读过，再看来信，才发现用的是个“她”字。这个表示性别的字，在我读过的这几篇文章中，却不现什么痕迹，这也是我觉得很好的。常言道，文如其人。我想这个人应该先是个大写的人，却不必急切显示或让别人想象是个女人。易安居士的词，放在北宋哪位大家集中都可压卷，而精心创作出“易求无价宝，难得有心郎”句子的鱼玄机，在唐代诗人中最多也只能算三四流。将今拟古，未免不伦，这里不过顺便开开玩笑罢了。

一九九九年八月十四日。

《学庄子》序*

（2002.7）

大前年长沙办书展，外地同行颇有顺道过访者。张吉霞来访时，原以为也是位年轻同行。交谈后才知道，她不是编书的而是管出书的，这就觉得更加难得了。

昨天周实拿了几张画给我看，说是个儿童所画的插图。我欣赏图画的水平本不过小学程度，于某些著名画家的创作老实说看不懂，但对这几幅画，倒觉得有点意味，便问是给什么书画的。周实又将一节原稿摊出来，小题“朝三暮四”，原来是个老掉牙的故事。但往下看去，当故事中的小孩对猴子们说：

> 给你们吃桃子，早上给三个，晚上给四个，怎么样？

猴子们却并不发怒，只是无表情地望着他。小朋友还以为猴子没听懂，于是仍然照着书上说：

---

* 张吉霞著《学庄子》，二〇〇三年七月黑龙江少儿出版社出版。

那就早上四个，晚上三个。

猴子们却一齐哈哈大笑起来：

把我们当白痴呀？你以为，我们还是庄子说的那些猴子吗？都过去几千年了，还来这老一套，我们还会上第二次当吗？你也太聪明过头了吧！

真是妙语如珠，绝无陈旧感。作者原来就是大前年见过的张吉霞，她给我的惊喜，正不亚于大前年。

也是大前年，我在写《学其短》时，把苏东坡“谪居”释读成“下放”，有位中学语文老师便向编辑部写信指出：

“谪”是臣子得罪了皇帝被贬到偏远地区，是遭难；“下放”是把知识分子放到工农群众中受教育，是给予光荣；若将二者等同，干部下放岂非变成遭皇帝贬谪了吗？

旧事重提，不是向张吉霞泼冷水，只是给她一个提醒：讲俏皮话恐怕还得先看看对象，因为咱们这里习惯上纲上线，历来黑白分明，容不得幽默感，太行山绝不能写成大行山的。

不会上第二次当的猴子毕竟难逢，话还是讲普通猴子听惯了的才好吧。

二〇〇二年七月。

《殷墟甲骨刻辞词类研究》序*

（2003.2）

甲骨文我认识很少，只限于三千多年来字形变化较小的人、子、井、田、日、月等几个。杨逢彬其人我却是认识的，当花城出版社即将印行他这部研究甲骨文的著作时，便想来谈谈对他的一点印象。

这一点印象就是：他是一个有理想家气质的做学问（to philomathes）的人。

根据古希腊人的解释，to philomathes 的根本要求是要超越利害，纯粹求知而不只为了实用。像甲骨文这种东西，除了专门的研究者，恐怕没有多少人要看，用作求名求利求职的敲门砖，即所谓“实用性”实在很小。但逢彬偏偏有兴趣研究它，而且一钻进去好多年，这便是 to philomathes 了。

初识逢彬时，他刚刚大学毕业。恢复高考后他进的是医学院，可这并不是他自己的选择。他的理想是研究古文字，于是便在医学院毕业后决定弃医习文，宁愿牺牲这五年学医的时

* 杨逢彬著《殷墟甲骨刻辞词类研究》，二〇〇三年九月花城出版社出版。

间，作为 to philomathes 的代价。

这个决定，正可以说明逢彬的理想家的气质。其时正值逢彬祖父遇夫先生的友朋书札准备出版，标点和注释工作原由出版社组织人员在做。逢彬发现了工作中的一些问题，拿来征询我的看法。于是我知道了，他在学医的同时，便一直在自修古汉语，他的理想是有切实的行动支撑着的。

经过努力，逢彬终于通过严格的考试，成了武汉大学古文字学硕士研究生。此时他年过三十，已经结婚生子，负担不轻。我了解他的古汉语水平不低，便请他标点、今译过几种古籍，使他有一点收入，他都胜任愉快。

修完硕士之后，逢彬可以留校或者来出版社工作。来出版社收入比较高，评职称也容易些，又能够照顾在长沙上班的妻子和幼儿。和他谈到此事时，他诚恳地对我说："出版社对我是有吸引力的。我的家也在长沙，去武汉并不容易。但我还是想到大学里去，那才有可能深造，继续研究甲骨文。"

于是，他留在了武大，开始教书。一个新教师的任务是繁重的，后来"开门办学"，还得提着书囊行李到处跑。他的妻子在邮电部门工作，很难兼顾小孩，他甚至不得不将小孩带到武大去，照料其生活，辅导其学习。为了搞好教学，同时坚持研究，逢彬付出了比常人更多的艰辛，终于得到了在职攻读北京大学汉语史博士学位的机会。

在读博以前，逢彬到北大进修了一年，系统补习了汉语史、语言理论和现代汉语。后来又以在职之身，争取又到北大一年，全身心投入学位课程的学习。一九九八年，他以三年之力写成的《殷墟甲骨刻辞动词研究》的论文，取得了博士学位。全体答辩委员给这篇论文以很高的评价，一致认为其研究方法得当，占有材料丰富，尤其在克服用后代语法体系去上探甲骨语法的模式这一点上，具有独到的创获。

此时逢彬已执教好几年，职称还没有上去，等着要看他的“专著”。逢彬却并不急于发表自己的论文。他决心在动词研究之后，继续研究甲骨刻辞的形容词、名词、代词、副词和介词。又用了整整五年，才正式完成这一部专著，交付出版。

花城出版社秦颖告诉我，逢彬交稿以后，多次检阅校样，反复推敲，尤其是对于“绪论”，更是至再至三。秦颖告诉我：“出版学术著作，绝大部分作者最关心的都是出书的日期，也有的是稿酬的标准。只有杨逢彬，才自始至终一直将学术质量放在第一位。就凭这一点，我觉得，我们向别的出版社争来这部书稿，就是完全值得的。”

秦颖说：“还有一件事也使我感动，我到武大去拿书稿，见到逢彬生活清贫，原因是他妻子放弃长沙的工作去武汉，家庭收入大大减少。我问他何不多讲点课创点收。他说，想做学问就赚不了钱，这点我早就有思想准备。”

秦颖说的这些，不也正就是逢彬 to philomathes 精神的表现吗?

如今“做学问的人”中，理想主义者是越来越少了。大家都变得越来越“现实”，一切只从实际利益考虑。七十多年前有人礼赞古希腊人 to philomathes 的精神，举欧几里得教几何的事为例。有个弟子做习题时问老师：“我学了这些能得到什

么好处呢?”欧氏便叫听差:“去拿两角钱来给这家伙,因为他来求学是为了要得到好处的。”周作人在叙述此故事后申论道:

> 我喜欢礼赞希腊人的好学。好学亦不甚难,难在那样的超越利害,纯粹求知而非为实用。——其实,实用也何尝不是即在其中。中国人专讲实用,结果却是无知亦无得,不能如欧几里得的弟子赚得两角钱而又学了几何。

最后这一句听起来像轻松的调侃,其实却相当沉重。

我在这里介绍逢彬和他的书,当然很高兴;但想到真正to philomathes精神的式微,亦不禁心情沉重。为了不破坏读者的情绪,也学着来轻松一下吧:写杨逢彬不是为了提倡大家都做书呆子,谁有欧几里得弟子的本事,学了几何又赚得到钱,我也是乐观其成的。

先父与遇夫先生清末同学时务学堂,一九五三年起又同挂名湖南文史研究馆直至逝世。先父一生侘傺,曾教我云:“人不可不立志。我碌碌无为,比同学少年,武如蔡艮寅(锷),文如范源濂,做学问如杨树达,都不啻云泥。此固由于资质有差别,境遇有不同,最重要的还是自己不发愤。汝当以我为戒,立志做一门学问,即使只做出一点半点成绩,也比耍嘴皮子、扎花架子有意义,庶不致庸庸碌碌虚度一生。”

当时我正狂热地参加反对国民党的学生运动,将七十岁老父的话当成耳边风。逢彬的父亲德嘉兄比我小一岁,当时的情况恐怕也差不多。一九四九年八月长沙一解放,德嘉和我不约而同成了共产党的干部，虽然因此五十年后得光荣离休，不必进文史馆，工资也照加；但父亲的期望“做一门学问”却如泥牛入海，消失得无影无踪了。这在读书人家出身的人如德嘉和我者，狂热过后清醒过来时，自然不能不感到一种愧疚，一种遗憾。

现在逢彬学问有成，德嘉兄可以无憾了。回想起自己五十年未能用心于学，辜负了先父的教导，不胜唏嘘。

二〇〇三年二月于长沙。

为《李锐先生米寿纪念文集》作* （2004.3）

为李锐先生"米寿"出一本纪念文集，这个想法，是去年(二〇〇三年)五月在旧金山李南央家里提出来的，年底李南央到长沙，又和她谈过这件事情。在我的心目中，这是件大事情。因为我将八十八岁的李锐看成是中国读书人的良心，是中国知识界继续走"五四"道路追求民主与科学的一面旗帜。我以为，持这样观点的绝不止我一人，至少已故的李慎之也是如此。他在二〇〇二年七月二十一日给李锐信(见《怀念李慎之》文集)中说的：

> 我本来希望的就是你。

可以视作他的嘱托，这可是一句重若千钧的嘱托啊！

所以我对李锐的"米寿"纪念文集充满着期望。我期望它

* 丁东等编《李锐先生米寿纪念文集》，二〇〇四年十月香港时代国际出版公司出版。

能够把研究李锐、介绍李锐、讨论李锐的有代表性的文章纂辑起来，为世纪末思想史留下一份比较完整的资料。作者不必全是接近过李锐的人，重要的是对李锐的思想有了解，有研究，而且有作者自己的见解。这见解亦不必处处和李锐相同，因为“人心之不同，如其面焉”，严肃的研究和讨论本来不会“清一色”，这正是民主与科学的要求，也是民主与科学的力量之所在。——当我知道文集将由李普、丁东两位来编，我的期望必不落空，我的心也就放下了。

至于我，为这部纪念集却只能贡献出《老社长——李锐识小》这篇旧文。因为我，正如《老》文所说，乃是个不研究政治尤不喜谈政治的人，十分缺乏理论分析的能力，属于不贤只能识其小的档次，非不为也，乃不能也。

附带说一点，《老社长》虽在期刊上发表过，却还没有上过书。上海印的书被禁止了，南京印的《偶然集》上又被出版社编辑砍掉了一半。阑入此集，无非是想将它完整地呈献在老社长面前，以供一笑，当然其他愿看的人也还可以看看吧。

二〇〇四年三月于长沙。

《思想时代》序*

（2004. 4）

与程巢父先生相识之初，只读过他几篇谈武昌鱼和洪湖藕的散文。对名物的博识和考证工夫，散见于看似平淡却颇含趣味的记叙之中，且不乏婉而多讽之致，正是我虽不能至心向往之的境界。后来才知道，写写这类文章，不过是他的精神散步，不过是他作为调剂的一种消遣。

近年来他做的正经工作，如沈曾植研究等，都属于专门，非我这种不学之人所能置喙。但他发表在《东方文化》《书屋》和《文汇读书周报》上，如今又辑印成这一册的论陈寅恪、胡适的系列文章，面向大众为前贤说话，我却还看得懂。

陈寅恪和胡适的文化价值，半个世纪前早就有了共识。几十年之后，却还需要人来为他们说话，岂非笑话。不幸的是，笑话却成了事实。如果再倒回去二十多年，则为陈寅恪、胡适（尤其是胡适）说话亦不可能。光是这条“罪名”，戴“帽子”就有了足够的条件。

* 程巢父著《思想时代》，二〇〇四年五月华夏出版社出版。

既要为前贤说话，便免不了是其所是，非其所非，免不了有所争辩。我不是一个好辩的人，不想在程君和别人之间来当评判。我以为只要都摒弃了“封建馀孽”“美国洋奴”这类“国骂”的影响，都能够实事求是承认陈寅恪和胡适的文化价值，便有了“求同”的基础；在此基础上，尽可以各是其是，各说各话，这不正是陈寅恪、胡适他们终身追求的“允许别人和自己不一样”的自由主义的真谛吗？

程君在为陈寅恪、胡适说话的时候，比较注意从他们的人格道德方面着眼和立言。《陈寅恪、朱延丰师弟关系及学风》一文中，详述了陈氏对自己的研究生朱延丰严格要求，甚至力主不派其出洋；但对朱失恋后“两个星期没上课，又不在宿舍住宿”却非常着急，派人各处去找；为了给朱找到“寄托”，还写信给胡适，推荐朱来试译西洋历史书。后来朱延丰学业有成，原来被陈氏认为“资料疑尚未备，论断或犹可商”的毕业论文《突厥通考》，经过十年“详悉补正”，终于成书出版，陈氏又欣然为之作序。程君以充满感情的笔调介绍了“这一对清华师弟三十年代初在一桩具体事务的处置上所显露的学术精神”，接着又叙述了最近“在南方一所名牌大学里一位终身教授”及其弟子的故事，二者反差之大，对比度之强，读了以后，使人不禁为五十年来知识分子人格的贬值和学术道德水平的下降而悲哀，更不禁要掩卷深思其何以致此。这恐怕也就是程君用心用力写作的目的，体现了一种厚重的人文关怀。

“论人文”“玩文化”，现在已经成了某些人的“时尚”，但程君绝不是这些人中的一个。他并不自作高明一样来“论”，也不濠上观鱼似的来“玩”，而是把自己作为历史变迁中的一分子，学而思，思而学；故能于反思之后，深切感到胡适的被批判、陈寅恪的被当作“白旗”拔，对于学术和文化，进而对于学术道德和知识分子的人格，实在有重大的影响，从而感到一种深切的痛楚，遂不能已之于言。他自己承认：

> 我的整个少年、青年成长期，都是以他人的头脑当自己的头脑、以他人的眼耳当自己的眼耳的失知失觉期。迄于中年，通过阅读胡适，才知道梁(启超)氏“新民说”对整整一代人的影响，才认识到“改良主义”岂可等闲视之，……明白了“议论近乎湘乡、南皮之间”的陈寅恪，他所秉持的价值不是滞后而是超前的……

这些话我虽然未必完全同意，却不能不佩服程君对前贤也就是对文化和学术自由、对知识分子独立人格的深切关怀，并敢于为之说话的勇气。我以为，这一点比什么都更为难得。

陈寅恪“生于长沙通泰街周达武故宅”，其地与时务学堂故址(中山西路三贵街口)，和我家的距离都在四华里左右，那两处则相隔只有两里来路。光绪二十三年，陈寅恪的父亲陈三立，在长沙协助黄遵宪、熊希龄、谭嗣同等办时务学堂，常在通泰街家中和时务学堂间往来。此时寅恪已经七岁，其兄衡恪(著名美术家陈师曾)则已二十一岁，寅恪是很有可能由父兄带着到过学堂的。如今到处造“假古董”，湖南对修“炎帝陵”“舜帝墓”和“杜甫江阁”尤其热心，对于在现代化历史上有着划时代意义的时务学堂故址却全未顾及。我曾在报纸上写过文章，建议将梁启超手书“时务学堂故址”六字，在原处刻石留念，附近广场上则可以建座浮雕，为戊戌在湖南办时务学堂的陈宝箴陈三立父子、黄遵宪、梁启超、谭嗣同等人造像。陈三立的身后可以站着陈师曾，手里可以牵着陈寅恪，各人的名字可以刻在各人的脚下。这样岂不可以为长沙增一胜迹，实在比为朱熹、张栻造像有意义得多。这件事没有同程君讲过，如果征求他的意见，想必也会欣然表示赞成的吧。

二〇〇四年四月二十七日于长沙。

《半月日影》序*

（2005. 12）

《晋书》说孝惠皇帝“在华林园闻虾蟆声，谓左右曰，此鸣者为官乎，为私乎”，后世都笑他痴；其实如果将虾蟆视为人，则人的一切活动，无论是大放大鸣或是作文写字，其动机如若不是为官（或曰为公），便一定是为私（或曰为己），本来难得超出这“两为”的范围。

人们写作，若问为官为私，抽象地回答不易分明，最好是出示具体的例子。近日有朋友从《秀州书局简讯》上见到一首《满江红》，转述了两句给我听：“恨平生尽写，宣传文学；早岁蛙声歌桀纣（想必是新中国成立前跟着喊蒋委员长万岁），中年狗革售膏药（可能是“大跃进”时拼命鼓吹放高产卫星）。”蛙声一片似的叫卖狗皮膏药，这种“宣传文学”自然是“为官的”，为官家效力的，读者都不欢迎，作者后来悔恨，恐怕都很正常。

而日记则是个人生活和思想的记录，是自己写给自己看的

* 自牧等编《半月日影》，二〇〇六年一月中国文史出版社出版。

私房话，完全是“为私的”。曾国藩死后，其日记才由他儿子刊行，我看过几遍，记得一点。他积极努力为清朝“肩半壁东南，挽回劫运”，日记中却写过“东南大局，殆无可挽回之理，此心茫茫，不克自持”这样消极的话。他讲求理学，注重修身，日记中却暴露了“房闼大不敬，成一大恶”“闻色而心艳羡，真禽兽也”诸多隐私。看了这些，我才更加了解曾国藩其人；阅读的愉快，更远远超过了读《曾文正公诗文集》。我想，这恐怕就是“为私的”文字的一种优势。

日记按理说不该是写给旁人看的，但因为人们本能地具有好奇心，大都比较喜欢看别人的自述，有人也就愿意将自己的日记提供公众阅读，这也没什么不好。《越缦堂日记》一面写一面在外面传抄，并不影响它的声誉，因它实在有内容，也实在写得好。郁达夫的《日记九种》，吴曙天的《恋爱日记》，亦均十分著名，虽然前者是文学日记，后者是日记文学，在写人的生活这一点上却并无不同，都能引起读者的共鸣。

文学是个人的活动，越是真的文学便越有个性，按晋惠帝的分类法都是“为私的”。有岛武郎云，“我因为寂寞，所以创作”，这恐怕是“为私的”文学写作最根本的原动力，作者只是为了排遣寂寞，在用自己的创作来和别人说话罢了。写日记是自说自话，可能说得更率性更真实，写得好的，也就有了文学的价值。

我不写日记，只每日二至三次记录自己的血压，却也愿意看看有些人的日记，只要它记的事情有趣，是我愿意知道的。

“为官的”作品也有写得好的，如《古文观止》里的《召公谏厉王止谤》《文帝议佐百姓诏》便是，我在《念楼学短》里也选了好些更短的。可见“为官的”文字只要写得好，我也同样的喜欢，并不亚于看别人的日记。

济南自牧辑刊文人日记，陆续印行多种，长期寄赠，惠我良多，近又有《半月日影》辑成，叫我作序。我是一个只想看不想写日记的人，并没有为自牧作序的资格，但白得他那么多书刊，不回馈几百千把字也说不过去，于是写了这一篇寄奉。

二〇〇五年十二月十日于长沙城北之念楼。

《潜庐藏书纪事》序*

（2006. 12）

听人说起《藏书纪事诗》，虽然“耳熟”，实未“能详”，因为缘督庐续书楼的诗半首都记不得；但若把最后一个“诗”字去掉，将“藏书纪事”拿来做一本书话的书名，我却以为是合适且能副其实的。

关于书话，有人说是一种新的文体，而始于唐弢，理由是唐的《书话》于一九六二年出版之后，世间才有名叫书话的书。记得清朝有位古文家的文集里收有一篇寿序，开头一句便是“寿序非古也”，《花月痕》小说里韩荷生也写过这一句，不知道谁是原创。如果唐弢始作书话之说属实，那么我们也可以依样画葫芦来一句“书话非古也”，过一过做古文的瘾——只可惜这句话恐怕不大好说。

事实上，书话之名出现虽晚，书话却是早已有之的，这和诗话、词话差不多。第一部以诗话为名的书，是欧阳修的《六一诗话》，但清人编《历代诗话》，却以前于欧公五百多年的钟

* 徐明祥著《潜庐藏书纪事》，二〇〇六年十二月中国文史出版社出版。

嵘《诗品》冠首。周作人《颜氏家训》文中，极赏《家训》卷四中这一则：

> 王籍《入若耶溪》诗云“蝉噪林逾静，鸟鸣山更幽”……《诗》云“萧萧马鸣，悠悠旆旌”，《毛传》云“言不喧哗也”，吾每叹此解有情致，籍诗生于此意耳。

周作人指出：

> 此是很古的诗话之一，可谓要言不烦，抑又何其有情致耶，后来作者卷册益多，言辞愈富，而妙悟更不易得，岂真今不如古，亦因人情物理难能会解，故不免常有所蔽也。

这里明明将颜之推的话称为“很古的诗话之一”，既是之一，即非唯一了。

诗话有“很古的”，那么书话呢？几年前抄短篇古文，分类存之，用以课孙，抄稿中归于书话一类的便有二三十篇，现只选出陆放翁所作数则如下，请看看能不能算是书话：

> 《历代陵名》，三荣守送来。近世士大夫，所至喜刻书版，而略不校雠，错本书散满天下，更误学者，不如不刻之愈也，可以一叹。

吾年十三四时，侍先少傅居城南小隐，偶见藤床上有《渊明诗》，因取读之，欣然会心。日且暮，家人呼食，读诗方乐，至夜，卒不就食。今思之，如数日前事也。

承平无事之日，故都节物及中州风俗，人人知之，若不必记。自丧乱来七十年，遗老凋落无在者，然后知此书(《岁时杂记》)之不可阙。吕公论著，实崇宁大观间，岂前辈达识，固已知有后日耶？然年运而往，士大夫安于江左，求新亭对泣者正未易得，抚卷累欷。

《花间集》皆唐末五代时人作，方斯时，天下岌岌，生民救死不暇，士大夫乃流宕如此，可叹也哉，或者亦出于无聊故邪？

这些不知比唐弢的如何？我并不薄唐弢之文，也相信他无意以自己的《书话》"为天下法"，但即以"一点事实，一点掌故，一点观点，一点抒情的气息"定范围，一千四百多年前颜之推和八百八十年前陆游的这些文字，至少总是可以入围的吧。当然，如果有人硬要说，颜陆当时并未自称为书话的呀，那我也没有办法，因为我从来就是没有勇气也没有兴趣与别人争论的。

好像有这么一个记述清末民初文化名人的故事，是夏曾佑还是谁呢，在编本国古代史讲义时拟过一道问答题，问男女私通始于何时，答案是女岐，结果大为钱玄同们所笑。因为有男女便会有“通”的，公通私通都是那么回事，只有“私通”这个词语始于何时也许还能成为一个问题，但答案也未必会是女歧吧。

济南徐明祥君命我为他的《潜庐藏书纪事》作序，我却谈到男女私通始于何时上头去了，长沙俗谚所谓东扯葫芦西扯叶，其是之谓乎。

二〇〇六年十二月八日，于长沙城北之念楼。

《张志浩诗集》序*

（2007. 2）

一九五一年得识志浩，因其喜读杂书，彼此有话可说，见了面自不免多谈几句。五五年便把我们(还有朱正和俞润泉)整成“反革命小集团”，随后改为“反动小集团”，随后又改为“落后小集团”，最后才说并没有什么小集团，二三十岁的人却都七老八十了。但这样“整”也“整”出了副产品，就是我们之间不寻常的交情。十年前我作了篇小文，发表在《笔会》和《散文》上，并且收入了《偶然集》，题目叫做《今夜谁家月最明》，说的便是本集中的《中秋对月同叔河作》两首。此两首诗和一篇文，即可见我们之间的交情。现在诗集付印，志浩叫我做序，我想即以这篇旧作代之；虽说“庾信文章老更成”，我的文章却是越老越不成，而朋友交情则总还是越老越值得珍重的吧。文章头一段从“大托铺的笑话”讲起，与志浩无关，即予略去，以下照录——

* 《张志浩诗集》一名《僇人忘忧集》，二〇〇七年七月自费印行。

一九六一年中秋夜，张公(名志浩，号千弩，朋友们戏称他为“张弓”，久而久之便讹为“张公”了)带了一斤月饼来我家。其时他住南区侯家塘，我住北区教育西街，相距约七八里。两人都刚摘掉右派帽子，仍无正式工作，靠替大专学校誊刻讲义为生，刻一张钢版蜡纸可得六至八毛，每月能把计划供应的粮油肉菜买回家就不错，月饼也就成了难得的奢侈品。

月饼很快被孩子们分吃完，张公喝了一杯茶，又闲谈一会，便起身告辞。我照老习惯送他回家，两人一道出门南行。此刻时间还不到晚九点，从又一村到南门口，传统商业区百分之七八十的铺子却都关上了门，因为正是办“一大二公”的城市人民公社“割资本主义尾巴”的时候。路灯也显得无精打采，天上的月色却不受“人间正道”的影响，依旧是将到中天分外明。本来就暗淡的灯光为月色所掩，行道树下面更加显得黑魆魆的。路上的行人因为过节的关系，比平常晚上更加稀少，伴随我们的只有树梢摇落的秋声……

张公一路上都不做声。我偶尔说句把话，他也只以哼哈回答，于是我们便在沉默中走着。

出了南门口，劳动路路面更宽，行人更少，法国梧桐枝叶发出的飒飒声也更响了。寂寥中我的心渐渐紧缩起来，张公却忽然出低声吟诵道：

“今夜谁家月最明，城南城北满秋声。长街灯尽归何处，萧瑟人间两步兵。”

“你刚做的？”

“是的，送给你的。”

“好。”我说，“不过只有你一步兵，没有两步兵。我是既不能酒，也不能诗呀！”

他不再答话，却又低声吟出了四句：

“艰难生计费营谋，日刻金钢懒计酬。未必此生长碌碌，

作诗相慰解君愁。”

“也好，只是太乐观了。”我凄然地说道。

张公一笑，听得出，笑声也是凄凉的。

这时已经走到侯家塘十字路口，为了不惊动住在路旁菜地里矮屋中的张公的妻儿，我们便在路口分手了。

一个人踏着月色归家，夜深了，更冷清，可是我心中却泛起了一股温暖。

从那晚起，已经过去了三十五年。在这三十五年中，张公这两首诗一直保存在我心间，无论在月黑风高的长夜中，还是在阳光灿烂的日子里，它们都是这样的温暖，这样的鲜明。

——文章是抄完了，但还须说明一点，志浩这两首诗，集中自注作于一九六二年，我文章中写的却是一九六一年。错的是谁呢，可能是我吧，但白纸黑字，一版再版，无法再改，只好像易子明同志给我作“落后小集团分子”结论时宣布的那样，再一次的“知错不改”了。

丁亥岁首序于长沙城北之念楼。

代张君作诗集自序

（2007.2）

予偶作诗词而未能工，自丙申（一九五六）至己未（一九七九），所作可称《僇人集》，僇人者，刑辱之罪人也。唐柳子厚贬永州作八记，《始得西山宴游记》云："自余为僇人，居是州，恒惴栗。"惴栗二字，正好形容此二十三年中予之心态。盖自反胡风起，继之以反右，继之以"文化大革命"，予久为僇人，亦恒惴栗也。而文人积习，所谓"纸上低吟皆毒草"者，仍不能不偶一为之，为避祸计，旋作旋毁，存者不过什之一二而已。庚申（一九八〇）以后，时移事易，身份得以变更，而予已衰老矣。投闲自放，只能以应酬之作消遣，姑称之曰《忘忧集》，实则家事国事天下事无一得释于怀，其忧岂能忘哉！二者合计，不过二百三十馀首，何足以称著作，但六十年来"一则以喜一则以惧"之心情，仍可于此中见之。灯下重抄，百感交集，即拟印成一册，以为予八十六岁之纪念。题名则合二而一云《僇人忘忧集》，非敢故作黑色幽默，乃实话实说，阁笔不禁自笑，亦不禁自悲矣。

丙戌岁末张志浩自序于荷花池寓所之南楼。

《当官不容易》序*

（2008. 9）

赵力行君写了本新书《当官不容易》，我没当过官，对此缺乏亲身体会，但从杂览中得知，当官的人，若要当一个清官，当一个敢于和贪官不同流合污的清官，委实是不容易的。

清人笔记《履园丛话》和《归田琐记》都记载过“天下第一清官”张伯行的事迹。清康熙时他做江苏巡抚，严拒下属馈送财物，传檄公示道：

一丝一盾，我之名节；
一厘一毫，民之脂膏。
拒一分，民受惠不止一分；
取一文，我为人不值一文。
谁云交际之常，廉耻实伤；
若非不义之财，此物何来？

* 赵力行著《当官不容易》，二〇〇八年十二月浙江大学出版社出版。

而且说到做到，谁知却惹恼了总督噶礼。

噶礼为满洲亲贵，习惯贪污受贿，张伯行要当清官，很碍他的事，便不断向皇上打小报告，说张“专事著书，猜忌糊涂，不理案牍”。康熙四十九年江南乡试，噶礼伙同考官贿卖举人，得银五十万两，张伯行上疏参他。他却抢先出政治牌，反告张包庇戴名世《南山集》一案，奏云“《南山集》刻板在苏州印行，伯行岂得不知？进士方苞以作序连坐，伯行夙与友，不肯捕治”，都是要杀头充军的罪名。

督抚互劾，朝廷不得不派大员来查，噶礼有钱有势多方活动，张伯行一贯清廉不会交际，于是认定：贿案虽然属实，其罪只在考官，噶礼应予免议；张伯行虽与戴案无涉，参噶礼却是“妄奏”，当革职赎徒（罚款抵刑）。幸亏康熙想做明君，想保清官，另派人来复查，覆谳仍依原议。这下圣心不悦了，谕云：“噶礼……屡疏劾伯行，朕以伯行操守为天下第一，手批不准。此议是非颠倒，下九卿、詹事、科道察奏。”就是要群臣会议，来评判噶、张的是非功过，但察奏的结果，仍是“互劾失大臣礼，皆夺职”。

皇上明明讲了“此议是非颠倒”的重话，为何还不把颠倒了的是非再颠倒过来，还要混淆是非，各打五十大板呢？岂不是俗话所说“贪官人缘好，人人都想保；清官自管清，个个都不亲”的缘故吗，当清官委实不容易呀。

但康熙毕竟可算是位明君，他需要保全“天下第一清官”。噶礼政治上整人得利，利令智昏，又揭参江宁知府陈鹏年《重游虎丘诗》“诽谤”，想再制造一桩文字狱，以转移视线，并立功补过。这回却打错了算盘，康熙正在为群臣不明是非生气，遂谕云：“噶礼操守，朕不能信，若无张伯行，江南必受其朘削且半矣。即如陈鹏年稍有声誉，噶礼欲害之……互劾之案，遣大臣往谳，为噶礼所制。尔等皆能体朕保全廉吏之心，使正人无所疑惧，则海宇蒙升平之福矣。”这样张伯行始得留任，噶礼则终被革职。几年后他谋杀母亲未遂被赐死，则是别一案件，与张伯行无关了。

这是二百九十多年前的事情，如今已经没有皇帝，靠圣天子“保全”已不可能。清官贪官则总还是有的，我耳目闭塞，只能从报纸上找例子。督抚(省部)级的贪官至少有一陈希同，其制造“政治大案”的手法亦仿佛噶礼乎？清官如张伯行者则尚未找到，希望他再不容易也要坚持下去，总得让我能够找到才好。

二〇〇八年九月二十五日，于长沙城北之念楼。

《俞润泉书信集》序*

（2008. 11）

八年前读《六十年恩怨情仇》，我的第一反应是，文字很好，李锐有后了。二〇〇三年到旧金山见到李南央，说起她爸爸的米寿纪念集，我就建议她自己来编。她听了笑而不答，但随后寄来的《父母昨日书》便署“李南央编印”，《云天孤雁》更打出了“美国溪流出版社”的牌子。紧接着三大册《李锐日记》出版，如今她又在周实君的帮助下，编成了这本对我们“小集团人”特别有纪念意义的《俞润泉书信集》，出书效率之高，使我不禁叹服，李锐真有后了。

我和俞、张、朱都是新干班同学，因我在公布录取之前即被召入报社参加工作，并未到班受训，故同润泉交往要晚于张、朱二位。但我和他本是世交，俞老伯和先父清末同执教湖

* 李南央编《俞润泉书信集》，二〇〇九年一月美国溪流出版社出版，卷首有《小集团人的序》三篇，有按语云：“小集团人有四，俞润泉戏称为‘五十年代湖南报社的小四人帮’。如果以齿为序，此四人即是张志浩、俞润泉、朱正和锺叔河。今俞已没，三者犹存，值此集印行，遂各写小序，既念逝者，且诏来兹。”今只录我所作的两篇。

南法政学堂，民国初年又同任职省政务厅(俞老伯在外交司，先父在财政司，当时的省政务厅即省政府，各司相当于各厅)，一九四九年后又同属省里“养起来”的“统战对象”。父辈本来是朋友，彼此又气味相投，于是他们三人先后来报社后，我和俞一拍即合，也成了好友。

上世纪五十年代初新“参加”的知识分子，每周五个晚上要读《干部必读》，从猴子变人到联共党史，读得头昏脑涨；月末还要小结，年终则要鉴定，紧张得要命。我当初本想全身心投入，真愿意听党的话，在毛泽东旗帜下前进，俞和张、朱应该也差不多。问题出就出在我们好读书的本性难移，总还想多看点别的书，亦无非克鲁泡特金、吕思勉、郁达夫、周作人等人的，祸端即由此而起。

“小集团人”挨整的程度开头都差不多，但润泉的心特敏感，神经纤维特脆弱，这在读书作文上是优点，在抵抗整肃、耐受打击上便成了弱点。四人之中，他受的精神创伤最重，这一点在他的书信中也看得出来，对此我当然只能给予同情的理解。就是他在觉得委屈时对别人诉说过我的不是，那也呒啥，因为只要看看他在“告状”的同时写给我的那么多热情洋溢的信，便可以释然了。

问题在于，为何像润泉这样一个“生性懦弱，胆小怕事，不善于自我保护，直至糊涂”(润泉夫人语)的人，这样一个“每朝无梦不亲诗”，只求“酒馀能喝一杯茶”(均润泉诗句)的人，在精神上和心理上竟然被整到了这样的程度？天乎人乎，而今已乎！

我痛惜润泉的死，痛惜他未能以写这些信的时间和文笔从事著述。但他有这么多朋友爱惜他的笔墨，有南央、周实这样的热心人为辑印成书，九泉之下也可瞑目了。

二〇〇八年十一月九日。

代张君作《俞润泉书信集》序* （2008.11）

润泉去世已经五年，哭早哭过，悼文也写过了，如今他的书信集得在海外出版，很是为他高兴。但想起他写了一世，生前却只印过一小册简陋已极的《堇葵集》，才可算他的创作，又不禁悲从中来。当时我为《堇葵集》写了这首《齐天乐》：

卅年前事翻成梦，匆匆而今都老。
往日忧煎，平生郁积，还剩牢愁多少。
相期一笑，纵美酒盈樽，怎除烦恼。
拄杖茫然，满庭落叶倩谁扫。

　　狂飙又兼暴雨，竟频摧秀木，晨昏颠倒。
　　洣水沉波，涟江浊浪，总是伤心怀抱。
　　遮颜破帽，喜长啸归来，故园初晓。
　　削金镌玉，入堇葵吟草。

* 《俞润泉书信集》编成后，编者李南央约请朱正、张志浩和锺叔河三人作序，张嘱锺代作此文，文中诗词则为张自作。

如今，比《堇葵集》像样得多的书信集横空出世，想再为它写点什么，润泉却不及见了。

一九九四年六月润泉七十岁生日，我和叔河过河西看他，正值湘江涨大水，马路上水深过尺，汽车熄了火，是卷起裤管涉水过去的。我做了两首诗送他，叔河对其中一首改了几处，云：

> 佛说心如明镜台，心明也怕滚尘埃。无情世界多情种，有尽生涯未尽才。面壁十年唯困酒，问天一语便成灾。劫馀惊看来时路，雪蕊霜花次第开。

这与其说是祝寿诗，无宁说是感遇诗；好在同为“小集团人”，理解总是不成问题的。

终于还是得对这部书信集再写几行，借用朱正的话，就给“小集团后死的三家看看也好吧”：

> 涟江涞水牢囚日，屈辱穷愁此一时。唾面自干犹自快，平生高蹈几人知。
>
> 一雁双鱼寄好音，封封都见故人心。欣看锓版椠铅日，金石长存自足珍。

二〇〇八年十一月，序于长沙橘隐园。

《翻书偶记》序*

（2008. 11）

书话一词的历史不能算长久，人们写作书话的历史却不能说不长久。手边有两篇宋人“话”《陶渊明集》的，第一篇的作者是苏东坡：

> 余闻江州东林寺有《陶渊明诗集》，方欲遣人求之，而李江州忽送一部遗予，字大纸厚，甚可喜也。每体中不佳，辄取读，不过一篇，惟恐读尽后无以自遣耳。

另一篇的作者则是陆放翁：

> 吾年十三四时，侍先少傅居城南小隐。偶见藤床上有《渊明诗》，因取读之，欣然会心。日且暮，家人呼食，读书方乐，至夜，卒不就食。今思之，如数日前事也。

* 刘绪源著《翻书偶记》，二〇〇九年八月三晋出版社出版。

写的都是读书之乐，而文情并茂，令人于千百年后读之，仍不禁向往，实在是神来之笔，也就是我心目中顶佳妙的书话了。

因为古今语不同，古今人情和生活方式、思维方式的差异尤大，今人想用几十个字写出一篇好文章，似已不太可能。但我看刘绪源《我的〈东坡乐府笺〉》，感觉仍能与读苏陆文相仿佛。他在船厂当学徒工，月获一十七元八角四，用一块八毛买到“仍取线装形式，拿在手上轻软便利，舒雅美观，打开内页，纸宽字清”的上下两册时的心情，大概也可与东坡先生喜得“字大纸厚”的陶集时相比。绪源君的文章当然长一些，但写到旧书店就介绍了“经常召开万人誓师大会的人民广场”，这便带上了我们恭逢其盛的伟大时代的色彩，为古人所不及见的了。接着，他又看似不经意地说到去黄裳家的事，先是将“自以为比较好的版本”拿了出来，终于“只好讪讪地收起书，说别的事”，颇有颊上添毫之妙，亦可谓“虽无老成人，尚有典型”矣。

《从十六铺到高昌庙》《太有趣的要当心》等篇我也很喜欢，因为都是我想看的真正的书话，不是通常所说的书评。我以为，书话该是以书和读书生活为题材的随笔小品，是个人感情流露的点点滴滴；而书评则要对书的内容进行分析，属于社会文化评论或学术文的范围，主要是一种“公器”，不是我这种闲杂人特别感兴趣的了。书话当然也可以作批评，带褒贬，但总应该有文学的趣味，如孙宗鉴之“话”《五代史》：

神考问荆公云：“卿曾看欧阳公《五代史》否？”公

对曰：“臣不曾仔细看，但见每篇首必曰‘呜呼’，则事事皆可叹也。”余谓公真不曾仔细看也，若使曾仔细看，必以“呜呼”为是，五代之事，岂非事事可叹者乎。

又如张宗子之“话”《文选》：

昔张公凤翼刻《文选纂注》，一士夫诘之曰：“既云文选，何故有诗？”张曰：“昭明太子所集，于仆何与？”曰：“昭明太子安在？”张曰：“已死。”曰：“既死，不必究也。”张曰：“便不死，亦难究。”问：“何故？”张曰：“他读得书多。”

都观点鲜明，意思显然，绝不让长篇大论，更无论为了应酬或得双份稿酬而作出来的“书评”了。绪源君对鲁迅、王元化、纳博科夫、库洛特·弗里斯诸人作品的“话”，亦多有近似之处，但全文具在，故无须抄引，请读者自己来看便得了。

我早已声明自己不会写书评，也很少看书评，但写得好、写得短的随笔小品还是想要看看的，自然也包括像绪源君所作的这样的书话。

二〇〇八年十一月二十七日于长沙城北之念楼。

《梦入芙蓉浦》序*

（2010.5）

张宗子云，人无疵不可与交，以其无真气；人无癖不可与交，以其无深情。于武臣爱荷花爱得入了迷，人称“荷痴”，痴就是疵，反正和标准件有点不一样，对于他这个做革命螺丝钉做了六十多年的人来说，不一样即不合格，自然有了小疵。因为爱荷，要替荷花写真传神，他又竭力研修摄影艺术，为了掌握高纬度处光照下的花影拍摄方法，听说最北疆某处有野生荷花，八十岁的他立马背上照相器材往黑龙江跑，说他上了瘾，成了癖，也名副其实。既有疵，又有癖，三百年前的“绝代散文家”亦可与交矣。

疵和癖都是病字头的字，愿与有疵有癖者交，岂不也是一种病态吗，非也。张岱所重者，其实乃是癖后面的深情，疵后面的真气。于武臣若无深情，则不会热爱自然，热爱荷花，热爱大自然中的美；若无真气，则难以勤学苦练，废寝忘餐，非拍出技术高、难度大、尽善尽美的荷花照不行。这一册《梦入

* 于武臣摄影集《梦入芙蓉浦》，二〇一〇年十月中国艺术出版社出版。

芙蓉浦》，便是他深情的升华、真气的结晶。

上世纪五十年代，于武臣曾是朱纯的采访对象。五七难后，他在开福寺廊下踩大布，我在文昌阁街上拖板车，见过面却未通一语。那时人人都得做螺丝钉，谁都不敢显出自己是个异类，更不敢搞什么创作，我一度不蓄纸笔，于家恐怕也不会有照相机吧。及至握手言欢，喜见朱正作序的《于武臣摄影作品集》时，彼此都早已离休，“感慨灯前两白头”了。

我是一个缺少艺术细胞的人，看于武臣拍摄的荷花，只是觉得好看，甚至觉得很美，有的还能引起我的想象，使我依稀感受到作者的寄托和用心，却非常惭愧无法用“内行话”作艺术的评述和分析。我能够说和愿意说的，其实只有一句话：我喜欢这册《梦入芙蓉浦》，喜欢于武臣的深情和真气——对荷花，对人与自然，对这个时代和世界的深情和真气。

二〇一〇年五月三日于湘雅医院二十四病室。

《浣官生文存》序*

（2010. 5）

同浣官生交好，开头不是由于他的文章，而是由于他的为人。六十年前新干班，至今能经常联系，保持交情，以至老而弥笃的，在旁人(包括我)，这样的老友总不过两三个，多则四五个。老浣住房不宽，去他家聚会，留饭者却总是挤满一圆桌。在那里，还常常遇见他的中学同学、大学同学、教书同事、学生家长，以及给他治过病的老医生……这就足以说明，老浣为人和善，大家都愿意跟他交朋友，而且交得久长。

老浣一米八的个子，相貌周正，却谈不上漂亮，更糟的是上世纪五十年代初便开膛破肚割掉一叶肺，成了“边驼子”。但在他丧偶若干年后，还有从前读高中时的女同学(当然是成了遗孀的)天天给他打长途电话，想和他白首盟心，好不容易才婉言谢绝。即此小小插曲，亦可见老浣之有人缘、得人心了。

老浣一九五二年便因病离开了报社，后来我愿意跟他往来，的确是因为他的仁心接物、乐于助人。尤其在朱纯病中和

---

* 《浣官生文存》，二〇一〇年十二月湖南文艺出版社出版。

去世时，他给我家的关怀和帮助，更使我感动。我不是一个像老浣那样善于体察别人、关心别人的人，却总还算得是一个愿意以善意报善意、以友情答友情的人，于是我们便成了朋友。

我非常乐见《浣官生文存》的成书。说老实话，在拜读全稿之前，我真不知道老浣写得出这么好的文章，有这么丰富的知识。他的文字实而不华，不炫耀，不做作，简洁明净，而又隽永有味，正如他的为人。

《文存》实际上由三部分组成：第三部分是浣兄旧著《史记故事精华》的续作，最可见其历史学的修养和见识；第二部分介绍麻将牌，富有风俗史和社会文化的意义；第一部分则全是介绍长沙城市史和居民生活的小文，最为我所爱读，只恨他写得太少。

听《长沙晚报》任波说，老浣近两年才给他们副刊写长沙掌故，唯愿他多写一些，唯愿他健康长寿。我对任波道，我和老浣都是八十老人了，人过八十，每活一天便是又多赚了一天，何况他还在八十以后发表了这么些好文章呢。

我不幸以文为业，实逼处此，势不能不比老浣多写一点。但正如韩愈《祭柳子厚文》所云："不善为斫，血指汗颜；巧匠旁观，缩手袖间。"我不善为斫，早已心劳日拙；老浣旁观缩手久矣，能牛刀小试，成此一册，虽不很多，亦胜于我，这是我真心高兴的。

二〇一〇年五月二十三日，出病院后第六日于念楼。

《蔡持中自述》序*

（2010. 9）

我参加工作较早，十八岁就以文字为职业，现年已八旬，尚未完全搁笔。但在这六十二年中，也有二十二年与文字绝缘，干的是搬运工、仓库工、模型工、绘图工，因为绘图，得识蔡持中君。

那是在长沙市城南区“新兴街道”所办一家玩具厂的“绘图车间”。绘图本是案头工作，而称车间，可见当时风气。蔡君为车间负责人，他北航毕业，共青团员，原在沈阳飞机制造厂工作，是“三年困难时期”申请退职的。这样的身份，比起“摘帽右派”的我来，可谓天隔地远。蔡君却毫无街道干部党团员常有的“主人翁感觉”，并不视我为贱民、奴工，而能平等相待，和平共处。在五十年前“以阶级斗争为纲”“与人奋斗其乐无穷”时，可谓难得。

就是因为这一份难得的感觉，几十年来，我和蔡君一直保持着交情。虽然这交情并不怎么深，也并不密切，一年见一两

* 《蔡持中自述》，二〇一〇年十月自费印行。

回面，“君子之交淡如水”，大概也就是这样的吧。

蔡君小我四岁，也是七十五六的老人了。他的自述即将自费印行，要我写几句话作为纪念。我想，人生一世，如何过活，如何行事，如何待人，就像不停地在给自己画一幅自画像。这幅自画像未必能画得多么美，多么光彩，只要画出来不太难看便不错了。蔡君用他工程师的笔墨，真实地、准确地描绘出他一生的经历，给我留下了不一般的印象。这与其说他“画”得好，不如说他的“像”本来就好，人性上本来就有光辉的亮点。比如说，“大跃进”中他探亲回南方，听说有的地方人吃人，归厂时路过北京，便到新华门去向中央提意见，终于不得不“申请退职”。这样的事情，就不是别的年轻工程师做得出来的。所以我说，蔡君的这幅自画像，画得一点也不难看；不仅不难看，而且颇有动人之处。

总而言之，我所知道的蔡持中君，称得上是个好人。在正常的年代里，做一个好人也许不太难；在不正常的时候尤其是“率兽食人”的环境中，能够坚持做一个好人，却是不太容易，甚至很不容易的。

二〇一〇年九月四日于长沙城北之念楼。

《刘志恒文集》序*

（2010.9）

刘志恒从一间商店门市部退休以后，生活得很精彩。六十四岁的人了，在网上交朋友，写文章；还兴致勃勃地在自家房顶上种丝瓜，两次摘下嫩丝瓜送来给我吃。他确实是一个不屈服于挫折和打击的人。

四十年前“大革文化命”，我和刘都以反革命罪名，从长沙被押送到茶陵洣江茶场服刑，在那里共同生活过几年，经历了难忘的岁月。他本是个“响应伟大领袖的号召，积极参加文化大革命”的初中生，只因画漫画时出于顽皮，在画中人物下巴上画了一颗痣，就成了“反革命”，究竟家庭出身好，于一九七四年就甄别出狱了，我则又劳改了五年。

先后回到长沙后，我们“相忘于江湖”，直到前年才重新见面。

他给我看了他退休后写的文章，大半都是日常生活的实录和感受，看得出他对社会对人生的认识，四十年来已经有了很

* 《刘志恒文集》，二〇一〇年自费印行。

大的深化和提高。更可贵的是，他的情绪一直是昂扬的，不屈的。我很佩服他这种自行其是、自得其乐的精神，很乐于见到他继续写文章，一直写下去。

二〇一〇年九月四日，时年七十九岁。

《闲人外传》序*

（2012. 2）

谁是闲人呢？

贾府众姐妹结社作诗，都起了别号，宝玉要大家也替他起一个。宝钗说，你的号早就有了，三个字，“无事忙”。但她接着又说，对于你，最恰当的别号，还是“富贵闲人”。

由此可见，忙与闲，有时是容易转换的，自然辩证法嘛！

十二岁时在座大庙中读书，庙里的戏台平日充当学生游艺室，后台则是书报阅览室，我每天都去。有回各校男女先生们来此排演《野玫瑰》，出于好奇，又仗着熟人熟路，我想进后台去看化妆，却被制止了。有人指着新贴在戏台口的告白，对我大声呵斥道：

“闲人莫入！这么大的四个字，你没看见吗？”

其实，兴致冲冲的我，当时并不觉得闲，而是身心俱忙。一是刚读过《野玫瑰》的剧本，急于想看演员们如何扮演；二是担心充演员的张先生（剧本是他给我看的，说我记性好，在他

* 周实著《闲人外传》，二〇一二年八月台北“酿出版”出版。

演出时可以提词），万一他需要帮忙我却不在，那又如何得了……不料却成了“莫入”的闲人。

十二岁的小学生一个，本来是瞎操心，正应了宝姐姐那三个字，“无事忙”，岂非周实所写忙得脑袋撞玻璃的穆翠微的“少年版”吗？周君他若早知道我这节故事，《闲人外传》可能便不止九节，而会写成十节了。

林教头误入白虎堂，发配沧州道，进了野猪林，被紧紧地缚在树上，眼见夺命的水火棍往头上劈来，忙向董超薛霸乞命：“我与你二位，往日无仇，近日无冤。你二位如能救得小人，生死不忘。”一面说，一面泪如雨下。

董超却道：“说什么闲话！救你不得。”

金圣叹批云：“临死求救，谓之闲话，为之绝倒。”

金圣叹之批，的确十分精到。董超此语，列位看官，包括区区闲人在内，恐怕也都会觉得“为之绝倒”。——只有一个人可能例外。

那就是林冲，如果他看《水浒》。

二〇一二年二月于长沙。

《衣饭书》序*

（2012. 3）

胡竹峰文集取名《衣饭书》，前言缕述古今文人对他的影响，后记又说经过“岁月之手摩挲”，“懂得了不同衣饭、各自饱暖的珍贵”，“好文章是我写的，歹文章是我写的，好歹都是自己的”。这恐怕是他的甘苦之言。我则望文生义，以为将衣饭和书并列，或将书和衣饭并列，放在一起来看，来写，想想也颇有意思。

在古代文人中，我很喜欢张岱。他自为墓铭，承认“好鲜衣，好美食……好梨园……兼以茶淫橘虐……”；当然更重要的是他有一支写得出好文章的笔，给我们留下了《琅嬛文集》和《陶庵梦忆》中那些美妙的文字。我读《衣饭书》，其中《沉香》《耽食》《戏人》《馋茶》的某些篇，依稀仿佛。张岱死去三百多年了，“虽无老成人，尚有典型”乎？

我欣赏胡竹峰写清炒芥蓝：

* 胡竹峰著《衣饭书》，二〇一二年七月安徽教育出版社出版。

上桌，眼前一绿，忽然觉得自己年轻不少。芥蓝脆生生躺在盘子里。白的瓷，白处极白；绿的菜，绿处极绿。白托着绿，绿衬着白，一段世俗生活便绝世独立地走来。

写从故乡带来的笋干：

是老家野生水竹的笋。一段段成丝条状，密封在塑料袋里。唯恐易尽，烧过一次笋干肉，便藏了起来。很多年前，我抽过水竹笋。回家后剥出笋肉，在开水里焯熟，再切成丝，放在竹匾里晒。晒成金黄颜色，一斤仅馀二两。

不知别人怎样，反正我是喜欢这种看似与天下大事无关的描写的。这也正是张岱的擅场，言不及义正是他文章的精义。胡竹峰“有些厌烦”的周作人说过：

我们于日用必需的东西以外，必须还有一点无用的游戏与享乐，生活才觉得有意思。……喝不求解渴的酒，吃不求饱的点心，都是生活上必需的——虽然是无用的装点，而且是愈精炼愈好。

我们过去实在太要求言必及“义”——“主义”了。胡适一九一七年说了句“多研究些问题，少谈些‘主义’”(注意“主义”是加了引号的)，即被骂了快一百年。其实，“主义”再好，要求“言必及”，也就不好了。普通人并非特殊材料制成，所过的不过是普通的生活，穿衣，吃饭，睡觉，有时或者还看看书，在“主义”被发明出来以前，从来就是这样过的，本无须其“及义”。一定都要“及”，真会受不了。“四人帮”之所以失尽民心，“天天读”实为其重要原因之一。如今石一歌式的“理论联系实际”和“文学为政治服务”是少见了，“文化”搭台经济唱戏、什么都拿“文化”说事的风气却又盛行起来。一切朝钱看，还是要求言必及义，不过这“义”是拜金主义。

所以，我宁愿看看胡竹峰写清炒芥蓝，写野生水竹笋，写紫苏“穿着一身淡紫色的长裙”。日常生活中的“衣饭”，在身上和心中引起的感觉，用“好歹都是自己的”话写出来，成为一本“书”，我会欣赏；还能言不及义，我就更加欣赏了。

二〇一二年三月七日于念楼。

《王平散文》序*

（2014. 5）

《王平小说》两本，出版已经十年，送我也已十年。初到手时，觉得顶有味的是，这两本他并不分为上册和下册，也不分为卷一和卷二，而分成了“甲种本”和“乙种本”。

四五十年前参加过政治学习的人都知道，“甲种本”和“乙种本”，这可是神圣得很的专名，哪能随随便便拿来就用，王平他却随随便便地拿来就用了。

有味不？你们说。

何立伟就说了。他说：“有评家指王氏小说琐小流俗，而琐小有之，流俗则无。”看得出，何立伟对“评家”评的并不以为然，他在替王平抱不平。

我则以为，“琐小流俗”正是王平文字优胜处。何立伟接下去不也说，“王平写长沙的小街小巷，乃《清明上河图》一般长卷，徐徐展开时，人物嘴脸皆跃然纸上。一街的黄昏油烟子，一街的夏夜的竹床，同竹床上淡淡的星光，有味有味”吗？

* 《王平散文》因故尚未能出版。

《暮雪碑林》写两个人无话找话讲：

> 他说五月是春天十月是秋天。我接着说十二月是冬天。他说是呀是呀，冬天太冷，何况落雪呢？我说倒也是，春天秋天都没有冬天冷，也不落雪。

这些看去毫无意义的废话，琐小，流俗，却正好写出了两个勉强相处的人的无聊和无奈，也就是我觉得有味的地方了。

确实，王平是有味的，王平的文字也有味，虽然“琐小流俗”。

琐小的对面是伟大，流俗的对面是优雅。伟大应当尊重，优雅值得忻慕，但这得是从广泛的生活和悠久的历史中自然形成的伟大和优雅，做文章“做”出来则未必。

“甲种本”和“乙种本”也曾经是伟大的，从“南倒脱靴十二号”走出来的王平，把它随随便便拿来就用，也就用了。这种举重若轻、玩弄于股掌之间的作派，十分符合他南门口的出身，人造的“伟大”便一变而为“流俗之所轻”了。

我读《王平小说》，写老表带着自己去寻先辈遗迹的《暮雪碑林》也好，写小古道巷中生活的《雨打风吹去》也好，写《匾》里面程潜给题匾的老中医也好，其实都是纪实的散文，却写得多么美妙。他写的都是“流俗”，都很“琐小”，却充满了有味的细节。那些地方，那些人物，我们看起来是多么遥远，又多么挨近……

我如今越来越不爱看电视连续剧中的故事，但科教频道、纪录频道有时还是看看的。我也越来越不爱看小说，但写人、写事的散文有时也还是看看，只要它写得短，写得有味，像王平写的这样。

王平说，他也打算出本散文集，想要我给写个序。我以顾亭林“人之患，在好为人序”一语告之，说道：“一定要我写，那就再‘患’这最后的一回吧。不过有个条件，你这本书得叫《王平散文》，不要再出《王平小说》的丙种本了。”

二〇一四年五月八日夜于长沙。

第四辑

《胡适的日记》

（1988. 3）

新出版了不管是什么人的日记，总想看看，并非由于窥视癖，不过想从中钩稽一点社会和文化的记录罢了。

《胡适的日记》二八页记魏冲叔“一肚的牢骚，谈锋极好。他对于时事，极不满意，席上骂人甚多。……对于新文学运动，颇有问难，我一一答辩了，他颇满意”。去年谈林魏合译时，很难找到魏易的材料，不图于此见之。

三二页记曹寅《东皋草堂记》云，“予家受田亦在宝坻之西”。宝坻距北京不过百里，离南京则远达六百四十英里，证以《红楼梦》第五十三回乌庄头到贾府进年例时所说，“今年雪大，外头都是四五尺深的雪，前日忽然一暖一化，路上竟难走的很，耽搁了几日，走了一个月零两日”，推断贾府即曹家是在南京而不在北京。胡适当年考证《红楼梦》的情形也历历如见。

日记中个人感情的记录，也饶有兴味。二一一页记去看莎菲（陈衡哲的昵称，此时已为任鸿隽夫人）云：“见着她的女儿，名荷儿。莎菲因孕后不能上课，她很觉羞愧，产后曾作一诗，辞意甚哀。莎菲婚后不久以孕辍学，确使多人失望；此后推荐女子入大学教书，自更困难了。当时我也怕此一层，故我赠他们的贺联为‘无后为大，著书最佳’八个字。”

二一五页上的“旧作”，恐怕也与“莎菲”有关：

多谢你殷勤好月，提起我过来哀怨，过来情思。
我就千思万想，直到月落天明，也甘心愿意。
怕明朝云密遮天，风狂打屋，何处能寻你。……

二五六页又粘附了“莎菲”寄来的一首诗，题为《适之回京后三月，作此送给他》，有云：

游了沧海大陆，重还去寻那曲涧幽壑。
这三天的快乐，当时不觉心足。
及后自思，何时方能再续？

这两首诗在胡陈二人的诗集中，不知是否都照原样收入，照想应该是收入了的吧。

提起中华书局，想到的总是《中华大藏经》《大唐西域记》，古气盎然。看《胡适的日记》，却如在柏林寺藏经殿内推开一扇深色窗户，不禁深深吸了一口气。

《炉边诗话》

（1988.3）

我越来越厌读古诗文选读赏析串讲一类书了，因为选来选去无非那些篇，讲去讲来无非那些话，正如徐灵胎嘲烂时文所云，“甘蔗渣嚼了又嚼，有何滋味？”金性尧先生的《炉边诗话》却别开生面，给了我新的印象。

《李义山无题诗中男性的女性化》一则，不同意将《无题》十七首都视作寄托和隐喻。“一定要把每一首都和令狐楚、令狐绹父子相联系，就未免有强作解人之嫌”；亦不赞成把“昨夜星辰”“凤尾香罗”一类妓席之作都看成认真的爱情诗。对义山的写作技巧也不一味捧场，举出纪晓岚“数见不鲜，转成窠臼”和沈归愚“剪彩为花，绝少生韵”诸说，认为也有它们部分的道理。

特别使我感兴趣的是，这则诗话提出了一个“义山诗中的性别位置问题”。为什么义山诗中，写给朋友的也好，确有寄托的也好，甚至在圣仙祠庙中所写的，都充满着那么多的“艳情”？都要把自己置于女性的地位？作者的答复是：“蚌病成珠，他的一些有魅力、有光泽的表现艺术，常常是那种病态社会中变态心理的反射。"

"这也不仅仅李商隐一个人是这样。"作者广而言之:"张籍的《节妇吟》把自己比作强自克制的有夫之妇,朱庆馀的《近试上张水部》把自己比作即将去拜公婆的新嫁娘,宋代的陈师道为了表示对老师曾巩悼念的深挚,竟把自己比作'事主不尽年'的薄命婢妾。这些诗,在表现手法上确有成功的地方,但我们如果想到作者本是七尺之躯的男子汉时,在审美心理上总感到不协调,不舒服,感情上像是被扭曲了似的。"接着又归结到义山:"如果按照冯、张两位(《玉溪生诗集笺注》作者冯浩、《李义山诗辨正》作者张采田)的说法,那么,李商隐为了打动一个对他冷淡的高贵的令狐绹,就把自己比作在'蜡照半笼金翡翠,麝熏微度绣芙蓉'的闺房中等待着'刘郎'的女子,我们且不说'妾妇之道'那类刻薄的话,单就作品的格调说,也是令人遗憾的。"

婉而多讽,金先生于此足以当之矣。以"妾妇之道"去侍奉"所天",本是自况香草美人的中国旧式文人的一种习惯。他如果能够在这方面更展开点来谈,那就更加深刻了,当然太深刻了也未见得好。

裘克安写《牛津大学》

（1988. 3）

教育要“面向世界”，怎么面向呢？对于我这样既无时间也无条件出国去考察或参观或旅游的人来说，能够翻一翻裘克安所写的《牛津大学》，也就可以少补未能亲历的遗憾了。

书一开头便介绍了牛津（Oxford）的环境和历史，这里原来只是伦敦西北泰晤士河上游的一处小地方，牛可涉水而过，故名“牛津”。

一看即不能不跟花和尚一样叫声惭愧，ox=牛、ford=浅滩虽然知道，旧时当地牛可涉水而过的故事却刚才晓得。

作者让我们乘车过莫德林桥，入高街，然后步行到博德利图书馆的四方院：

> 这里本来叫做“老学堂”（Old Schools），四周的几个小门门楣上用拉丁文写着“医学堂”“自然哲学堂”“文法和历史学堂”等等，是旧时讲课的地方。后来由于博德利图书馆的藏书越来越多，把课室挤走了。早在莎士比亚在世时的一六一一年，英国书业公所就承担了把各种新书

（包括重印本）都免费送一本给这个图书馆的义务。起初他们以为这没有多少，那知后来出版的书越来越多，博德利增添的书也就迅速增加，不得不把周围的房屋全都占用。这也不够，就把地下挖空做藏书库，很大一片，直到宽街。这还不够，又在宽街以北盖了新博德利馆。这样也无法应付图书不断增加的势头，现在是又把法律、医学、文学等藏书分散到别处去设立专题图书馆，这种小的图书馆已有五十多个。总馆藏书已超过四百五十万册，以后恐怕要靠缩微技术来解决藏书的问题了。钱锺书在牛津时，曾戏译馆名为"饱蠹楼"，当时颇为流传。

从一处"老学堂"来看大学发展的过程，既富文化历史的趣味，而且娓娓道来，文情俱胜，再夹上一点小掌故，放在上乘的纪游文学中，也无多逊色了。

再往下看，文科角（Arts End）用铁链锁着的中世纪手抄彩绘大本书出现了，食堂壁上挂着的写《阿丽丝漫游奇境记》的数学讲师的画像也出现了，一八一一年被学校开除的雪莱"赤身侧卧"在四方院的西北角上，"这里为他塑像纪念，未免带有讽刺意味，不过另一方面，也说明了学院当局还是有胆量改正前人所犯的错误"。

《牛津大学》是曹先捷主编《世界著名学府》丛书中的一种，但愿其他各种都能写得像它一样好。

《又见〈离骚〉》

（1989. 2）

书评为散文（杂文）文体之一。曾涤生易姚姬传分文体十三类为十一类，其三即为序跋，定义是“他人之著作序述其意者”，“曰序，曰跋，曰引，曰题，曰读，曰传，曰注，曰笺，曰疏，曰说，曰解皆是”，也就是今天广义的书评了。

我的职业是编书，每天收到报刊，习惯总是先看有没有书评类的文章，当然这和自己爱读散文多少也有关系。也许眼高手低确是文人通病吧，我的感觉，简直跟 Montaigne 总结他的接吻经验差不多，就是——“并不上算，因为须得亲上五十个丑的才能亲到三个美丽的女子（见周作人引丹麦 Dr. Nyrop 著《接吻与其历史》）”。

接吻的经验我无足称述，看书评的经验则可援“总理遗嘱”，已经“积四十年”。今从《文汇读书周报》上，读到了虞星的《又见〈离骚〉》这篇文章，不禁拍案叫绝。是的，我把它叫做文章，不叫做书评，因为它的确是一篇好文章，是我认为可以在散文杂文评奖中获一等奖的好文章，当然更是一篇好书评，应该属于 Montaigne 的五十分之三以内的。

文章不长，全抄如下：

夜读《文艺鉴赏大成》，又见《离骚》。

学生时代我曾苦滋滋地享受过一阵子《离骚》，屈原的人格力量通过那缤纷的诗行向我袭来，一种真实的躁动骚扰了我那年轻而平静的心湖，从此一发而不可收，直至现在我又见《离骚》。

《离骚》是难啃的，但嚼起来是芬芳无比的。《离骚》是不朽的，但它的读者却是不会与人口同步增长的——又见《离骚》，我既喜又忧。

一位三年级的文科大学生从未碰过《离骚》《诗经》之类的经典，当知琼瑶的许多诗是译自古典诗词时竟大为惊讶。据熟悉大学生生活的人士透露，这类“不知有汉，无论魏晋”的学生并不在少数，在校园里你随手就可抓上一大把。

我说这些并无愤怒或谴责之意。说实在的，让大学生去念《离骚》《诗经》之类的经典毕竟是不合时宜的。大学生为了今后的出路，不论是出国之路，还是就业之路，就得读一些有用的书。《离骚》离得太远，即使在未来的旅途上也未必会见到一位读过《离骚》的上司或同僚。此其一。

其二，《离骚》《诗经》之类的经典现正处于冻结阶段。轰轰烈烈的传统文化与现代化讨论告诉我们什么？《离骚》《诗经》之中是否也包含了精华和糟粕？还是不碰为妙。要知道，大学生代表未来，切不可在吸取精华的同时滚上一层糟粕，以至在跨入社会时丧失自己唯一的资本——思想解放。

又见《离骚》，我自觉不合时宜。好在《离骚》所产生的气场依旧围绕着我，清新的芬芳令人陶醉，也令人凛然，在这寒气袭人的冬夜。

《又见〈离骚〉》是书评，但又不仅仅是书评。他评《离骚》：“是难啃的，但嚼起来是芬芳无比的”，再不用多作分析，只真实地诉说自己的感受：“屈原的人格力量通过那缤纷的诗行向我袭来，一种真实的躁动骚扰了我那年轻而平静的心湖，从此一发而不可收……”

正因为“一发而不可收”，他才写《又见〈离骚〉》。这当然不仅是为了评屈原的作品，恐怕也不仅是为了评《文艺鉴赏大成》。他像木华作《海赋》，“于海之上下四旁言之”，精气神全在“又见”二字上。又见《离骚》，他既喜又忧。大学生“不知有汉，无论魏晋”，是值得忧？还是值得喜？大学生“在未来的旅途上也未必会见到一位读过《离骚》的上司或同僚”，是值得喜？还是值得忧？他并没有强迫读者作结论，而且我相信作者自己也还没有结论。他只是在思想，而且希望读者也来思想。

《又见〈离骚〉》，这样的书评，难道真的不合时宜吗？我披衣起坐，面对孤灯，在这寒气袭人的冬夜。

永井荷风与《鹑衣》*

（1989.10）

报刊编辑喜请文学名人答问：什么是你最喜欢的书？

我断非文学名人，当然没有被问的资格。即作一名普通读者，对于这类答问，也是最怕看的，因为“鲁迅”“金庸”……之类答案实在太多。当然也有偶然例外的，如施蛰存先生之答《查泰莱夫人的情人》。

书是人的师友，人一生中的师友可以成百上千，知心者却未必真有二三。“乐与共晨夕”和“常传亲密的低语”者，往往不是必须敬重、理应效法的君亲师，也不是旁人认为最匹配、最合适的好对象。何以故？我也说不出，只相信古人所说的一个“缘”字。常言说得好，“有缘千里来相会，无缘对面不相逢”，人如此，书亦如此也。

日本文豪永井荷风之于《鹑衣》，便是人和书“生死恋”的一个典型。这位留学美国、长住巴黎、善写现世人情的大家，生平最喜爱的书，却是十八世纪俳人横井也有的随笔集《鹑

* 与李远喜君合作写成，收入姜德明编《书香集》时署名“何喜”。

衣》。据詹姆士《日本友人永井荷风》文中说，他在被追求时尚的文学书刊弄得头痛时，总是捧起一册《鹑衣》浅吟低诵，以求得心情的暂时平静。

永井一九一八年写成的《断肠亭日记》和一九二七年写成的《荷风随笔》，都讲到他为了读《鹑衣》，曾经忘记按期去授课，忘记服药，甚至忘记用餐。在大正、昭和之际永井思想苦闷的几年中，《鹑衣》从来不是在他的手中，便是在他的案上……

《雨潇潇》是永井荷风最著名的小说，其中有一段关于《鹑衣》的话，可视为他的心声：

> 《鹑衣》之文，前人早有盛誉，然我每次读及，仍不禁拍案叫绝。只要日本文明不灭，只要日文还使用汉字，即令再过一千年，《鹑衣》仍将是日本文章的典范。其寓意之深，蕴蓄之厚，笔调之美，我国古今作品中实无其匹。盖和汉古典的精华是织成《鹑衣》的纬，元禄之后的江户俗文学是它的经，而点染它的则是飘逸洒脱的俳人的绝代才情也。

对于现代普通读者来说，《鹑衣》这种借汉文写日语的十八世纪的俳文，远不如才华横溢而又一往情深的永井荷风的笔墨易于接受。可是永井本人却毕生把《鹑衣》视为自己创作的师承和情感的泉源，一唱三叹而不能自已。一九〇三年他赴美留学，带着一部《鹑衣》漂洋过海。二战中东京遭到狂轰滥炸，在转移时，他首先抢出的便是《鹑衣》，珍贵的字画古玩尚在其次。直到一九五九年去世前，老年的他偶尔外出，坐在车上，手里也还是拿着一本《鹑衣》。

《鹑衣》所受汉文化的影响是明显的，永井也自称东洋传统文明的爱信者。在中国古代文人中，有所谓书淫、书癖、书痴，永井荷风之于《鹑衣》庶几近之；然若使其答今时报刊编者之问，能否合格，则不可得而知矣。

《钱锺书研究》*

（1990. 4）

钱锺书研究是一个难题。黄裳说钱锺书“是才人同时又是学人”，学人好研究，才人好研究，唯独“是才人同时又是学人”的人不好研究。试想：如果把黄裳的话搬上奥林匹斯山，那学艺之神同时又是谐谑之神，他那锐利而又带一点狡狯的目光俯视着大千世界芸芸众生，包括我们的《钱锺书研究》，他会有一种什么样的表情。

我们最好随时想到这一点。

听说某处发起钱基博先生纪念会，钱氏闻讯即极力劝阻，曾说过，“不必花些不明不白的钱，找些不三不四的人，讲些不痛不痒的话”。此事我未知确否，但有人征询出版子泉老人著作的意见，钱氏复书云，“先君遗著有独绝处，然出版尚非其时，数年后必有知者，其弟子辈尊师而无识力，急求刊行，弟于此事不敢置可否，蒙不孝之讥而已”，却为我所亲见。又有人曾以徐悲鸿前妻回忆录寄钱氏，得复书云：“蒋廖之争，

* 文化艺术出版社《钱锺书研究》一九九〇年第一期“编委笔谈”之一。

曲直昭然……仗义主持公道，先生之志则大矣，先生之事则不可。”由此想到，我应该献给《钱锺书研究》几句刍荛之言：

一、研究钱锺书“之志”固不小，“之事”亦应办好，力求研究所示学力与所立之志相称；

二、“尚非其时”的话固不能不忍着少说或竟不说，“不痛不痒的话”则应尽量少说；

三、刊物可以研究《围城》，刊物却不能成为围城。要努力种好这一块“自己的园地”（杨绛《洗澡》中许彦成语，出于周作人）。要留得住真正的读者，使他们进来了就不忙于出去。

绍兴的《野草》

（1991.4）

绍兴文联办的《野草》杂志，介绍了周作人《儿童杂事诗》甲编和丙编中的几首“儿童生活诗”，是周氏本人儿时在绍兴生活的写照。

周作人的文章之美，早有定评，他对儿童的关心和对民俗的兴趣在五四时期的文学家中首屈一指。为这些诗插图的丰子恺是隔绍兴不远的桐乡地方人，对周作人笔下的风俗人情也很熟悉。周诗丰画的风格，都平淡而不掩温腴，朴素而内涵丰富，在天真烂漫的童心中，含蓄着对现在世的同情和理解。描写的虽是儿童，成人读者以至高水平的文人学者也都会喜欢，只要他不失童心，热爱生活。

这一套极富民俗史价值的“诗画配”，始发表在一九五〇年初上海《亦报》上，已成吉光片羽，谁都难得有眼福见到了。绍兴《野草》杂志能在全书出版之前，先将“儿童生活诗”中关于吃麻花粥和茯苓糕，唱“一颗星”“夜夜红”，看活无常、目连戏等篇章介绍出来，实在是功德无量的大好事一件，很是值得一做的也。

《潇湘絮语》

（1992.8）

笔记文未必是中国独有的文体，但以广泛记录政治掌故、社会趣闻、文坛轶事为主要内容的“文史笔记”，却似乎是中国的特产。它的特点是首先注重史的价值，当然也不乏文的趣味，这就与西洋东洋主要是文学作品的随笔、小品不同了。

我是文史笔记的爱读者。知堂挽孟心史的“野记偏多言外意”一联，常常引起我的沉思。最近高兴地见到了《新编文史笔记丛刊》第一辑若干种，据说第二辑又将出版，预计五年之内，可以出书百种，蔚为大观。

这套笔记丛刊由全国各省市文史馆联合来编，至为得当。现在各地文史馆员数千人，其中不乏熟谙文史、饱尝世味的宿学耆老，他们只要还能写，还愿写，自然是文史笔记最适合的作者。

在第一辑中，我先读到的是湖南省文史馆编辑的《潇湘絮语》。我是湖南人，一生不离湖南，先父昌言（佩箴）先生建国初期即受聘为省文史馆员（一九六五年去世，得年八十七岁），所以这是十分自然的事。

《潇湘絮语》的编辑颇具匠心，不厚的一册收笔记一百三十馀则，好就好在文章都短得好。而分门别类，却包含了政海云波、人物拾遗、文坛逸事、文教春秋、剧艺鳞爪、三湘揽胜、民间习俗、民族风情、饮食起居、湖湘一绝等十门，真是面面俱到，又可谓杂得好。既短且杂，笔记文的特色大略可见。

此书之可读性，尤在能通过许许多多侧面和片断，反映出晚清、北洋、民国各个时期的历史风云。如《黄兴爱吃长沙寒菌面》一则，据黄兴长子一欧所说，信而有征；进而考证出，一九〇四年华兴会事发，黄兴从紫东园家中出逃的确切日期是十月二十四日，正是寒菌上市、寒菌面当令之时，克强先生是在吃寒菌面时逃脱清吏搜捕的。

《潇湘絮语》的文字颇多擅场，如向一学的《记符保卢之死》，杜修嗣的《马连良练气功》，吴继刚的《吴獬赠联吴佩孚》等均是。向一学名为霖，是我的同乡，其尊人即早期武侠小说名家平江不肖生，与先父有旧。向和符保卢同在民国空军服务，符之死为向所亲见。杜修嗣为湖南著名豪侠杜心武之子，杜大侠与梨园中人交谊之笃，尽人皆知。吴继刚则是临湘才子吴獬之孙。以子孙而述先人遗事，固非旁人所能及。当然也有名父母之子打着父母亲招牌乱写书，甚至暴露父母房帏隐私牟取稿费，那却不是敝湖南人，这里就不扯远了。

我所喜欢的，还有《岳麓名联》一则。毛泽东重游岳麓，问及“西南云气来衡岳，日夜江声下洞庭”这首对联的来历，陪侍不知，作者却能稽古钩沉，娓娓道出。《科举考生之苦乐》，把名士曾重伯、吴凤荪、魏候屏考棚吃粥故事，写得活灵活现。《诗牌》之事，他书不止一见，而从郭嵩焘日记中引出，应是博弈史的重要史料。尤其是俞润泉君所述“马明德堂”卤锅及其先人所创“德字香干”，确是“湖湘一绝”。俞君从小好吃有名，晚年荣任文史馆员，更成了著名的美食家，于此册中以出味之文笔叙说有味之名物，使我这不懂味的人看了也不禁垂涎三尺。

《沈从文别集》的装帧

（1993.11）

在湘言湘，而言及湘省古来的文辞，很难产生旧家子弟那种优越感，因为可以搬出来炫耀的先人确实不多。屈原、贾谊、杜甫、柳宗元、辛弃疾都是外省人，而且流寓或游宦湖南的时间都很短。唐大中四年长沙刘蜕以文章及第，当时称为“破天荒”，可是现存《文泉子集》里的文章，读后还想再读的，却一篇也没有。柳子厚谓楚南少人而多石，虽是发牢骚，亦颇近事实。

自唐以降，宋之周敦颐，明之王夫之，均称一代大儒，他们的学问非我所知，但文章不怎么样总是我的真实感觉。即以有名的《爱莲说》来说，不仅将莲花牡丹硬比君子小人未必适合，那种以教化者自居的神气更使人反感，尽管它一直被选入各种教科书。

这种情形，近代才开始发生变化。而近代湘人中，我所喜欢读的，第一个便是沈从文。沈先生现已长眠于故乡的青山绿水间，这样说已无趋附之嫌；而身后一如生前能耐寂寞的沈先生，自亦无需别人再来说好，这不过是老老实实讲出自己的心里话罢了。

沈从文的书，经过“大革文化命”，只剩下一本三十年代印的《从文自传》和一本六十年代印的《龙凤艺术》了。但改革开放以来新出的集子，由于出版社朋友的惠赠，却大都得到。因为书架已满，古今中外作家的文集，我都只能各留一部，只有两家例外，即周作人和沈从文。

所见到的沈从文集子中，我最喜欢的是岳麓书社胡颖装帧设计的《沈从文别集》，二十卷书开本采取窄型三十六开，显得秀气。封面底色为淡淡的灰褐，微带绿意，一看便使我联想到那长河流经的边城山乡的泥土，沉静而饱含生机。在底色上，疏疏朗朗地，用只比底色深一点点的色彩画几笔风景：大帮船拢的码头，树荫下的吊脚楼……画角钤盖着“黄永玉于故乡作画印记”。书名浓黑，“湘行集”“萧萧集”“月下小景”等一个个令人梦魂萦绕的名字，写得那样“苍劲中媚姿跃出”，簪花格和唐人写经笔意结为一体，原来是爱叫“沈二哥”的张充和女士的手笔。

用黄永玉的画、张充和的字来装点沈从文的文章，其谁曰不宜，当然“绝”了。但这“三绝”还该再加上一绝：便是胡颖的装帧。

张书黄画都是不争的杰作，非胡颖所能。胡颖之成功，不在于他能画能书，而在于他能“拿来为我所用”。石非女娲所造，用石补天却成了女娲的神功。这非但不意味装帧设计借力省事，反而正好说明了装帧设计者的高明。

书之装帧，可比人之化妆。真的美人不必依赖化妆，恰当的化妆却可以更加衬托出美人的美；相反地，不恰当的化妆也可以损坏一个美人坯子，更不必说俗气女人太蓝的眼眶太红的嘴了。沈从文文章之美无论矣，胡颖的装帧却能使好文章愈显其美，亦可谓相得益彰了。

沈夫人张兆和在总序中写道："从文生前有过这样的愿望，想把自己的作品好好选一下……不在于如何豪华讲究，只要字迹清楚，款式朴素大方，看起来舒服。"胡颖可说是满足了沈从文的这个愿望，用他的装帧。

望着这二十卷《沈从文别集》，我的心里充满了感激。我感激那个给了我们这么多好文章这么多美的人，他默默地长眠在凤凰的山谷中，没有辉煌的铜像，没有高大的纪念碑，只有这套《沈从文别集》，作为湖南人对他的纪念。因此，我也要感激为这本书装帧的人，是他很好地体现了沈从文的风格，使书能"朴素大方，看起来舒服"。

《曾国藩家书》*

（1993. 3）

以“三纲五常”为核心的专制宗法社会的伦理道德和政治哲学，同以民主与科学为核心的现代精神是绝不相容的。现代化过程已经改变而且必将继续改变人们的观念和行为准则。许多历史上的明君贤相、孝子忠臣，用现代人的眼光（人性与人道的眼光）来重新观察，已不能保住“传统”给他们的色和光。伟大的未见得永远伟大，庄严的未见得永远庄严，曾国藩亦是如此。

曾国藩的人生舞台和政治舞台，是清代道（光）咸（丰）同（治）三朝，这时宗法社会和专制国家的大厦，经过几千年风吹雨打，已经无可挽回地开始崩坏。曾国藩以他非凡的意志和才能，“秀才肩半壁东南”，自觉地充当了将倾大厦的最后一根支柱。他把个人能动性发挥到了无以复加的程度，取得了一些暂时的胜利与成功，却终究无法“挽回劫运”。从这个人物身上，

* 据刻本《曾文正公家书》整理重印，为海南出版社《人人袖珍文库》之一。本文和之后的十一篇（至《蛮性的遗留》为止），原是文库各书的“编者前言”。

尤其是从他留下的数十万字家书中，深刻地显示出任何能干的个人都无法抗拒历史潮流的真理，生动地表现了“知其不可而为之”的最后的领袖人物的悲哀。

一切希望将专制统治延续下去或变相延续下去的人如蒋介石等，无不“独服”曾国藩，将曾国藩奉为精神上的导师，从他那里学习“修齐治平”的道理。一切希望彻底结束专制统治，希望中国彻底现代化的人，也应该读一读曾国藩，尤其是他对家人讲的私房话，才能够懂得一些专制政治的理论和权术，懂得一些宗法社会的道德和规范，明白我们是从何而来，现在立身何处，未来又得往何处去。曾国藩家书是一份帮助现代读者了解现代前中国政治社会和伦理道德的好材料。另一方面，他的读书作文之法，待人接物之宜，教子训弟之方，修身养性之得，亦可视为文化遗产的一部分，弃所当弃，取所当取，无须一概抹杀。

曾国藩当然不是什么“古今完人”，也不可能有真正的“古今完人”，但曾国藩确实是一位有巨大影响的前人。而前人的某些(不是全部)经验，包括实践的经验和认识上的经验，是可以超越时空，给后人作为借鉴的，所以《人人袖珍文库》收入了这个曾国藩家书的旧时选本，流行最广、影响最大的选本。

《红楼梦》

（1993.6）

《红楼梦》写的是少男少女间的感情。爱伦堡说，二十世纪的莫斯科纺织女工也会为安娜·卡列尼娜流泪。我们今天读《红楼梦》，对于三百年前贵族之家中十几岁的公子哥儿小姐丫鬟的悲喜爱憎，也会不能自已地关切起来，甚至在一定程度上产生共鸣，这就是文学的力量。

《红楼梦》以前的中国小说，主要是依靠故事来吸引读者，上焉者还可以从故事中看出一点人物的个性和内心，绝大多数中下之作，人物则只是扮演故事情节的活道具。《金瓶梅》开始突破了“三言二拍”、铁骑银粉的框框，开始在日常生活中来叙说人物，但是它“无情有性”，太着重写性欲，写性交，太忽视写感情，写人物的内心世界（也许像西门庆、潘金莲这样的人，本来就是只有性而缺少情的吧）。《红楼梦》才是第一部专写人的感情生活的中国小说。

《红楼梦》的人物比《金瓶梅》高级，《红楼梦》的读者群也从来就是比较高级的。它从来没有像《三国》《水浒》《西游》那样普及到民间，被搬上戏剧舞台也只是近几十年的事，但它在读书人中的影响却比前三者都要大一些。正因为如此，大学者如蔡元培、胡适、鲁迅，政治家如曾国藩、陈独秀、毛泽东，都讲评过《红楼梦》。为政治家服务的和跟大学者营生的文人，也总喜欢拿《红楼梦》做文章，形成了所谓“红学”中的许许多多派别。对于这类“红学”，不做专门“学问”、不搞政治活动的读者诸君，似不必过多注意。

“满纸荒唐言，一把辛酸泪”，补天之石的神话固不免荒唐，跨越空间时间在人与人之间永远可以沟通和互相理解的“情”却是永恒的。从这个意义上来读《红楼梦》，所得的就不止是“一把辛酸泪”了。

《三国演义》

（1993.6）

谈起中国的历史人物，没有谁比曹操、关公、诸葛亮更“知名”的了，这恐怕主要得力于《三国演义》的宣传。

中国人从来喜欢“讲史”，古时中国人做小说，几乎无一不依托真人真事，总要使自己编造的故事尽可能显得像真的。《水浒》最早写到的三个名字邵尧夫、太祖武德皇帝和陈抟，《儒林外史》最早出场的王冕和朱元璋，都是历史上确有的真人。连纯粹的神话小说《西游记》，也要依托玄奘西行取经，把唐太宗和魏征扯进来。读者也总是关心小说中人“后事如何”，杨志和杨再兴是杨令公的几代几代孙啦，侦察英雄杨子荣穷死在苏北老家啦，连诸葛亮的茅庐在湖北还是在河南也成了争论不休的问题。难道说咱们中国的历史长，中国人的历史观念就特别强，历史兴趣就特别浓厚吗？

《三国演义》写的是从汉末大乱，群雄争战，三分鼎立，到一统归于司马氏的这一段历史，倒是一部名副其实的历史小说。这一段历史大分大合，有声有色，讲来易讨好，听者感兴趣，所以能够历久不衰，吸引大量拥趸，至今仍旧是“四大小说”之首。陈寿的《三国志》是正史，是真正的历史，却只有文化程度高的人才读得懂。《三国演义》则是小说，虽然在一定程度上可以说是通俗化了的历史，有传播历史知识的效用，但主要还是一部小说。它写的曹操、关公、诸葛亮，并不完全是历史上的曹操、关羽、诸葛亮。读者们却不管这些(的确也无须管这些)，只要能够从这些人物的故事中得到阅读的愉快，就足够了。而“滚滚长江东逝水，浪花淘尽英雄。是非成败转头空，青山依旧在，几度夕阳红”，还有“话说天下大势，分久必合，合久必分”，也能引起文化高的人的感兴和思索，谁说旧小说中没有历史哲学？

《儒林外史》

（1993.6）

所谓“儒林”，译成现代汉语，就是知识分子群，但这又绝不指现代知识分子。现代知识分子即 intellectual，应该是有知识，有理智，有思维能力，能依靠自己的智力生活的人，并非周进、范进、匡超人、高翰林之类角色。

原始的“儒”怎么样，难言之矣。反正到吴敬梓时代的“儒林”，绝大部分都是只知道“天天读”四书，读朱注，然后摘抄语录，做八股，应考试，考上了就做官，没考上就继续用功，准备再考。他们的生活道路和追求目标永远是，读统治者规定的书——按统治者的要求说话作文——当统治者任命的官——享受荣华富贵。所以，他们一个一个毫无例外地都成了形容猥琐，举止乖谬，心境卑陋，既无真正学问，更无自己思想的庸俗荒谬的人。

据说古代有位统治者，看到全国读书人都争先恐后兢兢业业来应考，笑着说：“天下的英雄，都钻到我的圈套里头来了。”他的圈套，就是由官方规定一个读书、作文、思想的模式，你能按此模式作，便给你做官，给你功名利禄。这个道理，从书中的周进、范进、高翰林等人身上看得十分清楚，而尤以马二先生说得最为透彻：

> 孔子生在春秋时候，那时用“言扬行举”做官，故孔子只讲得个“言寡尤，行寡悔，禄在其中”……到汉朝，用贤良方正开科，所以公孙弘、董仲舒举贤良方正……到唐朝用诗赋取士，他们若讲孔孟的话，就没有官做了，所以唐人都会做几句诗……到宋朝又好了，都用的是些理学的人做官，所以程朱就讲理学……就是夫子在而今，也要念文章、做举业，断不讲那“言寡尤，行寡悔”的话。何也？就日日讲究“言寡尤，行寡悔”，那个给你官做？

周进、范进他们正是本此认识，然后努力实践的。通过刻画这些人的一张张嘴脸，揭示出统治者圈套的真相，庶几有几个人能够从圈套中缩出头来，努力做“嵚崎磊落的人”，这就是《儒林外史》的价值所在。

《唐诗三百首》

（1994.5）

从唐朝到现在，唐诗选本无数，流行最广的只有蘅塘退士孙洙编选的《唐诗三百首》，当然不是没有原因的。

孙洙生当“康乾盛世”，这时朝廷的统治比较稳定，统治者在大张文网的同时，也可以大兴“文治”，给不坚持异见的文人以一点创作和编纂的自由，因而“诗教昌明”，“诗风鼎盛”。孙洙原序中说，“世俗儿童就学，即授《千家诗》”，他认为还应该有一个“远胜”《千家诗》的选本，“俾童而习之，白首亦莫能废”。有这样的社会背景和文化氛围，加上孙洙本人的条件，所以他选出来的七十七位诗人和三百多首诗，大部分是选得准的，也就是说，《唐诗三百首》确实选出了历来公认的代表作家和代表作品。普通人想欣赏唐诗，面对《全唐诗》作者二千二百人，诗四万九千首，难免有浩如烟海之感，得此一册，也就可以“鼎尝一脔”了。

既然《唐诗三百首》是王朝“盛世”的产物，是传统“诗教”的标本，它的美学取向自然不可能为现代人百分之百认同。比如说，有的应制诗、颂圣诗，当时确实是学诗的范例，今天则不免使人觉得有些过时，与入选的真正杰作相差甚远。还有些名家名作，或因为过于“刻意求新”，或因为不够“温柔敦厚”，却未能入选。我并不想用功利主义来反对功利主义，责备孙洙不选《三吏》《三别》和《秦中吟》《卖炭翁》是忽视民生疾苦；但对他选刘长卿多达十一首而于李贺不选一首，总不能不觉得遗憾。

不过平心而论，在现代人编选的更好的唐诗选本出现之前，《唐诗三百首》仍不失为一个值得普及的读本。唐诗本就是古典文学的精华，这三百首又多是精华中的精华，读来自然不会像《五七干校颂歌》和“猪知感奋报涓埃”那样恶心；但如果版面紧促，句连句，篇连篇，首尾粘连，眉目不辨，则欲不头痛亦不可得。此本版面疏朗，校注简当，也许能给读者多一点读诗的乐趣。

《宋词三百首》

（1994. 5）

中国文学从来被赋予教化的意义，“载道”之文不必说了，“言志”的诗也必须遵循所谓“诗教”，不然就算不得“正音”；只有作为“诗馀”的词，也许能稍稍例外。

词的来源是情歌，后来也一直没有被抬高到五七言诗的地位，这是词的不幸，也是词的大幸。因为士人无法利用它来“致君尧舜上，再使风俗淳”，无法利用它来“一为公与相，潭潭府中居”，只能用它来抒发个人感情特别是男女爱情，才留下了“金风玉露一相逢，便胜却人间无数”和“莫道不销魂，帘卷西风，人比黄花瘦”等清词丽句，成为古代“纯文学”一份珍稀的遗产。

《宋词三百首》的选编者朱祖谋，在词的世界里的名气，比《唐诗三百首》选编者孙洙在诗的世界里的名气大得多，他的词作，陈三立推为“抗古迈绝，海内归宗匠焉”。他又是著名的词学家和编辑家，所辑《唐宋金元百六十三家词》，校勘完美，最称善本。《宋词三百首》共收词三百一十首(包括补入的二十多首)，分属八十七家。唐圭璋说，“大抵宋词专家及其代表作品俱已入录”。

《人人袖珍文库》的《宋词三百首》有三个特点：

一、每首词都按词意、韵脚分行。这是王力先生极力提倡，一般印本无法做到的。词是音乐性很强的诗，各句连排，读来很不舒服，如此庶几可免。

二、每首词的每个字都用符号标示出字音的平仄，初学做词的人，无异同时买了一本词律或词谱，极为有用。

三、注释力求简单，同时也力求准确。读者只需将卢祖皋《宴清都》的三条注释和别的本子比较一下，便可知道。

《古文观止》

(1994.5)

《古文观止》是清朝浙江绍兴吴家三辈人(兴祚、楚材、调侯)编选成的一部文选,成书后即广泛流传,近四十年来更成为全国最通行的古文选本。

所谓“古文”,今天的意思是指古人用文言写成的文章,也就是所谓“文言文”。“五四”文学革命后,语体(白话)文代替了文言文,但文言文并没有完全丧失它的欣赏价值。千百年的文化积累,也都是用文言记载下来的,不懂古文就无法接触、利用和欣赏。

古文浩如烟海,读不胜读。《古文观止》从先秦到明末,选了二百二十三篇文章,时间跨度极大,篇幅却并不大。所选的文章,既注意到各种体裁,又突出了名家名作。先秦七十二篇中《左传》占了三十四篇,汉代二十九篇中司马迁占了一十五篇,唐宋九十四篇中“八大家”占了七十八篇。这样做,很符合当时论文的风气和读者的心理。另一方面,又选了不少作品少而精的作家的文章,如李斯的《谏逐客书》,杨恽的《报孙会宗书》等,在明朝甚至还选了被目为“外道”的公安派袁宏道的一篇《徐文长传》，连别具眼光的人也适当照顾了。

吴氏三辈是三百年前的人，当时的“古文”，是和“时文”（专门应用于考试的八股文）相对而言的。吴兴祚他们选编古文，是为了“正蒙养而裨后学”，为了继承发扬秦汉散文的优良传统。《古文观止》前六卷所选汉以前的文章，应该说都是选得好的。魏晋六朝，骈体兴起，本书也选入了几篇，如李密的《陈情表》，王羲之的《兰亭集序》，表现了一定的识度。后来韩愈等人“文起八代之衰”，用心用力做“古文”，名为复古，实是革新，在散文发展史上当然有其价值。不过韩愈过于强调“文以载道”，其所谓“道”，说是“尧舜禹汤文武周孔”一脉相承，实际上乃是董仲舒“创造和发展”的、完全为君主专制服务的；大部分载这种道的文章，内容就不敢恭维了。及至明朝，科举制度使“时文”成了儒生弋取功名利禄的工具，“古文”虽自诩与“时文”对立，其实在“代圣贤立言”这个根本点上，二者并无不同；真正有文学价值的散文，就只能从“离经叛道”的杂文小品中去找。《古文观止》所选的一卷明文，不免拘于八大家的义法，要算是选得最差的。归有光不选其《项脊轩志》《先妣事略》，王守仁的《尊经阁记》充满了理学的说教，“绝代散文家”张岱的文章一篇也未入选，都不能不说是相当大的缺点。

《骈文概论》

（1994. 5）

读高中的外孙女儿走过来，看见了桌上的《骈文概论》，问我道："什么是骈文？"

我说："简单一点说，骈文和散文是文章的两种体裁。骈文是用对偶句子写成的，骈——两匹马并肩同拉一部车，是对偶的意思。散文就不讲对偶，句子长短不拘，自由式，比较散……"

"和我们讲话一样？"

"是的，所以五四时期叫它白话文。"

"如今都只写散文了，还读骈文做什么？"

"懂点骈文，增加点文学史知识也好。有时候，骈体文句也可以增加散文的表现力。"

"不对！对偶句子我们不懂。再说，散文写得好，上下四方、往来古今的事物都表现得出，这是老师说的，何必还看什么骈文。"

"上下四方、往来古今就是对偶句。"

"这是成语。"

“许多成语都是对偶句。”

“做文章总不会再用对偶句了吧?”

“也有用的。”我要她寻来《毛泽东选集》，翻出《向国民党的十点要求》，指着念给她听：

> 若夫暗藏之汪精卫，则招摇过市，窃据要津；匿影藏形，深入社会。贪官污吏，实为其党徒；摩擦专家，皆属其部下。……

外孙女儿笑了，说：“这就是骈文啊!”

和外孙女儿的谈话就这样结束了。

我想，只要汉字是单音字这个特点不变，字音的声调(四声或五声)不变，汉文中骈体的影响就不会完全消失。骈文自汉至唐为主流文体，作为一个健全的国民，了解祖先的遗产不仅是权利，也可以说是一种义务。那么，看一点介绍骈文基本知识的书，便不会是完全无益的。

在我所读过的这类书中，瞿兑之这本可算是简洁可读的。瞿氏为善化(今长沙南境)瞿鸿禨后人，曾从王闿运读书，文史根底很深；至于他历史上走了弯路，那是另一问题，与骈文总是无涉的了。

《君王论》

（1994.8）

哲学大师罗素说过：“文艺复兴时代虽然不曾产生出重要的理论哲学家，但它产生了一位政治哲学中最有名望的人物：尼柯洛·马基雅维利(Niccolo Machiavelli)。”

马基雅维利是佛罗伦萨人，生于一四六九年，死于一五二七年。佛罗伦萨是意大利统一之前独立的诸侯国，马氏此书于一五一三年(明正德八年)写成，是献给当时统治佛罗伦萨的洛伦佐二世的。他献书的目的，是希望得到官职或赏金，可比先秦的苏秦、张仪、韩非，但这些人中也只有韩非献了书。

马基雅维利的写书和为人，比起真正伟大的思想家、哲学家(例如希腊的苏格拉底、中国的庄子)来，实在是并不高尚，这也许便是搞政治的人与做学问的人之不同。

书中献给君王的统治之术，其措辞的直率很使书呆子吃惊。如第十七章云：“一个君王不应该顾虑到被谴责为残暴，因为以严刑峻法来对付少数人，比有的君王由于过分优柔之故，让动乱发生，结果造成流血与抢劫，却是更为仁慈的。”又云：“由此发生了一个问题，究竟一个为君的人，让别人对他爱多于惧好呢，还是惧多于爱好些？二者难于得兼，所以如果二者必须缺一的话，那么与其为人所爱，总不如为人所惧更加安全。”

他论君王成大业的方法有两种：“一种用法律，另一种凭暴力。第一种是人的方法，第二种是兽的方法。不过第一种方法会时常觉得不足的，必须借助于第二种。因此，君王一定要懂得如何善于利用兽法，又善于利用人法。”

《君王论》虽然不免使书呆子咋舌，同时却能使历来的统治者觉得“深得我心”，这便是它成为世界名著的原因。现代的当政者都讲民主、讲人权了，但马基雅维利的影子总或明或暗地紧跟在他们背后。因为“兽的方法”对于当政者的效用是如此之大，马氏对假仁假义的批驳也可以使他们在施严刑用峻法时，取得一点心理上的平衡。当顺民的读一读《君王论》这本世界名著，对许多事情能够知其所以然，也就会更加想得开、想得通了。

《日本论》

（1994. 8）

因辑注黄遵宪《日本杂事诗》的关系，得以接触研究中日关系史的前辈。有位老先生对我说过，在中国，研究日本真有心得有见解的，至今还无人超过周作人和戴季陶。周作人关于日本的文章很多，我编的十卷本《周作人文类编》的第七卷全是，戴季陶最著名的则只有这部《日本论》。《日本论》书前有胡汉民所写的序，胡氏说：

> 我常以为批评一国家的政治得失易，了解一民族特性难。政治有许多明显的迹象，就是它因果联络关系也容易探求而得其比较。至于一个民族的本真，纵的是历史，横的是社会，如季陶先生所说的，既要有充分研究古籍的力量，还要切实钻到它社会里面去，用过细体察的工夫。……
>
> 大抵批评一种历史民族，不在乎说他的好坏，而只要还他一个究竟是什么，和为什么这样。季陶先生这本书完全从此种态度出发，所以做了日本人的律师，同时又做了他的审判官，而且是极公平正直不受贿托，不为势力所左

右压迫的律师审判官。说日本是信神的民族，不含一些鄙视的心事；说日本是好美的民族，也没有过分的恭维。一个已往打倒了的德川看出他是滋养民族精神的时代，一个自杀情死的事实说明他是信仰真实性的表现。这一种科学的批判的精神是我们应该都提倡的。

这些评论相当中肯。

戴季陶(传贤)早年追随孙中山，辛亥革命前后在宣传鼓动上作过贡献，后来思想右倾，支持蒋介石，大陆解放前仰药而死。《日本论》专论日本，未涉及中国政治，如果以人废言，未免可惜。

附录蒋百里著《日本人—— 一个外国人的研究》，作者也是名人，文章却未免逊色了。

《日本与日本人》

（1994. 8）

小泉八云是个日本人的名字，其实他本是欧洲人，原名Lafcadio Hearn，父亲是一名爱尔兰籍的军医，母亲是希腊人。他一八五〇年生于希腊，后到英国和法国念书，二十岁时到了美国，曾当过新闻记者。他四十岁才到日本，在东京帝国大学和早稻田大学教书，和日本人小泉节子结婚后入日本籍，从妻姓，取名八云。他是文人而兼学者，写过不少小说、文艺评论和介绍日本与日本文化的书，为近世西方有名的日本通。

小泉八云热爱日本与日本文化，这恐怕与他的希腊血统不无关系。周作人在《日本管窥》中说到“日本人古今不变的特性”有两点：“一是现世思想，与中国是共通的；二是美之爱好，这似乎是中国所缺乏。此二者大抵与古希腊有点相近，不过力量自然要薄弱些，有人曾称日本为小希腊，我觉得这倒不是谬奖。”

这一点小泉八云自己没有讲过，他对日本文化的观点也与周作人不同。周氏《谈日本文化书》（其二）曾指出：“有人因为喜爱日本的文明，觉得他一切都好，对于其丑恶面也加以回护，又或因为憎恶暴力的关系，翻过来打倒一切，以为日本无文化，这都是同样的错误。第一类里西洋人居多，他们的亲日往往近于无理性，虽是近世文人也难免，如小泉八云、法国古修(Paul-Lonis Conchoud)、葡萄牙摩拉蔼思(W. de Moraes)，他们常将日本人的敬神尊祖忠君爱国看得最重，算作顶高的文明……这种意见不佞是不以为然的。”

《日本与日本人》是落合贞三郎从小泉八云评论日本与日本人的著作中选编成的一本书，可以说是小泉八云的日本观的代表。周作人所指出的问题，本书译者胡山源也说到了，说小泉对日本人不免有些过谀。但胡氏和落合贞三郎一样，他们看重本书的价值，就在于不是从表面介绍日本，而是从心理上、哲学上解剖了日本人整个的内心生活，这不是其他日本研究著作所能及的，而文字之优美犹其馀事。

《蛮性的遗留》

（1994.8）

人类的道德观念和伦理观念并不是一成不变的。贾政除王夫人外还有赵姨娘和周姨娘，这完全合乎当时的伦理道德。相反的，如果王夫人没有生儿子，贾政却不肯纳妾，闹了个“无后为大”，反而不符合当时的伦理观念，弄不好连“除夕祭宗祠”主祭的资格也要被取消。而在今天，纳妾不仅公认为不道德，而且为法律所明文禁止，属于犯法行为；“无后”则绝不会受批评谴责，还能享受优待。短短几十年(一九四九年以前某些地方的生活还和《红楼梦》写的差不太多)，道德伦理观念的变迁竟如此巨大；那么未来的人们的道德观念，难道就会和现在一模一样吗?

《蛮性的遗留》是美国人类文化学家 Moore(摩耳)的一本通俗著作。他“先研究家畜中野性的遗留，再研究人类中的”，让我们看出，人类的行为并不是上帝规范的，而往往跟我们四只脚的堂兄弟们颇有类似之处。由野兽进化到家畜，由野蛮人进化到文明人，是一个漫长的克服蛮性的过程。“人之所异于禽兽者几希”，摩耳认为这“几希”就是人类具有良知，能够同情，并且有求进步的愿望。达尔文谓良知为“人类一切本能中之最高贵者”，不知“文化大革命”中剥掉老教授棉袍往他身上泼凉水的红卫兵哥们，和后来动手割张志新喉管防止她在临刑前喊“反动口号”的同志以为如何？

“文明是一列车，它拖着不少属于古代的东西——不只是残馀的本能，且有残馀的风俗、信仰、观念及制度。”人类为了创造更高级的文明，就需要发育良知，才能克服旧的残馀的拖累，这就是本书给我们的最重要的启示。

书由李小峰一九二四年译出，一九二七年北新书局出版后，迄未重版。孙伏园在序中说：“中国还有多少人没有机会研究科学，得了这样一本科学文学混一的著作，在了解上胜于读那干燥无味的科学书好几倍。”现在的中国，恐怕也还有不少人没有机会研究科学，那就抽空翻翻这本薄薄的通俗小册子也好。

《清代版刻一隅》*

（1996.6）

有老友来寒舍，照例一面乱谈，一面在书架上乱翻，忽然翻出一册《清代版刻一隅》，是黄裳先生所赠，一页书影配一页说明，别开生面而饶有趣味。老友的谈锋正健，他说："现在的古籍出版，好像在遍地开花。其实，真该出的书，像黄裳在这本书中介绍的这么多好书，不见有地方出；不该出的书，重复出版的书，却越出越多，越出越滥。"

老友认为，最不该出的，就是重复早已饱和了的常见古籍和诗词小说。他说：看影印本有张元济编的《四部丛刊》，排印本有陆费逵编印的《四部备要》，常用的经史子集都有了。除非发现了有价值的别种版本，或者有专家进行过研究整理，何必另起炉灶再排再印？为了普及，当然可印些简体字横排本，也可以印一点小开本、袖珍本，但各有一二种便够了。尤其令人不能容忍的是把古书印错。过去陆费逵印《四部备要》，广告征求读者指出排印错误，每个错字酬银洋一圆，共付出酬金数千

* 原题"老友来谈"。

圆，一九三四年后的印本就是改了错字的。张元济影印《四部丛刊》，书后也加了校勘记，列出别本异文和原刻误字。张陆二人(也就是当时的商务中华二家)也是在竞争，但他们竞的是各自的特色，争的是书籍的质量。现在的出版者，所争的则不过是钱和领导(而非读者)给的“奖”。

他接着说下去道：为了赚钱，拿起别家出版的书就原样照印，原书的错字本就不少，翻印自然错得更多，一页书出现几个错字成了常事。国家规定图书错字不得超过万分之一，有的书却达到千分之一，百分之一。错字连篇，印那些乌七八糟、胡编乱造的书倒也罢了，可印的却是“古典名著”，岂不是辱没文化。还有些地方，拉名人作虎皮，拖大款充财东，出什么“全书”，编什么“文库”，究其内容，亦无非诸子群经、二十四史，全是重复出版，大开本，特精装，装的却是错误百出的滥污货！

我见老友越说越生气，怕他血压升高，便劝他道：大款出钱印书，总比给钱给歌星小姐好，犹贤乎博弋吧！拉名人作虎皮也可以理解，《四库全书》的总纂也要找纪晓岚嘛。他说：纪晓岚可不是充壳子的皮，他是皮里面的楦头，扎扎实实起作用的。《四库全书》领衔的是皇六子、皇八子，还有一个和珅，那十多位正总裁才是老虎皮。纪晓岚！如今的纪晓岚在哪里？就是纪晓岚，拿钱受礼不做事，也早成和珅了。

“好啦好啦，”我打断老友的话，问他，“什么是该出却没有出的书呢？”老友把一直拿在手里的《清代版刻一隅》一扬，说道：

“这两百种清代刻本都是善本，排印影印了的不过几种而已。像陈作霖《炳烛里谈》，黄钺《泛桨录》，博明《西斋偶得》，《蒋辛田先生遗书》中的《流民十二图》，周亮工《字触》，章实斋《庚辛之间亡友列传》，都有社会文化史的内容；《菊谱》《艺菊志》《第一香笔记》《续茶经》《墨表》《猫苑》等书，是少有的自然史、工艺史资料；《蜀遗迹辨》《华圃图志》《出塞日纪》《咏怀古迹》和《秦淮杂诗》，详记了地方风物和古迹，我以为都有出版的价值。至于那些精刻的女词人集、女诗人集，如徐湘苹的《拙政园诗馀》，喀尔喀部女史兰保莲友的《芸香馆遗诗》，顾贞观之姊文婉的《栖香阁词》，还有极具文物玩赏价值的《红楼梦酒筹》《红萼轩词牌》，以及用韩信的‘淮阴侯印’打头的《西京职官印录》，如果影印出售，经济效果也未必会很差吧。”

离休以后，不再过问出版界事，编辑远道约稿，无法应酬，只好将老友的一番乱谈稍为摘录，就此交卷。

《野菊文丛》的楔子

（1997. 12）

薄紫浓黄小小枝，露啼风笑总娇痴。

这两句是我在“文革”坐牢时写的，写的是儿时在篱落间所见的野菊花。诗当然不行，不过总可以说明我和野菊有过些情分。所以，一见到《野菊文丛》，这书名便引起了我的注意。

《野菊文丛》装帧纯用黑白，朴素可喜。封面上印了一段话，短短不到二百字，此于文体为创格，叫它发凡、缘起都未必合适，姑援《儒林外史》之例称之为楔子。这真是一篇很有个性的好文章，忍不住要抄录介绍如下：

野菊，古名苦薏，洋名Chrysanthemum indicum L.。李时珍《本草纲目》入编，曰：“苦薏，与菊无异，但叶薄小而多尖，花小而蕊多……气味苦辛惨烈。”其全草入药，用途颇专，解毒第一，清热次之，偶用散血，既可内服，又可外敷，鲜用最佳。入药之外，亦可采香，然不炫艳于园圃，但藏秀于郊野。黄中杂红，成簇相追，招蜂引蝶，

> 无分秋夏。……医与文本相通，便移野菊性味作杂文旗号，辑文成丛，凡六册，未敢轻言济世载道，得解颐于枕畔、厕上，足矣。

出版界继这个热那个热之后，又出现了杂文热、散文热。热过一阵，会要开始冷，见机而作的人恐怕又要寻新热点了。《野菊文丛》出世，时已晚秋，但我想也不要紧。既然主要是为了药用，并不是赶花会，那么只要人间的病痛还在，药物总不会过时的。

二百字的小文并未署名，我想可能出于编辑或策划者的手笔，如此竟可算是一则绝佳的编辑应用文了。系列书、丛书请大家、名家撰序自不可少，《野菊文丛》邵燕祥的序言便是篇很妙的文章，结语云，“我们理应拥有一个有声有色的人间”，含意更是深远。但当行的编辑附加的文字，亦未尝不可为书生色，这小小的楔子便是一例。

李普的“记者笔墨”

（1998.3）

在有些文学家心目中，记者笔墨的地位并不高，鲁迅即曾贬他看不起的文章“拙劣如报章纪事”。然而李普却把他的《记刘帅》自称为记者笔墨，我看这是自谦，亦即是自负。记者笔墨一要言之有物，二要真实，三要明白简单，这其实也就是一切文章的最高标准。有些时新小说和“学术著作”，空疏肤泛，虚假做作，晦涩冗长，不及记者笔墨远矣。

这本《记刘帅》为出版社顾承甫君所赠。开始也只把它当作一本人物传记来读，是它那不加矫饰纯然本色的文字吸引了我。但接着读下去，就不只是文章和记事，而是刘伯承这位职业军人在政治中的经历使我发生兴趣了。

称刘伯承为职业军人，我以为没有什么问题；当然作为共产党和国家领导人，他的主要身份更是一位职业革命家。但是刘伯承当职业军人的历史比当职业革命家要长，比起当党和国家领导人的时间就更长；而且即使在当职业革命家和国家领导人的时候，他也一直没有离开过军界。

刘伯承于民国元年在蜀军将弁学堂速成班毕业，到川军第五师当排长，从此开始以军人为职业。四川是民国以来养兵最多、内战频繁的省份，他在频繁的战争中积累了丰富的军事经验（为此付出了一只眼睛和半条大腿的代价），打过不少胜仗，到一九二三年离开川军时，已是蜀中名将。

记述这位蜀中名将怎样被吸收参加共产党，是本书饶有兴味的一节。杨公（刘伯承的入党介绍人）一九二四年一月二日的日记云："伯承确是不可多得的人才，于军人中尤其罕见。"六天后又记云："与伯承论时局……使此人得志，何忧乎四川。"他即劝刘伯承入党，刘却表示拒绝，说：

> 见旗帜就拜倒，觉得太不对了。因我对于各派都没有十分的研究，正拟极力深研，将来始能定其方道。

看来刘伯承在入党这件事情上，远不如许多写回忆文章的"老八路""三八式"积极。这些人都是一见共产党，立刻如飞蛾扑火，全身心投入。正因为如此，刘的政治选择，才更为真实可信。在这方面，杨公等共产党人锲而不舍地争取，实在起了关键性的作用。杨在日记中云：

> 此后拟设法使其从本方向走，若能达目的，又多一臂助。

此"目的"终于在吴玉章的配合努力下很快地达到了。

一九二四年秋，吴玉章邀刘伯承出川，到北京找了赵世炎，到上海找了陈独秀，终于使刘伯承下决心脱离川军当共产党。杨公日记中写道：

此公已被玉章收入矣，可喜。

共产党人为了“收入”刘伯承这位军事人才的迫切之情，真是跃然纸上。

予生也晚，原来并不知道《记刘帅》书中所说的许多事情，但也听说过刘伯承打完仗后上书请求不再带兵而去办院校，惊服其急流勇退不俟杯酒自释兵权之智不可及。直到这次得读李普的书，才了解得更多。

共产党的原则是党指挥枪。军事服从政治，其实是自古皆然。刘伯承从小有“仗剑拯民于水火”的大志，想成为一名良将。他读了不少史书和兵书，深知良将必须择明君而事之，才能专阃行志，在疆场上成就自己的事业。但明君也就是严君，事之之道，首先当然必须能干，即能充分发挥自己的军事才能，真正成为其“臂助”；尤要者则是必须忠诚，即安于职业军人的本分，政治上绝不能有野心。刘伯承在这两方面都做得很好。

在川军中，他屡立战功，可是对才能远不如己的上级但懋辛辈，却谦恭有馀，自称“庸材多病，早甘雌伏”。当他看出但懋辛、熊克武已不足与有为，新生力量中国共产党将决定中国的命运，便毅然决然脱离川军，选定了参加革命的“方(向)道(路)”。

入党以后，在顺泸起义、南昌起义、反围剿、长征、抗日战争和解放战争中，他或指挥方面，或总参戎幕，都立下了卓越的功勋。身为军事主官时，他说“政委的话就是命令”；当总参谋长时，他就“站在首长的荫影里面”组织作战。

我特别推荐本书中有关章节对李立三、朱德、毛泽东等人的描写。读者从中可以看出，刘伯承作为党的军事干部，既要完成军事任务，又要服从政治领导，如何地煞费苦心。如抗战后期日寇搞铁壁合围，晋冀鲁豫根据地面临“再退就只有退到太行山上去吃石头”的险境，刘伯承提出“敌进我进”的方针，才打破被动局面。朱德、彭德怀一再肯定他这个新方针的巨大战略意义，刘伯承自己却坚持低姿态，一再自贬说只是一时一地随机的战术动作，处处避免和毛泽东提出的“敌进我退”十六字诀相对立。

我本来只期望从《记刘帅》一书中看看一代名将大勇弥天指挥若定，却意外地看到了他大智若愚善始善终的本领，后者比前者似乎更要精彩，这全得感谢李普的记者笔墨。

高旅评《记刘帅》一文中，摘引了李普信中的几句话：“浅见散见书中，点到即止，能出版就好了。”李普记者生涯的高峰是二野时期，他恐怕也是从刘伯承那里，并通过刘伯承从古代兵家学到了一点阴柔韬晦的本领吧。点到即止，给读者留下思索的空间，这样的记者笔墨，不是常人能学到的了。

《绘图双百喻》

（1998. 5）

陈四益的“新寓言”和丁聪的“文画配”，几年来已稳站《读书》杂志封里，可说是名满天下了。其实，当二十世纪八十年代末陈君起意将他们的作品印成一本时，似乎也不是十分顺利的。当时的情况我约略知道一些，而当我看到《绘图双百喻》的后记中特别提到，“感谢湖南文艺出版社，在书籍市场不景气的时候，愿意出版这种并不见得讨俏儿的书”，就更加敢于这样说了。

出版工作不能不面向市场，故能“讨俏儿”的书大家都愿出，甚至不惜想着法儿争着出；不见得能“讨俏儿”的书大家都不愿出，甚至还要变起法儿来推托不出，固亦无足怪。而有见识的编辑，正是贵在能于其不“讨俏儿”甚至还要承担风险时，看出一部或一套书稿的文化的、思想的价值。这种价值虽不必全等于“市价”或“时价”，也不一定能“讨俏儿”，却体现了时代和读者的精神需要，体现了历史的需要。何以从书籍成为商品起，从事书业的人成千累万，而能于文化思想史上留点地位的并不很多？岂非如青面兽杨志所云，“偌大一个汴梁城，却没有几个识者”吗。

湖南文艺出版社出版的《绘图双百喻》，有两个字“璧合”作书标。陈文的题材和文体都别具一格，绝不一般化(一般化是文章的大病，也是图书的大病)；丁画则从几十年前为《阿Q正传》插图时起，就一直有他鲜明独特的个人风格，一看便知道是“小丁”之作。二难既并，真可谓是珠联璧合了。

中国出版界中抢着跟风的多，呼风唤雨的少。如今“诗画配”和“文画配”一类书眼看也多了起来，但《绘图双百喻》的开山之功终不可没。不仅如此，它的文言文体和独特画风，稍微夸张一点说来，至今仍可称并世无两。在这些方面，行家多有评论，无须我这既不能文更不能画的外行再来饶舌。我所想说说的，只有组稿编辑早在二十世纪八十年代所具有的一点眼光而已。

致《书屋》

（1999.10）

在周实和王平两位的努力下，《书屋》越办越有看头了，其证明就是我拿到手已经不能放下，总是一口气看到底。而且还不止是浏览，硬是看得比较细。当然这也就难免发现一些小问题，比如这一期评郭沫若《凤凰涅槃》文中引卜辞，就将乌龟壳上的文字释读错了：

其自西来风，其自东来风，
其自南来风，其自北来风。

碰巧我手边有《卜辞通纂》上此件的照片和释文，其实乃是：

其自西来雨，其自东来雨，
其自北来雨，其自南来雨。

又如第七十七页第一栏倒七行，说葛金烺这个人：

> 曾任刑部主事、湖广司主稿及户部郎中等职，是个四品衔的小京官。

这也不对。主事为正六品，各部院郎中则是正五品，相当于光禄寺少卿、各直隶州知州，已经不怎么小。至于四品，乃是道府一级，可以穿蟒着貂，算是高干了。（清制，国子监祭酒即国立大学校长和内阁侍读学士都是从四品，状元授翰林院修撰不过从六品，知县只正七品。）

当时的京官，各部尚书为从一品，侍郎为正二品，均称堂官，等于现在的部级。给事中、郎中为正五品，员外郎为从五品，主事为正六品，则称司官，等于现在的司局级。七品（县处级)以下的才称“小京官”，“四品小京官”则闻所未闻。

评汪国真，快人快语，极为中肯。诗有汪国真，文有余秋雨，宇宙间自有此一种文辞，亦少他不得。但居然风靡一时，群奉为圭臬，则大众阅读水平可以想见，可为太息也。

窃意文当以思想见解为主，文笔实为馀事。言而无文，行之不远；但这须先有值得“行”又能够“行”的思想见解，而出之以含蓄有味的文字，则相得益彰。若徒以摭拾古人洋人文字为能，纵使“做”得出汪国真式的诗、余秋雨式的文，亦不足道。

《书屋》既然敢发表人所不敢发的诗文评，使人耳目一新，则千万不要另一方面又为此类文字提供园地，贵其所贱啊！

《中国人的素质》

（2001. 1）

《中国人的素质》是一本新书，也是一本旧书。说它新，因为它是一九九九年印行的第一个中文译本。说它旧，因为其原著 *Chinese Characteristics* 一八九二年即已出版了。

全书二十七章，介绍了二十六项“中国人的素质”。其中可以算是好的素质五项：

①省吃俭用　②辛勤劳作　③知足常乐　④孝行为先　⑤仁慈行善

不能算好也不能算坏的也有五项：

⑥恪守礼仪　⑦柔韧固执　⑧生命力强　⑨遇事忍耐　⑩循规畏法

只能说是不好的素质十六项：

⑪面子要紧	⑫很不守时	⑬不求精确	⑭极易误会
⑮拐弯抹角	⑯心智混乱	⑰麻木不仁	⑱厌恶外人
⑲缺乏公德	⑳因循守旧	㉑忽视便适	㉒缺乏同情
㉓喜骂好争	㉔互相猜疑	㉕言而无信	㉖迷信偶像

尽管所谈“中国人的素质”差劲的多优秀的少，本书一九九九年还是印了两次，可见销路很好。我在这里并不准备评论它，不过自己对于阿Q时代的中国人的素质感到兴趣，所以介绍出来以供同好。这里倒可以引一下鲁迅的话，他在死前十四天即一九三六年十月五日写道：

> 我至今还在希望有人译出史密斯的《支那人气质》来。看了这些，而自省，分析，明白那几点说得对，变革，挣扎，自做工夫，却不求别人的原谅和称赞，来证明究竟怎样的是中国人。

所谓《支那人气质》，即是本书的日文译名，史密斯即本书作者 Arthur Henderson Smith。这本《中国人的素质》署名却是作者自取的汉名“明恩溥”，这恐怕是对的，名从主人嘛。

《刀俎之间》

（2001.7）

周实的眼睛是一双聪明人的眼睛，从照片中看，它虽然透彻，却又多少有点迷糊；虽似开心，却又隐藏了几分愁苦。

系列小说《刀俎之间》，第二页便是作者的大幅照片，照片上引起我注意的便是这一双眼睛。虽然周实并非佳丽，而是个四十好几的汉子。

我本是一名“传统阅读”者，这称呼大约相当于遗老，跟不上潮流。事实上我确实是三十岁以后基本不读新诗，五十岁以后基本不读小说(无分新旧)。有什么办法呢，前人便说过：

> 少年游冶学秦、柳，中年感慨学辛、苏，老年淡忘学刘、蒋……人亦何能逃气数也。

秦、柳亦何尝不佳，但老年福薄耳。当然也有自称“年方九十”的“老来青”，那是身心禀赋非常，能够与时俱进的健者，对之只有惭愧。

这次却因为这一双浓眉下的眼睛，破例地有了翻看《刀俎之间》的兴趣，当然小一半也是为标题所吸引，此则与自己曾被置于刀俎之间，多少有过些这方面的体验有关了。

十个短篇约略不到六万字，正好一个钟头看完。

十个短篇，写了戚夫人、甄妃、方孝孺、朱高煦、屈原、李斯、司马迁、袁崇焕、商鞅和鲧。这十个人分别被“加工”成人彘，被鸩死，被诛十族，被炮烙，被沉潭，被腰斩，被阉割，被凌迟碎剐，被五马分尸，被殛毙。我的天呀：

> （那一刀）依惯例从左腰切入，将脾脏均匀地一分为二，但刀口走到脊椎骨时，却怎么切也切不动了。没办法，刽子手和他的两个助手只好摇摇头抬起铡刀，将他一百八十度扭转，再切入右腰，将肝脏均匀地一分为二。然而，当刀口再碰到脊椎骨时，又怎么切也切不动了。于是，只好三人合力，摁住刀把，憋气一压，才喀嚓一声，将整个人身一刀两断。这样，他的上半身跌到了刀的这一边，下半身跌到了另一边，鲜血早已泉水似的咕嘟咕嘟直往外冒，下半身的两条腿青蛙一样乱踹……

还有：

> 一轮明月，又大又圆。……圆月下的沙丘，冷冷冰冰。沙丘上堆积着倒毙的战马，死亡的将士，还有一望无际的糜烂在马骸周围的心脏、肺叶、肛门、情感、灵魂……

上面两段，分别写的是李斯被腰斩和永乐的幻觉，这些立刻给了我强烈的刺激，使我感到了害怕。越是怕，就越要看。奇诡的，有时甚至是荒唐的构想，却又由逼真到简直可以闻到血腥味的描画充实起来。我仿佛竟回到了四五十年前读《恶之华》，读《炼狱》，看毕亚兹莱所画《莎乐美》中的人头时，心灵的战栗更多于毛骨之悚然。

中国的廿四史，本就是一部相斫书，推而广之，四大部洲亦莫不如此。希特勒、斯大林、奥斯维辛、卡廷……杀的人还少吗？二十世纪在非洲还有吃人的总统和君王，敲骨吸髓用上了高科技，这又驾周实的描写而上之了。

周实用冰冷的手术刀解剖着古老的历史，却不是在写“历史小说”，更不是说历史故事（虽然在描写被杀者和杀人者的心理活动时他充分地展开了历史），而是在诉说亘古不变的人性，诉说人性的不完全，人的软弱和无力，还有从人性中异化出来的狼性和狗性。在这些方面看得多了，想得多了，写得多了，无怪乎周实的眼神透彻中现出些迷糊，开心时隐藏着愁苦了。

我忽然想，写《刀俎之间》时的周实，恐怕也有过在刀俎之间的感觉吧。你看他写的方孝孺、司马迁、李斯、商鞅、鲧，岂不都是有能力做事也想做事的人吗，结果却都做好不讨好。杀他们的并不是非人，也不是敌人，而是他们自己为之做事，甚至竭力为之做好的主人，还有就是熟人和友人。周实没有写楚霸王，霸王之死也很有特点，是自杀之后被肢解的，死之前他对吕马童说：

若非吾故人乎！

林汉达译为：

喝，老朋友也来啦！

真是绝了。还有罗马大将恺撒被暗杀断气时留下的名言：

你也来了？布鲁特斯。

亦有异曲同工之妙。《刀俎之间》在鲧头上高高扬起青铜长剑然后一挥而下的手，是一只“和鲧的手一模一样的手”。能想象得到，写到结尾这几句时，在周实的嘴角上，一定挂着一丝冷冷的笑。

但周实毕竟是个聪明人，他会适可而止，也会有办法使人们读来不过于沉重。我是在今日凌晨四点到五点看的，看到《腰斩》时，有点喘不过气来了。但再看下去便是《宫》，“斗胆犯上的——割鸡巴”。当鸡巴不是长在自己两腿之间时，读来就比较轻松了。在浓墨重彩叙述太史公被“宫”时，却捎带写了公牛被宫以后：

即使有成群的母牛哞哞叫着擦肩而过，它也只能“宁静致远”，遇艳不惊，顶多只是抬起头来，傻乎乎地回望一眼。

写到公猪被宫以后：

> 即使母猪用那肥臀日日夜夜揉着拱着，它也安详得像个绅士，眨眨眼睛，摇摇尾巴……

又不禁莞尔而笑了，这大概也就是“传统阅读”之所以始终不能“上层次”的原因吧。

王稼句《苏州旧梦》

（2001.12）

少小时居住在“少人而多石”的大山中，梦想过能够“家住吴门”，也尝尝“小楫轻舟，梦入芙蓉浦”的味道；但那个梦完全是诗词意境的扩大延伸，很是虚无缥缈。

真接触苏州，已在改革开放之后，哀乐中年早已过完，无复少小情怀了。觉得寒山寺内，玄妙观前，人气总嫌太热烈，那味道也实在并不怎么清芬，难道苏州从来就是这样的吗？

这本书却总算能圆了我梦境中从江村渔火到现代繁华的“缺环”，真好。

希望王稼句先生把这本书继续写下去。苏州城外的五人墓，埋着五位因“闹事”被砍头的市民；另外还有座坟，葬着又一位“闹事”被杀的顾机匠，碑额云“义无反顾”。这些古迹如果也能写一写，使人们能看到苏州的另一面，就更好了。

《川上集》

（2004. 4）

读新出的于晓明《川上集》，看照片作者比我至少小四十多岁，其文可抄者却并不比正在看的书少，因小抄数则如次：

> 此文丛缺十二种，不全亦无妨，盖属于我的第三类读物也。我读书，部分古典文学、外国文学属第一类，当精读。近现代作品影响较大者为第二类，如《鲁迅全集》，部分精读可也。当代有些作品属第三类，可选读，其中虽无名但不乏情趣者，更是爱读。其馀书刊为第四类，可读可不读。至于署怪名故作高深，编故事哗众取宠，靠眼泪博得同情，写性交寻求刺激者，则一概不读。

除了《鲁迅全集》，我大体可以认同。

> 某些人谈“人文”，有如太监谈性，自己谈得高兴，别人看了好笑。那档子事情当然不是你的错，但不要装作有鸟的样子好不好？

话说得颇有些不敬，但拿腔拿调谈“人文”确也令人难耐。

> 黄集伟有这样一段话，“我们能容忍很糟糕的事，我们也能容忍很糟心的事，但我们不能容忍既糟糕又糟心的事。你是老板，你可以命令我们背诵岳飞的《满江红》，你也可以公然去嫖娼；但你不能够命令我们背诵着《满江红》送你去嫖娼，更不能命令我们站在《满江红》的高度来理解你嫖娼的战略意义”。读罢令人捧腹，又有一丝苦涩。

此则算是转抄，我读罢也不禁捧腹，而且不止一丝苦涩。

《川上集》为“日记体”，其记事亦有可观者。如记南京凤凰台饭店办《开卷》事云：“第二年饭店就评上了四星级。董宁文算了一笔账，《开卷》一年全部开销五六万元，做广告也就是报纸上一个版的价格。现在看来，两者的影响力，是不可同日而语的。”又如记北京“民刊”《芳草地》云：“朝阳区的《芳草地》、东城区的《钟鼓楼》……原是为业馀作者办的内部小报，七十年代创办，九十年代初无疾而终。今年初《芳草地》重刊，由谭宗远主持，改版成黑白的异型开本，有袁鹰、姜德明、李辉、孙郁等人撰文，高品位，让人喜爱，有保存价值，很快就鹤立鸡群了。”岂不都是孤陋如我者原来并不知道或知而不详的吗？

《晚清社会新闻图录》

（2004. 4）

近年来“老照片”吃香，争着登，争着看。其实现在的新闻图片，几十年上百年后，也就成了“老照片”。人们爱看“老照片”，无非是为了回头看看过去岁月里的“新闻”，为了追求一种历史的趣味。

最近又见到了古吴轩出版的《晚清社会新闻图录》中反映江南城市生活的两本——《苏州旧闻》和《南京旧闻》。图都取材于光绪十年至二十四年的《点石斋画报》，虽然不是照片，也可以算写真了。

其中的“宝镜新奇”一幅，说明云“苏垣(即苏州)博习医院西医生柏乐文，闻美国新出一种宝镜，可以照人肺腑，因不惜千金购运至苏，苏人少见多怪，趋而往观者甚众”，画的则是柏乐文当众展示一部原始的 X 光机。

“明眸皓腕”一幅，更画出了南京城中几位缠裹小脚的小姐太太在打英式台球(说明称为“打落袋”)。她们大袖子宽花边的“时装”和三寸金莲小脚，出现在洋气十足的弹子房中，相当怪异；其实也只是三四代人以前的社会风光，如今白领丽人时髦的老祖母在出风头罢了。

《点石斋画报》的时代，上距五口通商不过四五十年。西风东渐进入城市真成气候，要到甲午以后，还得过三四年。因此，像X光机和“打落袋”一类新鲜事物，在两书中占的比重并不大。大部分图文所反映的，还是苏州、南京城里城外的传统生活。值得注意的是，在这方面，“点缀升平”比较多，“疮痍满目”则少见。奸、骗、命案历来是社会新闻的主要内容，从中也很少能作“阶级分析”的材料。这是什么缘故呢?

这个问题，可以用《南京旧闻》序文作者的话来回答：

> 其时大多数南京人的生活，至少看起来是安定而温饱无忧的，这好像也很难指斥为作者在粉饰太平。因为民众从来就不生活在政治中，在相对平稳的社会和时代，政治更只是极少数精英人物的事情。影响或制约绝大多数人的，首先还是物质的生活，在精神上则仍然是传统道德和宗教。

“不生活在政治中”本来是社会的常态，也是我最衷心的祈愿，那么，就让我把这两本介绍旧闻的新书放在床头枕畔，且从旧时风物来梦忆昔日的江南吧。

《秀州书局简讯》

（2004. 9）

嘉兴范笑我君以办“秀州书局”得名，我亦慕名者，慕名之由不是购书，而是喜读其印赠的《秀州书局简讯》。

《简讯》只记贩书见闻，不登文章，故比《开卷闲话》更为琐屑。这短处其实便是它的一种长处，如记八十多岁英国文学专家临终时犹低声念叨“莎士比亚”，前往探视的某领导出病室后却诧异地问：“老先生怎么到这时还问‘啥是屄呀’？”这岂不是“当代《世说》中的绝好材料。《笑我贩书》出书时，千祈留下此一则，当可与敝处“雷峰塔怎能让它倒掉再来重修”竞爽矣。

《开卷闲话》

（2004.9）

《开卷》上的《闲话》一栏，我每期都要通读。其文字未必篇篇都好，但总能告诉我一些事情，南昌小市上出现“两江师范”的试卷，济南出版了“图说义宁陈氏”的图书，便都很吸引我的眼球，尽管我并不搞收藏，也不准备向山东去买一本。还有刘二刚君的自述：“因为无奈社会的浮躁和空气的污染，所以我爱用朴素的笔法绘其宁静和古趣，在画面上要争取些自由和初心……”，也使我对他的画多了些了解。一个印张的小本本，能给予我这么些舍此无从得知的信息，《闲话》之惠我即已多多了。

《毛边书讯》

（2005. 1）

收到《毛边书讯》，甚为欣喜。毛边未必能广行，但保留得一点读书人的个人兴趣，总是极好的事。龚明德先生认为《毛边书讯》应是毛边，这是很对的内行话，我完全附议。

我以为小开本期刊的本子薄，用毛边比图书更适宜，因为利于合订，即不是“毛党”，到时再切一刀亦不会切得比三十二开更小也。

我不藏书，亦少买书，于书业为早被裁汰一老兵，殊少资格来谈书。但手头的《自己的园地》《雨天的书》以及《谈龙》《谈虎》各集都是二十世纪初的毛边本，故对毛边亦感到亲切，这便是收到《毛边书讯》欣喜的缘故了。

谷林《答客问》

（2005. 3）

谷林先生一九八九年三月寄来《情趣·知识·襟怀》，一九九五年九月寄来《书边杂写》，都是在收到后几天内读完的。月前寄来的《答客问》却是例外，因为老妻开刀之后继以放疗，住了三个多月医院，刚刚回家，我日夜忙于求医侍药，就无暇读书了。

书却一直放在桌上。几次翻开扉页，见到那两行熟悉的秀丽而劲健的小字，总想接着翻下去。但明知一看就会丢不下手，只得叹口气又将它放下了。及至作息稍为恢复正常，又被来探病的一位老朋友“先拿去看看”，临走时还丢下了一句让我宽心的话：“我会为它做个护封的。”

书至今没有还来。不知家有病人来催稿的却如期而至，而且指定要谈《答客问》。两个月前湖北黄成勇君叫我提供谷林来信，因为同样的原因也没有细找，只发现十年前所寄一页，却颇能体现其人的情味，我想这和《答客问》应该是一脉相承的吧，因抄录下来，借花献佛：

从旧存杂件中，觅得录存的知堂翁序言两篇，亟以寄奉，亦集外文也。我先是买得两书(《风土丛书》铅印线装二册)，偶有闲情暇晷，复将两序言录出。现在此种旧书，大约再不易找到了，而未见或见而未曾录存者，此后殆亦难以踪迹，三十年真是一世也。

短短百十字中，充满着一种往复徘徊不忍舍去的怅惘，一种对于“人书俱老”的好文章的一种有馀不尽之情。它在今天，仍和十年前开函初读时一样地感触着我。我相信，待到《答客问》归来细读，这种感触，仍当如饮陈醪，愈迟久愈使我沉酣。

《回望周作人》

（2005.6）

材料丰富是这部丛书的特点和优点。我从上世纪四十年代起读周作人，八十年代起编周作人的书；丛书中的材料却有不少我知而不悉，甚至根本不知的。有幸得之，既惊又喜。

材料丰富，不是光凭占有资料多便能做到的，它有赖于编者的学识水平和判断眼光。我与两位主编均不相识，但从总序（序言）和各卷编记中看得出他们对周作人其人其文有自己的见解，这才能做到分卷恰当，选目得宜，有重要价值的尽量不遗，重复其词和“假大空”的则不录。

八卷书篇幅不算太大，所提供的参考价值却相当大。而且所选的文字篇篇可读，这就非常之不容易了。

展得开

（2007.7）

有人仍然把读书叫做开卷，或曰展卷，事实上如今的书本绝大部分却都是“展”不“开”的，这是印刷厂普遍推广“胶订”的结果。胶订就是书册不再穿线，全用胶粘，散的纸页胶成一本，切了边，加封面，便成了书，封面也是胶上的。胶是化学胶，快干、耐水、不怕虫，可是硬、脆、粘固性又强，于是书卷便无法展开了。即使是一本薄薄的书，读时都得重物压着或用手按着，别让它合上。书本越厚，胶也越厚，按住越须用力。不仅用力，还得用心，一不小心合上了，刚刚看到哪里又得重新翻寻。更糟糕的是，如果用力过大，或者翻得过勤，胶粘的书脊还会裂开，一本成了两本。

这说的是坐读的情形，如果书不放在桌上而拿在手中，那就更加难受。大家都知道，无法摊开的书，便无法一只手拿起读，而要像“文革”中敬诵红宝书那样双手敬捧着，那就无论如何不能持久了。

我既老且病，读书总半躺半卧，再就是久坐马桶上。有些书实在想看完，无奈手腕酸痛，读不久也只能放下，换上一份报纸或杂志。我们不敢奢求古人的把卷之乐，但愿自己喜欢的书放在桌上能展开，只手拿起读得了，这点卑微的希望还有不有实现的可能呢？

答案原来是悲观的，最近却乐观一点了，因为意外地得到了两本“展得开”的书，便是王稼句的《三生花草梦苏州》和彭国梁的《长沙沙水水无沙》。它们文笔之好且不必说，最妙的是书页全用线穿，封面也不粘连书本，书脊上能看出麻线绞结，百多页(二百多面)的本子，无论翻开哪一页，都可以平摊着看，不必“指头儿告消乏”。此乃近十年来第一遭真得开卷之乐，于是满心欢喜，顶礼赞叹，作此小文，向设计者和印制者表示感谢，谢谢他们让我读一本自己想读的书时能够“展得开”。

当然，如果两本书的封面干脆印成单独的护封，和书本两不相关，不仅更加经得翻，书名也可以出现在书脊上，这样便更好了。

《不出门斋絮语》

（2012.8）

斋名“不出门”，斋主却是个思想上的远游者。

人为动物，本能就是想动要动的；但“门”却限制着人。

限制着人的，有君王之“门”，有先师之“门”，有礼法之“门”，有世俗之“门”，有自心之“门”，还有实实在在由铁木造成的办公之门，商场之门，卧室之门……

你走得出门吗？

你走得出这张门，走得出那张门吗？

于是，方小平只好“不出门”。

说是“不出门”，其实想出“门”。

在思想上，他还走得比较远，称及上是位远游者。

这一卷便是他远游的记录。

二〇一二年八月。

《文学上的失踪者》

（2012.12）

梅杰(眉睫)发掘和研究“失踪作家”即近几十年来被冷落和忽视的作家之功绩，陈子善、谢泳诸先生都作了很好的论述，但我还想补充一点：

梅杰关心他本土和本姓的作家，实在具有很不一般的意义。从低一点的视角看，由近及远，由亲及疏，由切己而普世，正是一种扎实有效的研究方法。从高一点的视角看，中国社会根本上就是乡土和宗族的，近年变化虽多，本质却还依旧。梅杰这样做所取得的成绩(包括挫折和失败)，其指标性的意义是不亚于所达到的水平和创造的价值，也许还更大一点。

王燕妮编《纸工》

（2014. 11）

儿时爱玩，爱动手。动手得有材料，金木水火土有的玩不动，有的不敢玩，就只有纸。

折纸飞机，糊纸面具，剪纸人儿……我都玩过。没人教，弄不好，玩得就没劲了。

抗战时期，平江乡下小学的劳作课，总是叫挖防空洞。其实飞机从没下乡投炸弹，认真举起锄头挖过几下的，也只有"音体美劳"一肩挑的李老师。

七十多年了。如果那时有一本《纸工》这样的书，多好。说不定，现在我还可以用儿时学会的来教曾孙辈呢。

致《书简》

（2014. 11）

书简是人们交流思想感情和信息的载体。出土简牍中，通信占了相当的部分。有纸以后，传世的信札更多；想不到进入电子时代后，作“八行书”的反而少了。

《书简》所做的工作，是想保存一些手写的书信，为后世寻找“流沙坠简”的人留下点资料，我以为很有意义。多年惠寄，愧无以报，检奉《左右左》一册，其中的书信手迹，也许可补入资料库，算是共襄盛举吧。

《书简》办刊挺不容易。但刊期总得保持正常，内容也要争取好些更好些，版面也得整齐干净点才好。这是我作为读者的一点意见，谨供参考。

甲午冬于念楼。

《曾国藩逸事汇编》

（2016. 2）

朱君辑晚清民国笔记中曾国藩逸事，成功了一部多视角的曾氏别传，我很欣赏。

曾氏出生时，乾隆崩殂已十二年，古老帝国的盛世光华早黯然逝去；他升侍郎时，五口通商业经七载，Modernization的时代潮流正轰然袭来。在三千年未有之变局中，他成了举足轻重的历史人物；但他离开今天的我们并不久远，才一百四十多年。

在曾国藩之前四十多年，欧洲也出了个举足轻重的历史人物拿破仑。全世界已经出版的拿破仑传记，据说早就超过了一千种。外文的我看不懂，中文的从清末石印线装本和民国《小学生文库》本算起，少说也见到过十多种，这些恐怕都还不够格列入那一千种之内吧。

那么，我们的曾国藩，他的传记——我说的是传记——成功了多少呢？也许只能怪自己信息不灵读书太少吧，这就屈指难数了。

所以，对于朱君的工作，我不能不表示欣赏。年前他拿来

《曾国藩逸事汇编》一书的校样，希望我作序。我却刚刚在《人之患·自序》中宣布过“不再为患”，无法从命；但自己欣赏的心情确实是真切的，故谨敬题记如上。

丙申雨水节于念楼。

《民国名人在长沙》

（2016. 3）

我知道凌叔华，却不知她一九三三年到长沙买过九如斋的牛肉干；知道王鲁彦写长沙识字岭杀人，却不知识字岭原来叫石子岭……这些长沙的人文历史，都是彭国梁这本书告诉我的。

真佩服彭看过这么多民国旧书。有的书自己也看过，看过便过去了。彭却能将分散在陈年旧籍中的零星掌故，全都集纳入长沙人文历史的画框，新绘出生动而不干枯的景色，给人以鲜活而不陈旧的印象。

注意研究和记述长沙人文的，朋友中有陈先枢、任大猛和彭君。三人各有所长，陈为学者，任为记者，彭君则是作家，自然更长于文字，此书即是一证。

《穿越洞庭，翻阅大书》

（2016. 3）

李辉写了沈从文，写了袁昌英，写了周扬和田汉……或为旧教授官太太，或为大领导老党员，无一例外都成了悲剧人物。田汉临死吟诗“跟着主席道路走”，周扬自愿留狱写完呈主席的检查，尤为可悲。

谁实为之，孰令致之呢？李辉并未作答。他只抽引读者的情绪，让人们开始思索，这就够了。

他还写了“鸡连长”，写了沈荃。这个循着田兴恕、陈渠珍走出湘西的人，替哥哥圆了将军梦，淞沪抗战中出过力。“由地方上再杀一批”的指示一下来，他也只能在自己铺开的军毯上跪下，手指额头：“朝这里打。”

说真的，原来我并不怎么看好李辉，正如不怎么看好我自己一样。鲁迅不是最鄙薄“拙劣如报章纪事”的文字吗？李辉和我，可都是记者出身，以“报章纪事”为业的呀。

如今我却看好李辉了，愿为他写下这几行。

《清代科举考试述录》

（2018. 3）

科举考试行之几百年，养成了中国读书人的文化心理和文化性格。后来老八股——洋八股——党八股，一脉相承，与时俱进，劣根性则愈益深固。至今《儒林外史》中的范进、梅玖、王惠、匡超人、高翰林……一个个地仍然活在我们眼前，不过换上了口吻服装和职称头衔而已；若周进和马二先生之尚不失为好人者，则已成凤毛麟角，不数数见矣！

在吴敬梓之后，还有谁深刻写出过读书人的典型呢？高老夫子、孔乙己、范爱农，够不够得上是典型呢？我看是够不上的。其馀则“自郐以下”，更不足道了。

我以为，要了解中国的读书人，无论是清代的还是民国的，即使是现代的，超前的，都必须先读读《儒林外史》，取得形象的感性的认识，再读此《清代科举考试述录》，补充制度的文献的史料，其庶几乎。戊戌春日记。

《给孩子的西游记》 （2019. 12）

中国古无童话书，女娲、伏羲、黄帝、炎帝都是始祖先王的传说，是历史，老奶奶不会坐在火塘边讲给孙儿听。《西游记》写孙猴一个筋斗十万八千里，很能满足小孩的好奇和想象，可以作童话故事讲了。但它毕竟是五百年前的著作，也不是专门为儿童写的，内容未必全适合儿童，文字亦未必儿童都易懂，所以改写为“童话本”也是很必要的。

图书在版编目(CIP)数据

书前书后/锺叔河著. —长沙:岳麓书社,2021.4
ISBN 978-7-5538-1399-8

Ⅰ.①书… Ⅱ.①锺… Ⅲ.①随笔—作品集—中国—当代
Ⅳ.①I267.1

中国版本图书馆 CIP 数据核字(2020)第 190954 号

SHUQIAN SHUHOU
书前书后
作　　者:锺叔河
责任编辑:李缅燕
特约编辑:王　平　鄢　蕾
责任校对:舒　舍
封面设计:格局创界文化传播
封面摄影:李　锋
插图制作:唐　巍
图文排版:刘晓霞

岳麓书社出版发行
地址:湖南省长沙市爱民路 47 号
直销电话:0731-88804152　0731-88885616
邮编:410006

版次:2021 年 4 月第 1 版
印次:2021 年 4 月第 1 次印刷
开本:889mm×1194mm　1/32
印张:14.5
字数:298 千字
印数:1—3 000
ISBN 978-7-5538-1399-8
定价:108.00 元

承印:雅昌文化(集团)有限公司

如有印装质量问题,请与本社印务部联系
电话:0731-88884129